이세계 최강인
아내입니다만,
밤의 전투는
내가 더 강한 모양입니다
~지략을 살려 출세하는 하렘 전기~
2
신교 가쿠
온

마리다 님, 알베르트 님!
둘이서 같이 한다는 말은 듣지 못했어요!
하아, 하아, 아으으으응!
좋은 반응을 하는구나.
나한테 엄한 리셸도
알베르트 앞에서는 평범한
귀여운 여인이군. 우히히히.

리다 폰 에르윈
그러면, 저부터!
리셸

리제 폰 아르코
류미나스 고슈토

이레나

알베르트 폰 에르윈

와리드 고슈토
하킴 와리하라
알고 있어.
왕 폐하께는 아직 보고를 올리지
않았으니까 괜찮아.
에르윈 가문과 협력 관계를 쌓아 준
산의 민족이니까 말이지.
감사합니다.
알베르트 경께서 그렇게 말씀해 주시니
안심할 수 있군요.

나는 싸움을 아주 좋아하느니라아아아아!
내가 더욱더 벨 수 있게끔 해라!

이세계 최강인 아내입니다만, 밤의 전투는 내가 더 강한 모양입니다

가쿠
온

에란시아 제국 남부 영역과 알렉사 왕국의 도시 위치도

에란시아 제국령

에란시아 제도 ★
덱트릴리스

베저강

고슈토 ★

베저 자유도시 동맹

★
와리하라

산의 민족

★
산중 요

가도

하천

N
W
E
S
마차의 대도
하천
에르윈 가문 본령
애슐리
베니아
자이잔
즈라
아르카나
개척촌
프로이가 가문
제국력 259년 9월
알렉사 왕국으로부터의
침공 방어 전쟁
아르코 가문
스라트
260년 10월
알렉사 왕국군
침공 격퇴전
티아나
알렉사 왕국
알렉사 왕국 왕도
루튠

Contents

서장 ♥ 암운이 자욱한 알렉사 왕국 006

제1장 ♥ 닌자 일족과의 해후 018

제2장 ♥ 모략의 성패는 사전 준비가 결정한다 056

제3장 ♥ 정무와 모략을 준비하느라 생긴 피로는 아내로 치유받자 089

제4장 ♥ 아직 계속되는 사전 준비의 때 110

제5장 ♥ 산의 민족들 사이를 돌며 마시기로 했다 129

제6장 ♥ 오랜만에 영내 시찰을 하자 161

제7장 ♥ 산의 민족을 회유하자 185

제8장 ♥ '용사의 검' 소탕 작전 개시! 203

제9장 ♥ 사이드 비즈니스 전개도 중요 227

제10장 ♥ 잔당도 맛있게 요리합니다 244

제11장 ♥ 아버지가 될 결의 295

제12장 ♥ 공(空)증문 309

번외편 ♥ 아내의 책무라고는 해도 파렴치 의상은 힘들어 316

서장 ♥ 암운이 자욱한 알렉사 왕국

※오르그스 시점

설마, 아버지가 병상에 눕게 될 줄이야…….

성가신 일을 내게 떠맡긴 재상 자잔은 침공군 재편성 작업으로 티아나에 있기에 내가 직접 정무를 보지 않으면 안 된다.

밀려드는 정무 처리로 정신이 없어서 놀 시간도 없었다.

짜증을 내며 방으로 돌아가자 방 안에는 티아나에 있을 터인 재상 자잔이 있었다.

옆에는 낯선 남자를 데리고 있었다.

"자잔! 네 녀석이 티아나에서 놀고 있는 탓에 나는 정무로 지치지 않으면 안 되는 몸이 되었다고! 무슨 낯짝으로 나를 보러 온 거냐!"

"죄송합니다! 티아나에서의 재편성 작업 지연은 심각한 상태라……"

쓸모없는 남자다! 이런 남자가 재상으로서 나라의 중진인 지위에 앉아 있다니.

"그걸 진전시키는 것이 네 일이잖냐! 얼른 끝내고 왕도로 돌아와라!"

"예, 옙. 그걸 위해 오늘은 이쪽 분을 모시고 왔습니다. 유테르 신의 신도 조직 '용사의 검' 대표를 맡고 계시는 브리치 오크스나 경입니다. 그는 유테르 신에게서 신탁을 받은 용사라 일컬어지고 있어서, 신도들한테서는 '황금의 용사'로 존경받고 있습니다. 가능하면 이야기를 들어 주신다면 감사하겠습니다!"

자잔이 브리치 오크스나라고 소개한 약간 통통한 중년 남성이 머리를 숙였다.

'용사의 검'은 분명 유테르 신을 정의의 신으로서 숭배하는 광신적인 신도 조직이었을 터다.

언젠가 자잔한테서 그 이름을 들었던 느낌이 드는데, 언제였던가.

으음~, 분명 어디선가 들었을 터. 바로 최근에, 들었을 터인데.

아! 그렇지! 일전의 침공 작전에서 귀족 동원이 생각한 것처럼 진전되지 않았던 때, '용사의 검' 대표인 브리치 오크스나가 '성전'으로 인정하고 신도를 병사로 동원해 주었다고 자잔이 말했던 느낌이 든다.

그 '용사의 검' 대표가 티아나에 있는 침공군 재편성을 도와주는 건가?

"처음 뵙겠습니다. 브리치 오크스나라고 합니다. 오르그스 전하를 만나 뵐 수 있었던 건 유테르 신의 인도겠지요."

얼굴이 번들번들한 통통한 중년 남자인 브리치가 야비해 보이는 미소를 띠고 악수를 요청했다.

맞잡은 손은 기름으로 젖어 있어서 불쾌감이 솟구쳐 올라왔다.

티아나에 있는 침공군 재편성을 위해서라고는 해도 이런 기름진 중년 남성을 데리고 오다니, 자잔은 센스가 너무 없다!

"자잔이 귀경의 이야기를 들으라고 하니, 곧바로 들어보도록 하지.”

재빨리 악수를 끝내고, 이야기를 듣기 위해 자리를 권했다.

“감사합니다!”

브리치는 권유받은 자리에 앉고는 테이블 위에 지도를 펼쳤다.

“이건?”

“넵, 이건 에란시아 제국령에 접한 산의 민족들이 사는 영역을 표시한 지도입니다. 빨간 동그라미 부분은 저희 ‘용사의 검’에 귀의한 부족이 살고 있습니다.”

브리치가 지도에서 가리키는 곳에는 일전에 제국을 배신한 아르코 가문 영지와 접하는 것처럼 빨간 동그라미가 늘어서 있다.

“흠, 그래서?”

“이들 산의 민족을 제2차 ‘성전’에 동원하기 위해서도, 전하의 힘으로 저를 조력해 주셨으면 합니다만……”

산의 민족을 ‘성전’에 동원하는 건가……. 그런 녀석들이 신뢰할 수 있는 병사가 되는 건가?

“국내에서는 제2차 ‘성전’에 신도를 동원할 수 없는 것인가?”

내 지적에, 브리치가 얼굴을 씰룩였다.

“저, 정말로 면목 없습니다만……. 일전의 ‘성전’에 동원되었다가 하늘로 불려 간 신도의 수가 방대합니다. 그렇기에, ‘용사의 검’으로서도 국내 신도를 한층 더 동원하는 것은 제 입장상 힘들어진 상황입니다.”

이마에서 흐르는 땀을 손수건으로 닦는 브리치한테서는 도저히 신탁을 받은 용사라고는 생각되지 않을 정도의 비참함이 느껴진다.

흥, 이런 가짜 남자를 고마워하는 멍청한 국민이 많은 건 아버님이 시행한 종교 관계자 우대 시책의 슬픈 말로군.

얼른 시정하지 않으면 안 되겠지만, 써먹을 수 있는 동안에는 써먹어 둘까.

"국내에서의 동원은 힘드니 산의 민족을 동원하겠다는 말인가."

"예. 지도에서 표시한 것처럼 저희 '용사의 검'에 귀의한 산의 민족 부족을 '성전'에 동원할 수 있다면 1,500명의 병사가 에르윈 가문과 아르코 가문에 언제든지 공격을 펼칠 수 있게 됩니다. 그리고 왕국군이 즈라, 자이잔, 베니아를 향해 이동하기 시작한 때를 봐서, 배후에서 신도들이 에란시아 제국령을 습격하면……"

지도상의 빨간 동그라미 수가 그 지긋지긋한 알베르트한테 꽂힐 단검이라는 건가.

에르윈 가문이 변경백인 스테판과 연계할 수 없는 상황을 만들 수 있다면 정규군만으로 세 영지를 탈환할 수 있을 가능성은 높다.

왕국군을 도운 '용사의 검'은 '성전'을 달성하여 브리치의 위신은 회복된다는 건가.

"나쁘지 않은 수다만――."

"물론 공짜로 오르그스 전하의 힘을 빌리겠다는 말은 아닙니다."

브리치가 손뼉을 치자 입구 문이 열리고 미녀와 함께 나무 상자가 반입되었다.

미녀들이 눈앞에 놓인 나무 상자를 열자 금괴가 가득 들어차 있었다.

"나무 상자와 그 여성들은 오르그스 전하께서 거두어 주십시오. 저희 조직의 성의입니다."

그럭저럭 외모가 괜찮은 여자들이다. 게다가 뇌물액도 나쁘지 않다.

"브리치 경의 성의는 받도록 하지. 자잔, 티아나 왕국군의 장비 일부를 '용사의 검' 지휘하에 있는 산의 민족에 넘겨줘라."

"옙! 알겠습니다!"

"그리고 티아나에서의 군 재편 작업은 브로리슈 후작한테 맡기고 너는 왕도에 남아 내 정무를 보좌해라."

"티아나에서의 군 재편 작업을 브로리슈 후작한테 맡기시는 겁니까?"

"나한테 의견을 내지 마라. 내가 하고 있는 정무 대행을 보좌해라."

정말이지 눈치가 없는 남자다. 브리치가 미녀를 넘긴 의미를 생각하면 자기가 왕도에 돌아오게 되리라는 것 정도는 생각하란 말이다.

브리치의 계책으로 티아나의 군 재편성은 전망이 섰으니, 성가신 정무는 자잔한테 떠넘기고 나는 미녀들과의 시간을 즐기도록 하자.

"옙! 잘 알겠습니다. 곧바로 티아나의 브로리슈 후작에게 서한을 보내겠습니다."

"그러면 저는 산의 민족한테 한층 더 포교를 진행하여 동원할 수 있는 병사를 늘려 두겠습니다."

자잔과 브리치가 함께 퇴실했다.
"자, 그럼 휴식하도록 할까."
손짓하자, 미녀들은 싱긋 미소를 띠고는 내 양옆에 앉았다.

브리치와의 면회로부터 며칠 뒤, 병상에 누운 아버지가 나를 불러냈다.
병실에 들어가자 아버지의 침대 옆에는 배다른 동생인 고란의 모습이 있었다.
칫! 고란은 또 아버지한테 허튼소리를 하고 있는 건가! 아버지의 시종들한테는 그만큼 접근시키지 말라고 엄하게 명령해 두었는데!
짜증을 겉으로 드러내지 않도록, 애써 냉정한 표정을 짓고 아버지한테 인사했다.
"아버님, 몸은 좀 어떠십니까?"
"좋지는 않다. 그것보다 정무는 막힘 없이 해내고 있느냐?"
"옙! 안심해 주시길, 재상 자잔의 도움을 빌려 막힘 없이 해내고 있습니다."
아버지는 내 말을 듣더니 안심한 듯한 표정을 지었다.
"차기 국왕으로서의 자각을 지니고 정무에 힘써 다오."
"옙! 명심하고 있습니다."
옆에 서서 말없이 고개를 숙이고 있던 고란이 얼굴을 들어 이쪽을 봤다.
서자 주제에 건방진 눈으로 쳐다보고 말이다.

"형님, 풍문으로 들은 이야기입니다만 즈라, 자이잔, 베니아를 탈환하기 위해 파견한 왕국군은 에란시아 제국군에 대패한 모양이라던가. 티아나에서 패잔병을 모아 군 재편성 중이라는 이야기도 들려오고 있습니다. 그것들이 사실이라면 출병을 강행한 형님의 책임이군요."

이쪽을 비웃는 것처럼 고란의 입가가 올라갔다.

"고란, 무슨 말이냐? 오르그스가 출병한 군대는 아직 전투 중일 터이다만?"

사실을 모르는 아버지가 고란이 한 말에 반응했다.

기껏 참전한 귀족들한테 함구령을 내리고 아버지한테 전해지지 않도록 한 노력을 헛수고로 만들고 말이다! 젠장할!

"고란, 네 귀에 들어간 그러한 이야기는 에란시가 제국이 흘린 가짜 정보인 게 당연하지 않느냐! 왕국군은 아직 전투 중이다! 사기를 꺾는 말을 하지 마라! 멍청한 녀석이! 정무 대행자로서 명한다! 지금 당장 이 방에서 떠나라!"

아버지의 시종들한테 고란을 배제하도록 시선을 보냈다.

"형님, 정말로 왕국군은 아직 전투 중인 것이지요? 그걸로 괜찮은 것이지요?"

고란은 왕국군에 일어난 사실을 파악하고 있는 것인지, 시종한테 양팔을 붙잡혀도 동요한 기색은 보이지 않고 내게 진위를 확인했다.

"왕국군은 여전히 건재하다! 즈라, 자이잔, 베니아를 탈환하기 위해 전투 중이다!"

쫓아내도록 손을 흔들자, 시종들이 고란을 방에서 몰아냈다.

언성을 높인 것으로 인해 흐트러진 호흡을 가다듬고는, 걱정스러운 듯이 이쪽을 보는 아버지를 향해 돌아봤다.

"아버님, 고란 녀석은 적국이 흘린 가짜 정보에 놀아나고 있으니 신용해서는 안 됩니다. 왕국군은 제가 지휘하는 한 패배하지 않습니다. 안심하고 병환 요양에 전념하여 주십시오."

"그러냐……. 정말로 고란이 한 말은 거짓이렷다?"

아버지는 강한 의지가 깃든 눈으로 나를 쳐다봤다.

병에 걸린 사람이라고는 생각되지 않을 정도로 날카로운 안광을 보낼 줄이야……. 아버지의 걱정이 많은 성격도 참 곤란하군. 사실을 말하면 또 성가신 일이 늘어나기에 적당히 이야기를 지어내서 얼버무려 둘까.

"탈환 작전 중인 일부 군은 휴양을 위해 티아나에서 재편성시키고 있습니다. 에란시아 제국은 그것을 패주했다고 선전하여 고란은 보기 좋게 그 가짜 정보에 속아 넘어갔다는 것이겠지요."

아버지는 내 손을 굳게 붙잡고 조금 전 이상으로 강한 의지가 담긴 눈으로 쳐다봤다.

"조금 전, 자기가 이끄는 한 왕국군은 패배하지 않는다고 말했지. 그 말을 입에 담은 이상, 반드시 달성하거라. 그것이 국왕으로서 오랫동안 통치하는 힘이 된다. 알겠느냐!"

노령의 환자라고는 생각되지 않을 정도로 강한 힘으로 손을 강하게 잡는 아버지한테 놀라면서, 그 손을 마주 잡았다.

"잘 알고 있습니다. 모든 만사는 이 오르그스한테 맡겨 주십시오.”

“네게 맡겼느니라.”

아버지는 그 말만 하고는 손을 놓고 다시 침대에서 잠들었다.

그 후, 고란을 이후 일절 아버지의 침실에 들이지 않도록 시종들에게 철저히 명령한 뒤 침실에서 떠났다.

※고란 시점

아버지의 침실에서 강제로 쫓겨나왔기에 이궁에 있는 자신의 방으로 돌아왔다.

“오르그스는 부정했지만, 그 안색으로 보건대 에란시아 제국군한테 대패했다는 이야기는 진실이겠지.”

방에는 우리나라에서 예지의 지보라고 불린 알베르트와 친교가 있었던 발트 백작의 모습이 있었다.

“알베르트 경이 보낸 서한 내용은 진실이었다는 말이군요. 왕국군은 오르그스 전하가 좌지우지하고 있어서 제대로 된 전황 보고가 되지 않고 있습니다. 게다가 이쪽에서 조사한 바로는 자츠바룸 지방의 귀족 중 소재 불명인 자가 다수 있다는 소문이 돌고 있습니다.”

알베르트가 보낸 사자한테서 서한을 받아 나한테 가지고 온 발트 백작도 그가 보낸 서한의 내용을 미심쩍게 여기고 있었지만, 조사한 결과는 진실이라는 결론에 다다른 모양이다.

“출병을 강행한 오르그스의 책임을 추궁하고 싶지만, 아버지가 병상에 누우시고 오르그스파가 정무 대행을 장악해 버려서야 손쓸 도리도 없군."

"지금은 아군을 늘릴 때가 아닐까 합니다. 다행히 고란 님이 폐하께 전달한 알베르트 경의 편지의 효과가 있어서 오르그스 전하의 후계자로서의 자질을 묻는 목소리는 강해지고 있습니다. 반대로 고란 님의 청빈한 생활과 좋은 태도가 귀족들을 안심시켜 이쪽에 가세하는 귀족도 늘고 있습니다. 한동안은 자복(雌伏)하며 기다려야 할 때가 아닐까 합니다."

"알고 있다. 애초에 나는 오르그스한테 무슨 일이 있었을 때의 예비니까 말이지. 잘 분별하고 있어."

이복형인 오르그스의 왕위 계승은 흔들림이 없다고 보는 귀족들은 많다.

하지만 조잡하며 사려가 부족한 형을 싫어하는 귀족들이 자연히 내 밑으로 모여들어 파벌 같은 것이 생겨났다.

파벌이 생기면 분쟁이 일어나고, 형인 오르그스 파벌과 자신의 파벌이 충돌하기를 반복하고 있는 것이다.

아버지는 그걸 걱정하고 있어서 침실에 나를 불러내 형에게 충성하도록 타일렀지만——.

자기 목숨은 자기 스스로 지켜야만 한다. 조잡하고 생각이 얕은 형이 나 같은 존재를 살려 둘 리가 없는 것이다.

아버지한테는 미안하게 생각하지만, 파벌 항쟁을 멈출 생각은 없다.

"그런데 알베르트 경한테서 또 새로운 서한이 왔습니다만, 내용을 읽어 보시겠습니까?"

발트 백작이 주위 시선을 신경 쓰며, 품에 넣어 뒀던 서한을 꺼냈다.

"읽지."

적국으로 도망친 자와 이어져 있다는 것이 오르그스한테 알려지면 그거야말로 목이 날아갈지도 모른다.

그러므로, 곧바로 받아서 봉인 밀랍을 녹이고 서한을 펼쳤다.

'용사의 검' 관계자를 접근시키지 말라는 건 대체……? 분명 알베르트는 에게레아 신전의 신관이었을 터.

그런데도 어째서 유테르 신의 신도 조직인 '용사의 검'을 내 주변에 접근시키지 말라는 경고를 하는 것이지…….

편지 내용에 당혹스러워하면서도, 기름에 적셔 부싯돌로 불을 붙여 서한을 태웠다.

"어떤 내용이었습니까?"

발트 백작도 내용은 모르는 기색이라, 읽은 내게 내용을 물어봤다.

"'용사의 검'을 주변에 접근시키지 말라는 경고를 받았다. 유테르 신의 신도 조직을 지명하는 의미를 알 수 없다만……"

'용사의 검'이라는 이름을 들은 발트 백작의 안색이 변했다.

"'용사의 검' 대표 브리치가 '성전'이라 칭하며 일전의 침공 작전에 다수의 신도를 보냈다는 소문이 있습니다. 게다가 오르그스 전하한테 접근하고 있다는 소문도 드문드문. 더 나아가서는 신전 이상으로 부패한 신도 조직이라고 말하는 사람도 많다는 모양이라."

"과연, 썩은 신도 조직인가. 그렇다면 알베르트 경의 조언도 납득이 가는군. 나는 가까이하지 않는 편이 아군을 늘릴 수 있다는 말이겠지."

"아마도, 그런 의미를 내포하고 있는 것이 아닐까 생각합니다."

"그렇다면 이쪽 파벌에 있는 귀족 중에서 '용사의 검'과 관계가 있는 자는 관계를 정리하도록 전해라. 그리고 '용사의 검'의 동향은 낱낱이 조사해서 보고하도록."

"옙! 잘 알겠습니다."

"그리고 알베르트 경과는 앞으로도 좋은 관계를 쌓고 싶다. 저쪽이 기뻐할 정보도 수집하도록."

"옙! 곧바로 시작하겠습니다."

발트 백작이 내 방에서 나가는 것을 지켜본 뒤, 나는 의자에 앉았다.

알베르트 폰 에르윈인가……. 만나는 게 조금만 더 빨랐더라면 내 오른팔이 되어 왕위 계승을 둘러싼 전투에서 그 뛰어난 능력을 발휘해 주었을지도 모르겠군.

형도 어리석을 짓을 해줬어. 유능한 인재를 적국으로 쫓아내는 짓을 계속하면 우리 알렉사 왕국이 쇠망할 것임을 이해하지 못하는 것일까.

줄곧 싫어하던 형의 얼굴을 떠올렸더니 짜증이 솟구칠 것 같았기에, 검을 손에 쥐고는 정원에서 휘두르기로 했다.

제1장 ♥ 닌자 일족과의 해후

제국력 260년 석류석월(石榴石月)(1월)

아내와 농탕치며 보냈던 정월 휴일도 끝나고 오늘은 일을 시작하는 날이다. 슬슬 일어날 시간이기는 하지만——.

아내의 가슴이 시야를 막아 움직일 수 없다.

"일—하—고—싶—지—않—은—거—다—! 더, 더 다 같이 즐기고 싶은 거다!"

"마리다 님, 어젯밤 알베르트 님과 약속하셨지요? 세 번 가버리면, 제대로 일하겠다고. 제가 세어 본 바로는, 여섯 번은 가버렸다고 생각합니다만?"

"그건 그 자리의 분위기에 맞춘 거다! 나는 일하고 싶지 않으니라."

마리다가 한층 더 내 얼굴에 가슴을 밀착시켰다.

귀여운 아내의 부탁이라면 무엇이든 들어 주고 싶지만—— 당주 업무만큼은 땡땡이치게 할 수는 없는 노릇이다.

"마리다 언니, 나도 같이 일할 테니까, 자, 일어나자."

옆에 있던 리제가 나한테 안겨 있는 마리다를 일으킴으로써 시야가 트였다.

흠, 가슴과 가슴과 가슴과 가슴의 낙원이다. 한동안 이 낙원에 있고 싶기는 하지만, 일을 하지 않으면 이 낙원을 지킬 수 없다.

"마리다 님, 떼를 쓰면 리셸한테 엄한 벌을 받을 겁니다."

나는 시선으로 리셸한테 지시를 보냈다. 씨익, 하고 미소를 돌려준 그녀는 마리다의 뿔을 혀로 핥아 올렸다.

뿔을 핥아진 마리다의 얼굴이 황홀하게 변하며 몸을 떨었다.

"아히이이잉! 그만두는 거다! 뿔은 안 된다고 말하지 않았느냐!"

"이레나, 마리다 님이 아직 부족하대."

지켜보고 있는 이레나한테도 마리다의 뿔을 핥도록 재촉했다.

"네. 마리다 님, 알베르트 님의 명령이에요."

이레나는 리셸과는 반대쪽 뿔에 혀를 대고 핥아 나갔다.

"둘이 덤비는 건 비겁하느니라! 흐아아아아앗! 앙대애애애애!"

너무 기분이 좋은 모양이라, 마리다는 입가에서 침을 흘리며 얼굴이 한층 황홀하게 녹아내린 표정이 되었다.

"리제, 마리다 님한테 아직 잠에서 깼을 때의 키스를 안 해줬으니까 해줘야지."

세 사람의 모습을 말없이 보고 있던 리제한테도 키스를 재촉했다.

"그, 그러네. 언제나 하고 있고. 마리다 언니, 아침 인사니까."

평소에는 마리다한테 유린당하는 일이 많은 리제도 이때만큼은 혀를 휘감으며 적극적인 키스를 하여 마리다를 몰아붙였다.

"아흐으응. 그만하는 거다~!"

공략당해 곤란해하는 마리다의 얼굴은 보고 있는 것만으로도 끓어오르고 마는군. 어젯밤 그만큼 힘냈으니까 어떻게든 버틸 수 있지만, 힘내지 않았다면 연장전 돌입이었다.

세 사람한테 공략당해 몸을 움찔움찔 떨었던 마리다가 침묵하

더니 침대에 무너져 내렸다.

"자, 마리다 님은 만족하신 것 같으니까 일어나도록 할까. 리셸, 마리다 님을 부탁해."

"네~에, 알겠습니다. 갈아입혀 드리고 대회합실로 연행할게요. 리제 님, 도와주세요."

"아, 응. 알았어."

리제와 리셸이 방에 준비해 둔 따뜻한 물을 이용해 어젯밤 행위의 흔적이 남아 있는 마리다의 몸을 깨끗하게 씻겨 나갔다.

"알베르트 님의 준비는 제가."

"미안. 고마워."

내가 침대에서 나오자 이레나가 따뜻한 물로 적신 수건으로 몸을 깨끗하게 닦아 주었다.

"그러고 보니 어젯밤 들려주신 마르제 상회 건 말인데요, 정말로 제가 모든 운영을 담당해도 괜찮은 걸까요?"

지금의 마르제 상회 운영 체제는 상회 운영을 나와 이레나가 하고, 첩보 조직을 리셸이 움직이고 있다. 그 체제를 변경하여 상회 운영을 이레나한테 맡기기로 했다.

변경 이유는 내 업무량 증대에 있다. 정무 담당관으로서의 직무가 바빠서 상회 운영까지 손길이 미치지 못하게 되었기 때문이다.

"그래, 부탁해. 이레나의 장사 재능이 있으면 운영도 문제없다고 생각해. 그리고 상회 이익은 에르윈 가문과는 별도로 회계 처리해 둬어. 그 자금의 용도는 첩보 조직의 활동 자금이야."

"역시, 장부상에 불명한 자금이 있었는데, 알베르트 님의 첩보 조직을 위장하기 위한 것이었군요."

"그런 거야. 그러니까 에르윈 가문의 회계와는 별도로 해뒀어. 사적인 조직이고 말이지."

"잘 알겠습니다. 그러면 지금까지와 마찬가지로 에르윈 가문의 회계와는 분명하게 나눠서 관리하겠습니다."

"그렇다는 건, 첩보원들에게 건넬 자금 융통은 앞으로는 이레나 씨한테서 받는 건가요?"

"그렇게 되네. 단, 고란 왕자파에 원조해 줄 돈은 내가 관리할게."

"통상적인 첩보 업무 범위라면 이레나 씨한테서. 모략이 연관된 경우에는 알베르트 님의 허가를 받는 형태군요. 잘 알겠습니다."

리셸은 영리하기에 이쪽의 의도를 금방 알아차려 준 모양이다.

마르제 상회의 첩보 조직은 리셸이 톱 자리에 앉고, 알렉사 시절의 상회원과 알렉사 유랑민에서 발탁한 자로 구성된 알렉사팀과, 애슐리령이나 스라트령에서 모집한 영내팀, 제국 내를 왕래하는 행상인을 중심으로 모집한 국내팀, 이렇게 세 팀으로 나누어져 정보를 수집하고 있다.

영내팀과 국내팀은 정보 수집이 기본이기에 자금 제공은 이레나가 관리하게 되는 경우가 많지만, 알렉사팀에 한해서는 제2왕자인 고란파 지지 확대 지원 작전 관련으로 지출액이 현격히 차이가 날 것으로 생각된다.

그렇기에 그것만큼은 내 관할로 뒀다.

"리셸 씨와 협력해서 마르제 상회도 확실하게 운영해 나가겠습니다."

"그래, 부탁해."

그러고 나서 몸단장을 끝내고, 기절에서 회복한 마리다와 함께 가신이 모이는 대회합실로 향하기로 했다.

대회합실에는 귀인족의 주된 가신과 함께 문관들도 모여 있었다. 올해의 첫 업무 시작이기에 가신들한테 해이한 분위기가 흐르고 있었다.

"에르윈 가문, 가훈 제창!"

정월 연휴가 끝난 직후의 해이한 분위기를 다잡기 위해 내가 제정한 에르윈 가문 가훈 제창 구령을 내렸다.

구령에 반응하여 한 걸음 앞으로 나온 마리다가 내가 새로운 가훈으로 내려준 말을 제창했다.

"'사려 깊게, 만사를 생각하며 행동합니다'이니라!"

"""""'사려 깊게, 만사를 생각하며 행동합니다'!"""""

제창한 가신들의 얼굴이 업무 모드로 바뀌었다.

"좋습니다. 오늘부터 금년도 업무를 시작하겠으니 각자가 각각의 직무를 다해 주도록 부탁합니다. 마리다 님도 가신에게 훈시 부탁드리겠습니다."

대회합실 의자에 앉은 마리다가 내게 고개를 끄덕였다.

"작년은 전투가 너무 적었느니라. 올해는 여러 전투에 참전하여 적의 목을 마구 따 주자꾸나!"

""""""우오오오오오옷!""""""

전쟁이 일어나는 것도 아닌데 귀인족들의 텐션이 너무 폭발적으로 오르잖아!

"일단 현재는 전쟁이 일어날 낌새는 없고, 참전 요청도 없습니다."

멋대로 전투를 시작할지도 모르는 마리다한테 한 마디 못을 박아 뒀다.

"나는 전투를 하고 싶은 거다! 지략이 넘치는 알베르트니까 나를 위해 전쟁 하나나 둘은 준비할 수 있을 터다!"

뭐, 준비하라고 하면 준비는 할 수 있다. 하지만 마리다를 비롯한 귀인족들한테 무제한으로 전쟁을 시키면 아무리 돈이 있어도 부족해질 정도다.

"지금으로서는 그럴 낌새는 없습니다. 얌전히 훈련에 힘써 주십시오."

"좋았어, 알베르트의 허가가 나왔으니까 곧바로 젊은 녀석들을 데리고 5일간 무보급 강행군 연습과 적 지배하 지역에서의 강행 돌파 작전 연습을 하겠다. 라토르, 바로 참가자를 모아 와라!"

"오우! 알았어! 이번에는 내가 병사를 이끌 테니까 말이다!"

"좋다. 우리는 교관 역할을 해주마."

훈련 허가를 입에 담은 것만으로도 귀인족들이 활기를 띠고는 브레스트가 중심이 되어 곧바로 훈련 내용을 정하더니 대회합실에서 달려나갔다.

여전히 전투에 관련된 건 행동이 빠르다. 그건 그렇고 5일간 무보급 강행군이나 적 지배하 지역에서의 강행 돌파 작전 연습이라니, 특수부대인가 뭔가려나…….

아니, 특수부대 이상의 전투력을 지닌 녀석들이었지.

"마리다 님은 안 됩니다. 당주 업무를 끝내고 나서이기에."

"하으! 알베르트가 나한테만 엄한 거다……."

당주 의자에 앉아 시무룩해져서 고개를 숙인 마리다를 곁눈질하며, 문관들한테 지시를 내리기로 했다.

"문관들도 각자 주어진 직무에 힘써 줘. 금년도도 여러 가지로 해야 할 작업은 산더미처럼 쌓여 있으니까 잘 부탁해."

""""""넵! 잘 알겠습니다!""""""

문관들도 각자의 부서를 향해 대회합실에서 나갔다. 남은 우리도 각자의 일이 있기에 집무실로 이동했다.

대회합실에서 돌아와 집무용 책상에 앉은 내 앞에 이레나가 서류를 내밀었다.

"아버지한테서 애슐리성 아랫마을의 업자 일람표가 도착했으니 확인을 부탁드리겠습니다."

한층 더 에르윈 가문의 세수 증가를 도모하기 위해 물건을 매매하는 상인만이 아니라 산업을 육성하고자 제조업자도 조사시켰다.

이상하게 대장장이와 무기 · 방어구점이 많다만……. 이건 귀인족이 무기와 방어구에 돈을 들이는 일족이기에 대장장이나 무기 및 방어구를 만드는 직인이 공방을 무수히 열고 있기 때문인가.

직인들은 철자를 만들 때도 정밀도가 좋은 물건을 만드는 기량을 가지고 있었다.

다만 무기와 방어구 제작 재료를 수입품에 의존하고 있으니까 이익도 나오기 힘들다.

재료를 확보할 수 있다면 염가로 고품질 무기 및 방어구를 만들어 냄으로써 세수가 늘지도 모른다. 게다가 철을 싼 가격에 입수할 수 있다면 농민병의 전투력 향상을 위해 화승총 시험 제작도 해보고 싶은 참이다.

화승총에 관해서는 당분간 에르윈 가문 이외에는 내어주지 않을 생각이지만, 전장에서 쓰면 머잖아 모방될 것도 고려해서 고성능화 개량을 거듭할 생각이다.

지금은 앞선 것이 없기에 실시할 수 없는 시책이지만 말이지.

나는 떠오른 아이디어를 잊지 않도록 수첩에 기록했다.

"이어서 인구 증가 시책 시안이 나왔습니다. 이쪽도 확인 부탁드립니다."

수첩에 기록을 끝낸 걸 보고, 이레나가 새로운 서류를 내밀었다.

어디 보자, 조기 결혼 장려금, 출산 육아 지원금, 영유아 종합지원, 순회 의사 확보.

돈은 들지만, 에르윈 가문의 장래를 안정적으로 만들기 위해서는 사람을 늘릴 수밖에 없다. 풍족한 경작지를 많이 가진 에르윈 가문은 인구 증가 시책을 적극적으로 장려할 예정이다.

게다가 촌장들이 빼돌렸던 몫도 금년도부터 제대로 납세되고, 잉여 식량은 많이 있다. 하는 김에 나아가 아이가 많은 가족의 인두세 감면도 더해 두자.

아내와 알콩달콩하게 보내면서 아이를 잔뜩 만들면 세금이 싸진다고 하면 아이 만들기에 힘쓰는 사람도 나올 터다.

적어도 나는 힘쓸 생각이다. 아무리 못해도 축구팀을 만들 정도는 아내들과 노력할 생각이다.

사람=군사력=노동력=경제력으로 환산할 수 있으니까, 이 세계에서는 사람이 귀중하단 말이지.

나는 추가할 시책을 더 써넣고 이레나한테 서류를 건넸다.

"추가한 시책을 실행했을 경우의 세수 감소액을 산출해 줘."

"알겠습니다. 이어서 스라트령의 상황 보고서 확인을."

이레나가 내민 서류를 받아 들고 내용을 훑어봤다.

스라트성의 성 아랫마을은 인구 700명 정도의 조금 작은 마을인가.

성 아랫마을에서는 근린 농촌에서 수확한 작물이니 모피, 목재 등 물물 교환도 하고, 화폐로 구입도 하고 있는 건가.

알렉사의 왕도 루튠까지 이어지는 주요 가도에 가까운 입지이기에 근린 상인들도 입시세(入市稅)를 내고 물자를 매입하러 오고 있어서, 스라트성의 아랫마을은 비교적 활기가 있는 편이군.

식량 생산도 스라트성 북쪽에 있는 애슐리령과의 경계 근처는 지력이 많은 풍족한 경작지를 다수 만들 수 있을 것 같다. 인구 증가를 적극적으로 추진하여 개간을 촉진하면 아직도 더 늘어날 소지를 가진 영지라는 건가.

주민 감정도 에르윈 가문의 식량 지원 덕분이나, 애초에 에란시아 제국 측 영토였던 것도 있어서 호의적으로 추진하고 있는 듯하군.

에르윈 가문의 보호령으로 되어 있지만, 리제의 본가이자 내 아이가 이어받을 가능성도 있기에 지반을 확실하게 만들어 주고 싶다.

"스라트령에 대한 식량 지원을 계속해 줘."

"알베르트, 스라트 주민을 대표해서 감사를 표할게. 마리다 언니한테도 말이야."

마리다 옆자리에서 아르코 가문의 결재를 하고 있던 리제가 내게 머리를 숙였다.

"리제는 일을 제대로 하고 있다. 신경 쓰지 말고 받도록 하거라!"

"아르코 가문에 관한 건 에르윈 가문이 마왕 폐하로부터 일임 받았어. 마리다 님의 말대로 신경 쓸 필요는 없어."

리제가 당주를 맡은 아르코 가문은 원래 에란시아 제국 귀족으로 슈게모리 파벌에 속했던 가문이지만, 상속 시의 내분과 전 황제의 실정으로 전 당주가 알렉사 왕국에 포섭되어 배신했던 가문이다.

배신한 전례가 있기에 의심이 강한 마왕 폐하의 신뢰를 얻었다고는 말하기 힘들다. 마왕 폐하 입장에서 보면 충성심이 높은 에르윈 가문에 영지째로 지배시키고 싶다는 의향이 있는 것이라고 생각한다.

다만, 리제에 대한 스라트 영민의 인기를 보건대 스라트 영민은 아르코 가문 사람을 좋아하기에 아르코 가문을 없애고 통치에 개입하면 주민들이 봉기할 가능성이 높다. 그러니 나로서는 리제와의 아이를 완충재로 삼아 에르윈 가문과의 일체화를 지향하고 있는 것이다.

때문에 마왕 폐하가 아르코 가문을 없애게끔 하지 않기 위해서라도, 어딘가에서 리제가 전공을 세우게 하지 않으면 가문을 유지하는 건 힘든 상황에 몰릴 터다.

아르코 가문이 처한 상황을 수첩에 기록하자, 이번에는 리셸이 보고서를 내밀었다.

"알렉사반으로부터는 고란 왕자에게 그 서한이 도달했다는 답변이 있었습니다. 계속해서 지원을 행하겠습니다. 그리고 영내반으로부터는 최근 스라트령에 '산의 민족'이 상당수 출입하고 있다는 보고가 올라와 있습니다. 알렉사반에서 연락이 있었던 '용사의 검' 관계자의 모습도 드문드문 확인된 상태입니다. 대응하는 편이 좋을까요?"

"영내의 '용사의 검'은 언제든지 제거할 수 있으니까 마음대로 움직이게 내버려 둬도 문제는 없어. 그것보다도 국내팀을 '산의 민족' 영역에 전개해서 정보 수집을 강화해 줘."

"알베르트 님이 말씀하신 배후의 위협이라는 건가요? '산의 민족'이 대거 아렌시아 제국을 공격할 거라는 이야기요."

"그래, 알렉사반으로부터 모은 정보로 추측하자면, 그렇게 움직이고 있는 낌새가 나."

"하지만, '산의 민족'은 중립을 선언하고 있을 거다. 지금까지 단 한 번도 어느 나라의 편을 들었다는 이야기를 나는 들은 적이 없는데."

리셸의 보고를 듣고 있던 리제가 자기 영지와 경계가 접한 '산의 민족'에 관한 일반적인 인식을 말했다.

조사시킨 바에 의하면 '산의 민족'은 원래부터 산에 정착했던 주민과 에란시아 제국이나 다른 나라에서 도망친 자들이 험준한 산들을 거주지로 삼아 사냥과 채집을 하는 집단이다.

주로 사냥을 생업으로 하는 사람들인데, 일부는 농지를 지니고 모피나 고기, 들풀을 팔러 다양한 마을로 행상도 하고 있다.

다양한 마을로 행상을 하는 산의 민족들은 귀중한 짐승 모피나 약효가 높은 들풀을 팔러 와줄 뿐만 아니라, 돈에 따라 주변 정보를 가져다주는 사람들로서 영주들한테서도 중요하게 여겨지는 존재다.

산야를 뛰어다니는 사냥으로 단련된 몸과 기척을 지우는 능력, 그리고 눈을 속이는 환술에 뛰어난 그들은 이 세계에서의 '닌자' 같은 사람들이었다.

'산의 민족'의 존재를 싫어한 영주가 몇 번이나 토벌군을 보냈지만, 그들의 본거지인 산악지대에서 싸워서 이긴 영주는 아직까지 없다.

아무리 강력한 군세를 진군시켜도, 험준한 산악지대라는 지리적 이점을 살려 신출귀몰한 공격을 펼치는 산의 민족한테 격퇴당하고 마는 것이다.

그렇기에 그들의 협력을 얻을 수는 있어도, 자주독립 기풍이 높은 그들을 지배하려고 했다가는 큰 대가를 치러야만 하는 존재였다.

하지만 그 상황도 '종교'라는 요소가 더해지며 변하고 있다. 그 때문에 방심할 수 없는 존재가 되었다.

"리제의 말대로 그들은 중립이었지만, 지금은 조금 형세가 바뀌고 있어. 하지만 대책은 추진하고 있으니까 안심해 줘."

"나의 스라트령은 '산의 민족'의 영역과 접해 있지만, 알베르트가 그렇게 말한다면 안심해도 괜찮을 것 같군."

"그렇다고. 나도 있으니까 말이다. 시비를 걸어 오면 내가 '산의 민족'을 몰살시켜 주겠느니라. 안심하거라."

에르윈 가문이라면 못 할 것도 없지만, 손해도 커지기에 가능하면 그건 마지막 수단으로 써 줬으면 한다.

"이레나, 일단 스라트령 순시를 예정에 넣어 둬."

"네, 이미 스케줄을 조정해 두었기에 언제든지 가실 수 있으리라 생각합니다."

역시나 유능 금발 미인 비서는 일 처리가 빠르다. 조정해 두었다면 빨리 순시하는 편이 좋겠군.

나는 같이 가고 싶은 듯이 몸이 근질거리는 마리다와 눈이 마주쳤다.

"마리다 님도 같이 가시겠습니까? 순시지만 말입니다."

"갈래, 갈래, 갈래애! 가는 거다! 리셸, 곧바로 갑옷을 준비해라! 나는 대검을 들고 오마! 핫호—! 순시에서 수상한 녀석들을 팍팍 벨 수 있는 거다!"

의자에서 일어난 마리다가 애용하는 대검을 가지러 침실로 향했다.

“참고로 일은 줄어들지 않으니까 말입니다. 순시 중이라도 결재는 계속해 줘야 합니다.”

침실로 향하는 마리다의 다리가 딱 멈췄다.

“순시하러 가는 거라고. 나는 일을 하는 건데, 거기다 또 일을 더 하라고 말하는 건가?”

나는 최상급의 미소를 띠고 대답했다.

“네, 그렇게 되는군요.”

“크으으으으윽! 내 서방님은 악마인 거다! 내가 과로사하고 나서는 늦는다고!”

“그러면 밤의 서비스를 듬뿍 늘려 둘 테니, 그걸로 타협하지 않겠습니까?”

“이레나도 동행하는 것을 소망한다!”

“괜찮습니다. 이레나도 동행하죠.”

마리다가 주먹을 불끈 쥐고 해냈다는 포즈를 취하는 게 보였다. 분명 밤의 즐거움이 일의 괴로움을 웃돈 거군.

“저도 마리다 님의 시중을 드는 담당이기에 물론 동행하게 되겠네요.”

“어째서인 거냐아아아! 밖에서 모처럼 기를 펴보려고 생각했는데! 리셸이 있으면 펼 수가 없는 거다아아아!”

리셸이 동행한다는 것을 알게 된 마리다가 그 자리에 무너져 내리듯이 주저앉았다.

순시를 나가서 이레나와 리제한테 실컷 성희롱할 생각이었던 것이리라.

"그러면 곧바로 준비해서, 스라트령으로 순시하러 가지요. 가도가 정비되어 있다고는 해도 스라트성까지는 빠르게 몰아도 이틀은 걸리니까 말이지요."

서둘러 준비를 끝내고, 우리는 스라트령으로 마차를 몰았다.

마차가 가도를 남하하여 스라트령으로 들어가자, 목적지인 스라트성이 보이기 시작했다.

약간 큰 저택을 석벽으로 둘러싼 다소 작은 평성(平城)이 리제의 본가인 스라트성이다.

전투 민족인 귀인족이 쌓은 견고한 애슐리성과 비교하면 방어 측면은 불안한 만듦새다.

성 아랫마을도 그렇게까지 크지 않고, 아담하게 뭉친 마을이었다.

"여기가 리제 땅의 집인가~. 리제 땅을 닮아서 아담하게 뭉쳐 있구나. 다만, 나는 싫지 않으니라."

스라트성에 도착하여 마차에서 내린 마리다가 가장 먼저 꺼낸 말에 리제가 웃었다.

"마리다 언니가 마음에 들어 해줘서 다행이야. 우리 영민들도 마리다 언니를 마음에 들어 할 거라고 생각해. 여하간 에란시아 제국 최강의 전사님이고. 나도 더 강해져야겠지."

전사복을 입고 검을 찬 리제는 어떻게 봐도 젊은 소년 영주로밖에 보이지 않는다.

리제가 여성이라는 건 우리 이외에는 아르코 가문에서도 일부 사람밖에 모른다.

"리제 님이 이제야 돌아오셨다! 리제 님! 건강히 지내고 계셨습니까!"

"리제 님! 우리 아이한테 이름을 지어 주지 않으시겠어요?!"

"꺄~, 리제 님! 멋있어~!"

리제의 모습을 발견한 영민들이 그녀를 한 번 보고자 저택 주변에 모여들었다.

리제는 일전의 전투에서 우리의 포로가 되었어도 몸값 요구를 거절하고 의연한 태도를 보임으로써 마리다의 마음에 들어, 아르코 가문 말소로부터 이를 지켜낸 젊은 당주님이라는 평가를 받고 있다.

덕분에 원래부터 높았던 리제를 향한 영민들의 인기는 한층 더 높아진 모양이다.

"미안, 오늘은 에르윈 가문의 마리다 님을 상대해 드려야 하니까! 또 다음에 돌아왔을 때로 해줘."

리제가 영민들한테 손을 흔들자 한층 새된 환성이 일어났다.

무시무시한 꽃미남 파워. 남녀 모두에게 호감을 사는 중성적인 외모가 리제의 매력 중 하나다. 하지만 침대 안에서는 확실하게 여자의 모습을 보여주고 있단 말이지.

그러고 나서는 스라트령에 체재하면서 며칠에 걸쳐 영내를 순시하며 돌아보고, 영민들의 곤란한 점이나 요망을 듣고, 도중에 마주친 곰을 마리다가 맨손으로 때려눕히는 돌발 이벤트도 있었지만, 대략 예정대로 끝날 수 있었다.

•

순시를 끝내고 스라트성으로 돌아온 우리는 저녁 식사를 마친 뒤 애슐리 성 귀환을 내일로 앞두고 기력을 회복하고 있었다.

"하아~, 돌아가고 싶지 않구나. 아직 곰을 한 마리 때려죽였을 뿐인 거다! 피가 부족해! 전투를 하고 싶은 거다~!"

침대 위에서 리셸한테 무릎 베개를 시키고, 이레나와 리제한테 마사지를 시키고 있는 마리다가 떼를 쓰고 있다.

"저는 처음에 순시만이라고 말씀드렸습니다. 브레스트 경한테도 말했지만, 전투는 당분간 없다고 말입니다."

"그러면 전투의 원인을 만들면 되는 거다!"

침대에서 벌떡 일어난 마리다가 옆에 있던 대검을 손에 들더니 판자 천장을 쳐올렸다.

산산이 조각나 흩어진 판자 천장에서 사람의 형체가 굴러떨어졌다.

"수상한 놈이다! 리셸, 리제, 이레나는 이쪽으로."

"네, 넵."

"응."

"경호를 부를게요."

나도 곧바로 근처에 있던 검을 손에 들고 칼집에서 빼내 자세를 취했다.

"설마 천장째 떨어뜨릴 줄이야. 역시나 에란시아 제국 최강의 전사라는 간판에 거짓은 없나."

천장이 무너지면서 발생한 먼지가 걷히자, 검은 복장으로 온몸을 감싸고 얼굴도 검은 천으로 뒤덮은 자가 있었다.

저건 어떻게 봐도 닌자 스타일이지……. 그렇다는 건 설마.

"내 침실을 엿보다니 괘씸한 놈이로군. 그 몸이 붙어 있는 채로 돌아갈 수 있을 거라고 생각하지 마라."

대검을 다시 쥔 마리다가 광폭(狂暴)한 미소를 띠고는 수상한 자를 겨눴다.

"에란시아 제국 최강의 전사와 알렉사의 예지의 지보 부부한테 흥미가 있어서 말이지. 부부간의 행위를 엿보는 건 미안하다고 생각하면서도 멈출 수가 없었다네."

목소리로 보건대 남자 같군. 체격도 크고. 게다가 저 복장을 입고 있는 걸 보니 '산의 민족' 관계자 같군.

수상한 자는 이쪽의 시선도 눈치챈 모양이다.

"알렉사의 예지의 지보 경은 이쪽의 정체를 살피는 중이군. 아직 알아차리게 할 수는 없는 노릇이기에 오늘 밤은 이쯤에서 물러나도록 하지."

"나는 놓치지 않는다고 말했을 터다!"

"마리다 님, 베어 버려서는 안 됩니다! 생포 부탁합니다!"

내 말에 검의 기세가 둔해진 마리다의 참격을 남자는 가볍게 피하고는, 품에서 검은 구슬을 꺼내 지면을 향해 던졌다.

다음 순간, 눈 부신 빛이 실내에 퍼지고 남자의 모습이 보이지 않게 되었다.

"큭! 비겁한 녀석! 나한테 시야 가리기는 통하지 않는다! 알베르트가 생포를 바라는 것을 감사해라!"

공기를 가르는 엄청난 소리가 났나 싶더니만, 창문이 깨지는 소리가 났다.

“아쉬웠군. 약간 더 오른쪽이었다.”

빛 때문에 부셨던 눈이 회복되자, 창가에 선 남자의 얼굴을 덮고 있던 천이 없어진 상태였다.

늑대? 아니, 사람? 수인족인가?

“그러면 이번에야말로 실례하지.”

발치에 조금 전의 검은 구슬이 굴러오는 게 보여서 눈을 감았다.

“큭! 우리를 얕보고 있는 거다! 이번에는 빛나지 않는 구슬을 던졌다! 키이이익!”

마리다의 말에 눈을 뜨니 발치에는 검은 구슬이 나뒹굴고 있다.

불발? 이라고 할지 추격당하지 않기 위한 양동 작전으로 던진 건가!

불발인가 싶어 검은 구슬을 바라보고 있었더니, 쉬익, 하는 소리가 나고는 단숨에 하얀 연기가 실내에 퍼졌다.

“마리다 님, 연기로 시야가 확보되지 않습니다. 유감이지만 추격은 그만두도록 하지요.”

“연기로 모습을 감추다니 치사한 녀석!”

나는 분해하는 마리다의 손을 잡고는 연기가 충만한 방에서 나왔다.

“곧바로 침입자를 탐색해! 저택 안뿐만이 아니라 마을에도 수색대를 내보내!”

연기가 걷히는 걸 기다리고 있자, 리제가 모여든 아르코 가문 가신에게 침입자 탐색 지시를 내렸다.

“침입자의 정체는 뭐였던 걸까요?”

마을로 향하는 수색대가 저택에서 나가는 걸 지켜보고 있자, 리셀이 침입자의 정체에 관해 내게 물었다.

“몇 명인가 짐작 가는 건 있지만, 아직 완전히 좁힐 수는 없네. 수색대의 성과에 기대하자고. 아르코 영내의 정보 수집도 강화해 둬.”

“알겠습니다. 증원을 지시해 두겠습니다.”

리셀은 밀정들에게 새로운 지시를 내리기 위해 저택 안으로 돌아갔다.

“침실을 엿본 녀석을 찾아낼 때까지 나는 돌아가지 않겠느니라!”

마리다는 상당히 화가 난 상태지만, 조금 전의 침입자가 내가 예상한 인물이라면 모략을 성공시키기 위해서는 베게 할 수는 없는 노릇이란 말이지

침입자가 확실히 밝혀질 때까지 스라트에 체재하는 편이 좋을 것 같다.

“마리다 님의 말대로 침입자의 정체가 판명될 때까지 체재하는 편이 좋을 것 같군요.”

“흠, 그 침입자를 반드시 찾아내 주겠느니라!”

마리다 씨, 그렇게 금방 주먹에서 뚝뚝 손가락 꺾는 소리 내지 말라고요. 조신하게 부탁합니다. 자기 영지가 아니니까.

“리제, 미안하지만 다른 방을 준비해 줘.”

“어? 아아, 이 방의 상태로는 경호는 무리인가. 알았다, 준비하지.”

천장이 무너지고 창문이 깨진 침실을 본 리제는 고개를 끄덕였다.

그 후, 저택 안이나 마을에서 범인을 수색했지만, 수색대는 침입자를 찾아내지는 못했다.

그래서 스라트성에서 정무를 보며 침입자의 정보 수집에 임하기로 했다.

침실 침입 사건으로부터 사흘이 지났다.

드물게도 빠르게 당주 업무를 끝낸 마리다는 중앙 정원에서 아르코 가문의 신참 기사들한테 검술 교육이라고 칭하며 혹독한 훈련을 시키고 있다.

나는 스라트성 집무실에서 애슐리성으로부터 온 서한과 격투 중이다.

묵묵히 각자의 일을 하고 있는 우리한테 리셸이 달려왔다.

"알베르트 님, 일전의 스라트 성 침입자의 신원이 밝혀졌습니다. '산의 민족'에 속한 고슈토족의 족장 와리드라고 불리는 남자라는 모양이에요. 그는 인랑족이라는 수인으로, 알베르트 님이 쓰신 인상착의서와 판박이라고 '산의 민족'에 잠입시킨 국내팀 사람한테서 연락이 왔습니다!"

역시 엿보고 있었던 건 '산의 민족'이었나. 고슈토족의 와리드. 분명——.

"와리드라고?! 이 스라트령과 가장 가까운 '산의 민족' 부족이잖아! 우리와는 좋은 관계를 쌓고 있었을 텐데 말이지. 어째서 마리다 언니를 노린 걸까?"

침입한 자가 고슈토족의 와리드라고 판명된 것과 알렉사반이나 영내반으로부터 보고된 정보를 조합해 나가자 그의 목적이 보였다.

"마리다 님의 목숨을 노렸다기보다도, 어떤 인물인지 매우 흥미가 있었던 거겠지. 그때, 살기는 느껴지지 않았고 말이야. 자신들의 궁지에서 벗어나기 위한 정보 수집으로서, 스라트성에 와 있던 우리를 직접 관찰하고 싶었던 거겠지."

"자신들의 궁지? 고슈토족이 어려움을 겪고 있다는 말이야? 그런 이야기는 나한테 전달되지 않았는데."

원래라면 좋은 관계를 쌓고 있을 아르코 가문한테 의지하고 싶었겠지만, 아르코 가문은 작년의 전쟁으로 알렉사 왕국에서 벗어나 마리다의 보호 아래 놓였기에 이쪽을 정탐하려고 했을 터다.

와리드가 어려움을 겪고 있는 문제에 관해 이쪽이 어떤 태도를 보일지 여하에 따라서 '산의 민족'을 뒤흔드는 커다란 문제로 발전할 거라고 생각하고 있을 테고 말이다.

"그가 어려움을 겪고 있는 문제는 분명 '용사의 검'에 관련된 일이라고 생각하는데——."

내가 그렇게 말하며 리셸에게 시선을 향하자, 그녀가 놀란 표정으로 굳었다.

"어떻게 알고 계시는 건가요? 아직 그 건에 대한 보고는 올리지 않았는데요?"

"현시점에서 얻을 수 있는 정보를 정리하고 추측한 답일 뿐이야. '산의 민족' 내에서 퍼지고 있는 '용사의 검'. 알렉사에 있던 리셸이라면 그게 어떤 조직인지 알고 있겠지? 알렉사에서 일어난 일이 '산의 민족' 사이에서 일어나지 않을 리가 없어."

놀란 표정으로 굳어 있던 리셸의 얼굴이 '아아, 과연'이라고 말하는 듯한 표정으로 변화했다.

"'용사의 검' 사람들은 알렉사 왕국에서도 무모한 방법으로 신도를 늘리고 있었으니까 말이죠. 반대하는 사람은 '이단자'로 취급하며 다양한 방해 공작을 펼치는 조직이고요."

"그런 거야. 그게 와리드가 있는 '산의 민족'에서도 일어났어. 어때, 내 추측은 틀리지 않았지?"

"네, 알베르트 님의 추측대로입니다. 국내팀이 입수한 이야기에 따르면 촌락에 온 '용사의 검' 관계자가 강제적인 권유를 하는데 화가 치민 와리드가 반죽음 상태로 후려갈겨 돌려보냈다는 모양이에요. 이전에 보고드렸다고 생각합니다만, '산의 민족' 내에서 급속하게 '용사의 검'에 대한 신앙이 퍼지고 있어서, 조금 전의 사건으로 고슈토족은 '용사의 검'한테 좌지우지 당한 '산의 민족'에서 배척받아, 곤궁에 처한 상황이라는 이야기도 들었다는 모양입니다. 알베르트 님의 추측대로 와리드는 아르코 가문을 복종시킨 에르윈 가문이 의지가 될지 탐색하러 온 것이겠죠."

예상했던 대로 '용사의 검' 녀석들의 세력 확대는 굳건하게 뭉쳐 있던 '산의 민족'을 약체화시켜 우리 쪽으로 포섭할 기회를 준 모양이다.

와리드를 이쪽으로 포섭하여, 그를 중심으로 한 형태로 '산의 민족'을 단합시켜 친에란시아 제국 세력으로 바꾸도록 할까.

"그렇다면 슬슬 저쪽에서 초대가 올 거라고 생각하는데——."

"리제 님, 알베르트 님, 고슈토족의 족장 와리드가 보낸 사자가 찾아왔습니다! 어떻게 하시겠습니까?"

아르코 가문 가신이 낯빛이 변하여 집무실로 뛰어 들어왔다.

"정말로 왔어?! 알베르트의 예측대로야!"

"그러네요. 역시나 알베르트 님이에요."

"이쪽이 정보를 파악하고 있다는 걸 저쪽도 알고 있다고 말하는 것만 같은 사자의 도착이네요."

분명 고슈토족은 '산의 민족'에서도 특히 정보 수집을 중요시하는 부족이라고 생각된다.

내가 알렉사에서 예지의 지보라 불렸던 것도 알고 있었고, 각지의 정보에 상당히 밝을 터다.

"여기로 안내해 줘. 나머지는 저쪽이 촌락까지 선도해 줄 거야."

집무실에 안내받은 와리드의 사자는 예상했던 대로 우리를 촌락으로 초대했다.

그런 이유로 정무 대행을 이레나에게 맡기고, 나는 마리다와 리제, 리셸을 데리고 '산의 민족'의 영역으로 발을 들였다.

와리드의 촌락은 리제의 영지에서 마차로 이틀 정도 서쪽으로 간 고산의 중턱에 만들어져 있었다.

계절은 겨울이기에 촌락 주위는 눈으로 막혀 있다.

전생하기 이전의 나였다면 절대로 무리인 등산이었다. 전생하고 몸을 단련해 두길 잘했다. 하지만 이런 장소에서 생활한다니, 엄청나게 힘들 것 같다.

앞을 나아가는 마리다는 급경사 길을 오르느라 움직이지 못하게 된 리셸을 업고 있다.

"마리다 님, 제 엉덩이를 주무르면서 즐기고 있죠?"

"그, 그렇지 않느니라! 주무르는 맛이 있는 엉덩이라든가, 등에 닿는 가슴이 기분 좋구나, 하는 생각은 하고 있지 않은 거다!"

"마리다 님은 알베르트 님한테 그만큼 귀여움을 받고 있는데도 욕구불만인가요?"

"그런 게 아니다. 내 손이 멋대로 하고 있는 거다!"

손이 멋대로 엉덩이를 주무르거나 하지는 않는다고 생각한다만……. 저건 분명 일부러 하고 있군.

"크흠! 마리다 님, 여긴 영외이기에 장난은 적당히."

헛기침을 하여 마리다한테 충고하자 길안내를 하던 남자가 멈춰 섰다.

"우리 촌락에 온 것을 환영하지. 마리다 폰 에르윈 경, 리제 폰 아르코 경, 그리고 알베르트 폰 에르윈 경. 내가 이 고슈토족의 족장, 와리드 고슈토다."

들은 적이 있는 목소리 쪽으로 시선을 향하자, 회색 머리카락에 늑대 귀와 꼬리를 가진 금색 눈동자의 체격이 큰 남자가 있었다.

그때 침실에 침입한 남자군. 이 녀석이 와리드인가.

"그때는 보내 줬지만, 오늘은 놓치지 않겠다! 라고 말하고 싶은 참이다만, 산의 민족에는 아름다운 여인이 있다고 알베르트한테서 들어서 말이다. 요전의 사과 대가로서 시녀로 채용할 아이를 품평하러 온 거다."

리셸을 업은 채인 마리다가 두리번두리번하며 촌락의 여자애를 쳐다보며 품평했다.

마리다여. 본심이 줄줄 새고 있으니까 조금은 넣어 둬! 이야기가 복잡해지니까 말이야.

여자 영주니까 신변의 시중을 들게 한다는 이유로, 여자를 찾아다니고 있어도 영민한테서는 호색한 영주라는 말은 듣지 않고 그치고 있다.

하지만 실태는 '밤의 시중'까지 하게 되기에, 마리다가 남자였다면 반란이 일어나도 이상하지 않다.

"크흠! 마리다 님, 이번에는 고슈토족의 어려움을 해결하기 위해 온 겁니다."

"마리다 님, 신변의 시중을 드는 건 제가 하겠으니 시녀를 늘리는 건 한동안 삼가세요."

"하지만 말이다~. 내 주변이 쓸쓸해서 말이지~. 그 왜, 아직 밤에는 춥지 않으냐? 내 몸을 따뜻하게 해줄 귀여운 애가 있는 것과 없는 건 의욕에도 차이가 말이지……."

마리다의 발언을 들은 와리드의 시선이 이쪽을 평가하는 듯한 것으로 변화했다.

촌락에 초대하기는 했으나, 그는 이쪽에 와야 할지 아직 망설이고 있는 상황인 것이리라.

"'선혈귀' 마리다 경은 굳세고 꺾이지 않는 분이군. 우리들 고슈토족이 암살을 노리고 있다고 한다면 어떻게 할 테지?"

와리드가 손을 들자 촌락에서 검은 복장을 입은 남자들이 모습을 나타냈다.

이건, 문제 해결에 이쪽이 얼마나 진심인지를 시험하고 있는 거겠지. 품에 손을 넣고 무기를 가지고 있는 것처럼 내보이고 있지만, 우리를 죽여도 메리트가 없다. 이에 화를 내서 우리가 돌아간다면 그는 일족을 데리고 다 함께 죽을 생각인 것이리라. 그 정도로 상황은 절박하다고 생각된다.

"와리드, 나를 시험하는 건 그만둬라. 살기도 없는데 암살 따위를 하는 녀석이 있을 리가 없느니라! 기껏 추운 날씨 속에 여기까지 온 거다! 술 정도는 내어놓는 게 예의 아니더냐. 집회소는 어디냐! 안내해라. 여기서는 추워서 얼어붙어 버린다. 리제 땅도 그렇게 생각하지?"

"뭐, 춥기는 춥네. 그래도 나는 두껍게 입고 왔으니까 괜찮아."

"가능하면 저도 따뜻한 장소에서 회담하는 게 좋습니다. 여긴 남국 태생인 저한테는 너무 춥습니다."

와리드는 검은 복장을 입은 부하들에게 돌아가도록 지시를 내렸다. 일단, 우리가 고슈토족의 이야기를 들으려는 의욕이 높다고 판단해 준 모양이다.

"집회소는 이쪽이다. 술도 내어주겠지만, 맛있지는 않다고."

와리드는 자신이 선도하는 형태로 우리를 촌락 집회소로 안내해 주었다.

도착한 집회소는 어른이 십수 명 정도 들어갈 수 있는 목조 건물로, 방 중앙에 있는 난로가 실내를 따뜻하게 만들어 주고 있었다.

"정말로 술뿐일 줄이야. 리셸, 따라 주길 부탁하는 거다."

"네, 곧바로 따라 드리겠습니다."

난로 앞의 제일 따뜻한 곳을 차지한 마리다는 리제한테 무릎베개를 시키고, 와리드가 가지고 들어온 술병을 리셸한테 건넨 뒤 혼자서 술잔치를 열기 시작했다.

"독특한 맛이 강하지만, 이건 이것대로 나쁘지 않은 술이군. 오오, 중독될 것 같은 맛이니라."

"산에서만 캘 수 있는 과실을 발효시킨 술이니까 말이지. 도시에서는 마실 수 없는 물건이다."

집회소에 있는 건 우리 외에는 와리드 한 명뿐이다.

와리드가 이끄는 고슈토족은 에란시아 제국 건국 이전부터 이 땅에 사는 수인 일족으로, 산야를 뛰어다니며, 사냥 솜씨가 뛰어난 산의 민족이다. 한편으로 행상을 하는 그들은 정보의 중요성도 숙지하고 있다.

산야의 수렵으로 단련된 민첩함과 은밀성, 그리고 스라트성에서 보여준 와리드의 기술, 그것들은 이 세계의 닌자라고 해도 좋아서, 능력이 높은 밀정이 될 수 있는 소질이 충분히 있다.

정보 수집을 최우선으로 하고 있는 내 입장에서 보면 몹시 갖고 싶은 인재였다.

능력을 파악하고자 와리드한테 힘을 사용해 봤다.

이름 : 와리드 고슈토

연령 : 43 성별 : 남 종족 : 인랑족
무용 : 68 통솔 : 72 지력 : 77 내정 : 31 매력 : 58
지위 : 산의 민족 고슈토족 족장

무용과 통솔, 지력도 있으니 첩보 조직의 실전 부대를 맡길 수 있겠군. 와리드가 가신이 되면 리셸은 방대한 정보를 정리하는 데 전념할 수 있을 것 같다.

고슈토족이 통째로 에르윈 가문을 섬기게 되면 첩보 조직은 단숨에 확충할 수 있고, 인원 균형 문제로 반을 편성하지 못했던 국외반도 편성할 수 있게 될 터다.

와리드의 신뢰를 얻기 위해서도, 문제는 빨리 해결하는 편이 좋아 보인다.

"와리드 경, 이번 초대는 우리 에르윈 가문과의 비밀 교섭을 위해서라고 생각하고 있습니다만, 틀림없습니까?"

묵묵히 술을 마시며 이야기를 꺼내려 하지 않는 와리드에게 내가 먼저 말을 건넸다.

"모르겠다. 아르코 가문의 리제 경이라면 내가 잘 조종해서 지금의 상황을 조금이라도 개선할 수단은 있지만……. 상대가 그대들 에르윈 가문이라면 의지해도 괜찮을지 망설여지는군. 예지의 지보라 불렸던 책사가 있으니까 말이다."

"제게 의지하면 산의 민족의 불문율을 깨게 되는 것을 염려하고 있는 것이군요."

"으음, 그렇다. 우리는 어느 세력에도 가담하지 않는 것이 불문율이다. 줄곧 산의 민족의 불문율을 지켜 왔다. 그렇기에 중립이라는 입장으로 있을 수 있었다. 하지만 그것도 무너지려 하고 있어."

술잔을 한 손에 든 와리드의 얼굴에는 고뇌의 색이 진하게 떠올라 있다. 나한테 의지하면 산의 민족으로서 살아가는 건 거의 불가능해진다고 생각하고 있는 것이리라.

하지만 그건 내가 생각하는 고슈토족의 미래가 아니다. 와리드는 내 가신으로 삼을 생각이지만, 그대로 산의 민족을 뒤에서 규합해 주길 바라고도 있다.

"그러면 이 곤경을 이용해서 와리드 경이 산의 민족을 규합하면 됩니다. 그걸 위해 우리들 에르윈 가문은 원조할 용의가 있습니다."

와리드는 손에 들고 있던 술잔을 떨어뜨렸다.

"내가 산의 민족을 규합한다고?! 알베르트 경이라면 지금의 우리 상황을 알고 있을 터이지 않나! 그런 꿈같은 이야기를 믿으라고 말하는 건가?"

"고슈토족은 정보에 밝다고 하던데, 알베르트의 지략을 너무 낮게 평가하는 것 아니냐. 이미 알베르트의 머릿속에서는 모든 것이 다 짜여 있고, 나머지는 그대로 실행하기만 하면 되는 상태이니라."

리셸이 따라 준 잔을 받아 과실주에 입맛을 다시고 있던 마리다의 말에 와리드가 활기를 띠었다.

"마리다 경의 이야기는 정말인가? 정말로 이미 그러한 계책이 준비되어 있나?"

와리드의 반응을 보니, 이쪽이 예상한 것 이상으로 궁지에 몰린 상황임을 헤아릴 수 있었다.

이단자로서 산의 민족 동료한테서 박해받고 일족이 생존의 기로까지 몰린 상황을 개선할 뿐만 아니라, 산의 민족을 통솔하는 지위를 얻으면 그들한테서 매우 큰 신뢰를 얻을 수 있을 거라고 생각된다.

나는 와리드의 눈을 똑바로 바라보며 고개를 끄덕이고는 입을 열었다.

"계책은 이미 제 머릿속에 있습니다. 와리드 경을 비롯한 고슈토족의 협력을 얻을 수 있다면 성공률은 상당히 높겠군요."

"우리의 힘?"

"예, 고슈토족의 힘입니다. 하지만 이 앞의 내용을 이야기하려면 에르윈 가문을 믿어 주는 것이 조건이 됩니다만."

"우리가 살아남기 위해 에르윈 가문을 의지하라는 건가. 그래서는 산의 민족의 중립성이…… 사라지고 만다."

대화가 진전이 없어질 것 같았기에 와리드에게 살짝 귀엣말을 했다.

"어느 세력도 겉과 속의 얼굴이 존재합니다. 물론 산의 민족한테도 그것이 존재해도 괜찮을 터입니다."

내가 귀엣말을 하자, 와리드는 번뜩 깨달은 것 같은 표정을 지었다.

머리는 나쁘지 않은 남자이기에, 이쪽이 한 말의 의미를 곧바로 이해한 모양이다.

"겉과 속…… 즉, 내가 산의 민족의 이면을 지휘하게 되면 표면상으로는 중립성을 유지할 수 있는 계책이 있다고 말하는 건가."

그 물음에 고개를 끄덕여 주자, 흥미를 가진 와리드는 크게 몸을 내밀었다.

아무래도 노렸던 사냥감이 낚인 모양이다.

"제 이야기를 듣겠습니까?"

"아아, 좋다. 꼭 들려주었으면 하는군."

"계책을 이야기하기 전에 확인하고 싶은 것이 있습니다만, 물어봐도 괜찮겠습니까?"

"이렇게 되면 숨김없이 알베르트 경에게 이야기하도록 하지. 무엇이든 물어봐 주게."

"그러면 지금 고슈토족한테 일어나고 있는 문제를 확인토록 하겠습니다. 최근 산의 민족 사이에서 유행하는 '용사의 검'과 다툼이 있어서, '용사의 검'이 고슈토족을 이단자 취급하고 산의 민족에서 배척하고 있다는 건 틀림없습니까?"

나는 첩보 조직으로부터 입수한 고슈토족의 문제를 와리드한테 확인했다.

"아아, 그렇다. 촌락 사람과 말썽을 일으킨 '용사의 검' 관계자를 내가 쫓아냈더니, 대표인 브리치 오크스나의 말이라고 하면서 '이단자'로 인정되었다. 우리는 바깥의 정보에는 민감했지만, 내부의 정보에는 어두웠다. '용사의 검'이 산의 민족에 이 정도로까지 침투했을 줄은 생각지도 못했다."

첩보 조직이 파악한 이야기에 잘못된 점은 없나. 그렇게 되면,

'용사의 검'은 여느 때의 수단으로 이단자를 고립시키고 있는 것이리라.

"현시점에서 '용사의 검'한테 지시받은 다른 산의 민족들에 의해 눈 깜짝할 사이에 이단자 고슈토족과의 교류가 금지되고, 지원도 받지 못하며, 산야에서의 사냥이나 채집도 제한되어 이 벽지에서 고립된 상태다. 이것도 틀림없습니까?"

"부끄러운 이야기지만, 알베르트 경의 말대로다. 이 상태가 앞으로 일주일 이상 지속되면 우리는 먹고살기 위해 긍지와 촌락을 버리든가, 식량을 얻기 위해 결사의 각오로 다른 촌락을 습격해야만 한다. 지금도 술만 가져온 게 아니라, 술밖에 가져올 수 없는 상황인 것이다."

"그런 건 나라도 알고 있느니라. 밖에서 본 촌락 주민이 너무나도 야위어 있었다. 겨울을 넘길 수 있는 식량을 충분히 얻지 못했던 것이겠지. 곧바로 사람을 파견해서 리제 땅의 아르코 가문에 먹을 것을 가지러 오도록 해라. 나는 마른 아이도 좋아하지만, 병적으로 마른 건 안 되니까 말이지. 적당히 마른 체형의 여인이 좋으니라."

여자애를 보고 있던 마리다도 역시나 고슈토족이 궁지에 몰려 있었던 걸 알아차린 모양이다.

"에르윈 가문 당주의 허가가 내렸기에 사양 말고 가지러 와도 됩니다. 아르코 가문은 에르윈 가문으로부터 충분히 식량 지원이 이루어지고 있으니 고슈토족의 몫이 늘어도 문제없을 터입니다."

나는 아르코 가문 당주인 리제한테 확인의 시선을 보냈다.

"우리 쪽은 문제없다. 스라트성으로 돌아가면 곧바로 준비시키지."

"정말로 괜찮은 건가?"

"이번 계책을 실행하려면 와리드 경의 협력이 불가결해서 말입니다. 그 협력 비용의 선금 같은 것입니다. 그러니 사양 말고 받아주시길."

"정말로 중요한 걸 위해서이니 어쩔 수 없군. 선금으로서 받도록 하겠다."

산의 민족은 오랫동안 독립 세력으로서 국가에 의존하지 않고 살아왔기에, 긍지 높은 자들도 많다.

그렇기에 시혜 같은 말은 쓸 수 없다. 일의 선금으로서 식량을 지불한다는 제안으로 했다.

덕분에 산의 민족의 고참 부족으로서 표면상의 중립적 입장을 관철하고 싶은 와리드도 쉽게 타협하여 식량 지원을 받아들여 주었다. 와리드를 비롯한 고슈토족한테는 실질적 활동 부대로서 모략을 돕게 할 생각이기에 공복이라 움직일 수 없다는 사태는 피할 수 있게 된 듯하다.

"그래서, 알베르트 경의 계책은 어떠한 것인지?"

나는 와리드한테 손짓하고는, 이미 짜여 있는 계책의 전모를 귀엣말했다.

계책을 다 들은 와리드의 얼굴은 홍조를 띠었고, 듣기 전과는 다르게 존경의 감정이 깃든 눈동자로 이쪽을 바라봤다.

"역시나 알렉사 왕국에서 예지의 지보라 불렸던 알베르트 경이군. 이 계책이라면 분명 문제를 해결해 줄 뿐만 아니라, 고슈토족은 궁지에서 벗어나 내가 산의 민족을 통솔하는 것도 가능할 테지!"

"계책이 불발로 그쳐 문제를 해결하지 못한 경우에도, 고슈토족한테는 에르윈 가문의 영내에 살 수 있는 장소를 제공할 것을 약속합니다."

내가 내민 손을 와리드는 망설임도 없이 맞잡았다.

"알베르트 경의 완벽한 계책을 세우고 우리 고슈토족이 실무를 담당하는 거다. 실패 따위 있을 수 없는 이야기지."

계책을 들은 와리드도 이 모략의 성공을 확신해 주고 있는 모양이다. 이거라면 실패할 일은 없다고 생각된다.

"대화는 끝난 모양이군. 와리드, 알베르트의 계책이 성공하고 그대가 산의 민족 대표자가 되는 그때에는 특출난 미녀를 시녀로서 바치는 거다. 그리고, 이 술은 매년 애슐리성으로 보내도록."

"알겠다. 알베르트 경의 계책이 성공하고 내가 산의 민족 대표자가 된 그때에는 우리 일족의 피를 잇는 미녀와 술을 에르윈 가문에 헌상할 것을 맹세하지."

"특출난 미녀와 맛있는 술을 기대하고 있으마."

일족의 피를 잇는 미녀를 헌상하겠다, 인가. 즉, 산의 민족 대표가 되어도 와리드의 고슈토족은 에르윈 가문과 함께 걷겠다는 의사표시를 해준 모양이다.

"우리와 손을 잡으면 나쁘게는 하지 않겠어. 지적 노동을 할 수 있는 유능한 인재는 아주 좋아하거든."

"음, 그렇다면 우리의 힘을 알베르트 경과 다른 사람들에게 보여서, 한층 높은 평가를 받을 수 있도록 하지."

고슈토족 와리드의 협력을 얻은 나는 산의 민족 내부에서 암약하는 '용사의 검' 괴멸 작전을 개시하기로 했다.

제2장 ♥ 모략의 성패는 사전 준비가 결정한다

제국력 260년 자수정월(紫水晶月)(2월)

고슈토족에 대한 식량 지원은 지체 없이 이루어져, 산의 민족 내에서 고립되어 곤경에 처했던 와리드를 비롯한 고슈토족은 한숨을 돌렸다.

그 식량 지원도 공식 서류로는 스라트령 순시에서 영민으로부터 탄원받아 추가 지원으로 보낸 물건으로 처리되어 있다.

실태는 고슈토족의 지원이지만 말이다.

덕분에 내 전속 첩보 조직의 위장막인 마르제 상회는 대거 개편되었다.

어째서 대거 개편되었냐 하면, 에르윈 가문 지휘하에 들어간 고슈토족 중에서 첩보 기술에 뛰어난 자를 마르제 상회의 회원으로 새로 고용하여 어디에든 파견되는 국외반으로 편성했기 때문이다. 그 수, 50명.

그들이 가입함으로써 정보의 정밀도와 정확도가 한층 올라가, 지금은 '용사의 검' 괴멸 작전에 맞춰 각지에서 정보 수집에 힘써 주고 있다.

모여드는 정보는 '용사의 검'이 얼마나 위험한 조직인지를 말해 주고 있지만, 나는 알렉사 왕국의 에게레아 신의 전 신관이기에 녀석들의 위험함을 알고 있다.

우선 교의부터가 위험하다. '용사의 검'의 대표가 천공의 신 유테르로부터 신탁을 받은 용사라고 자칭하고 '성전'에 참가하여 사신(邪神)을 신봉하는 나라의 영민을 때려죽이거나, 거액의 헌금을 하면 내세에서는 좋은 인생으로 다시 태어날 수 있다며 퍼뜨리고 있기 때문이다.

죽고 나서의 이익을 목청 높여 호소해 봤자, 듣게 되는 쪽은 '여보세요, 그래서는 나는 이미 죽은 상태입니다만? 죽으면 그건 내가 아니라고'라는 반응이 될 것 같지만…….

실제로는 전란 때문에 간신히 먹고사는 지옥 같은 생활을 하고 있는 사람들 입장에서 보면 차라리 죽는 편이 편하다고 생각하는 층도 꽤 존재하는 것이 이 세계다.

그런 사람들에게 '성전'에서 죽으면 좋은 인생으로 전생할 수 있다는 '용사의 검'의 가르침은 대유행 중.

특히 내가 태어난 알렉사 왕국은 에란시아 제국과의 전쟁이 길어지고 잇따르는 무거운 세금에 농민 봉기도 몇 번이나 일어난 나라라는 사정도 있다.

그런 빈부격차가 큰 알렉사 왕국에서 '용사의 검'이 유테르 신의 신도 조직으로서 결성되어 농민을 중심으로 퍼지고, 불과 10년 만에 국내 유수의 신도 조직으로까지 팽창한 것이다.

교의도 위험하지만, '용사의 검' 대표인 신탁의 용사 군도 교의 이상으로 위험하다.

아내를 두고 있을 뿐만 아니라 젊고 아름다운 여성 신도를 자기 첩으로 삼거나, 신도한테서의 헌금을 술을 마시며 호사스럽게 노는 데 쓰기도 하고, 왕도의 부동산을 사서 자신의 자산으로 삼는 데다가 끝내는 '용사의 검'의 간부에 친족을 나란히 세워 놓는 속물적인 면모를 발휘해 주고 있다.

뭐, 나 역시 용사 군이 신도를 제물로 삼는 사기꾼으로 있어 주기만 하는 것뿐이라면 알렉사 왕국을 썩게 만들기 위해 내버려 둘 생각이지만, 용사 군은 '성전'을 계속해서 부르짖는 실로 성가신 존재다.

일전에 얼간이 왕자 오르그스가 기도한 에란시아 제국 침공 작전에서도 종교 관계자한테 무르다는 말을 듣는 알렉사 왕을 부추겨 '성전'으로 인정시키고, 신도를 병사로 동원하여 침공 지원을 하거나 신도들한테서 거액의 헌금을 모으고 있었다는 정보도 파악이 된 상태다.

부추긴 것까지는 좋은데, '성전'이라 칭한 원정의 결과가 미증유의 대참패.

알렉사 국내에서는 오르그스가 사실을 은폐함으로써 표면상으로 원정은 계속되는 중이다.

그 탓에 진실을 말하지 못하고 있는 대표인 용사 군은 필사적으로 '성전'에 동원한 사람의 소재를 얼버무리고 있지만, 애매모호한 답변 때문에 신도들의 신뢰를 잃어 가고 있는 상황.

신도들의 분위기가 변해서 초조해진 용사 군이 오르그스의 비위를 맞춰 이번에는 산의 민족을 이용해 '에란시아 제국 쳐부순다' 계획을 짜고 있다.

아니 그보다. 그 녀석들을 방치하면 '성전'이라 칭하면서 돈을 모으기 때문에 몇 번이고 신도를 부추겨 에란시아 제국을 공격해 온다.

그런 멍청한 녀석들한테 내 평온한 생활이 흐트러지는 것도 곤란하고, 와리드도 민폐를 당하고 있는 것 같으니까 철저하게 짓뭉개 주도록 하지.

그런 생각을 하고 있었더니, 마차가 목적지에 도착한 모양이다.

산의 민족 영역에서 귀환한 우리가 온 장소는 마리다의 형부 스테판의 본령인 파브레스령이다.

성 앞에 도착한 마차에서 내리자 영주인 스테판과 그의 부인이자 마리다의 언니인 라이아가 마중해 주었다.

"잘 와주었군, 알베르트. 요전의 알렉사와의 전투에서는 신세를 졌다. 오늘은 주연 준비도 해 두었으니 느긋하게 지내다 가라."

"예, 그 말씀에 기대도록 하겠습니다."

넓은 이마를 가진 구미족 스테판은 만사를 흠 없이 해내는 만능형 인물로, 마왕 폐하의 심복이라 불리며 일족에서 가장 출세한 변경백이었다.

"그건 그렇고, 또 알베르트는 재미있어 보이는 걸 하고 있군. 내 귀에도 여러 가지로 전해지고 있다고. 좋은 눈과 귀를 손에 넣었다고도 들었다."

"역시나 스테판 경, 소식이 빠르십니다. 저도 스테판 경을 본받고 있는 것뿐입니다. 게다가 그 3령은 상당히 안정되었다던가."

"뭐, 전임자가 지독했으니까 말이지. 게다가 알베르트가 확실한 기초 준비를 해준 덕분이기도 하다."

스테판은 요전의 전쟁에서 알렉사 왕국에 대승리한 포상으로서 즈라, 자이잔, 베니아의 3령을 영지에 추가 받았다고 들었다.

3령은 악정이 계속되었던 영지이기도 하기에 나로서는 짐만 되는 부담스러운 영지라고 생각하고 있었지만, 이미 확실하게 내정을 손보고 있는 모양이라, 부흥의 조짐도 보이고 있는 듯하다.

역시나 마왕 폐하의 심복이라는 불리는 남자다.

내가 스테판의 수완에 감탄하고 있는 옆에서, 마리다가 언니인 라이아의 커다란 가슴에 얼굴을 묻고 있는 게 보였다.

라이아는 마리다와 같은 은발 적안에 약간 짧은 뿔을 가진, 나긋한 분위기의 귀인족 미녀였다.

"언니~, 오랜만인 거다!"

"정말, 마리다는 아무리 시간이 지나도 어리광쟁이라니까. 서방님도 생겼으니까 이제부터는 좀 더 빠릿빠릿해져야지."

"알고 있는 거다~! 하지만 알베르트라면 내가 언니한테 어리광부리는 걸 용서해 주는 거다!"

음, 언니한테 어리광부리고 있다는 건 알지만, 라이아의 가슴을 만지고 있는 손놀림은 어떻게 봐도 밝히는 영감의 손놀림이란 말이지. 빈틈없이 주무르고 있잖아.

라이아도 그걸 당연하다는 듯이 받아들이는 걸 보고 있으려니, 마리다의 여자를 좋아하는 기질은 의외로 저 언니의 영향이 있는 걸까 하는 생각이 들었다.

나는 라이아의 능력을 파악하기 위해 힘을 발동시켰다.

이름 : 라이아 폰 베일리아

연령 : 26 성별 : 여 종족 : 귀인족
무용 : 61 통솔 : 21 지력 : 22 내정 : 6 매력 : 72
쓰리 사이즈 : B100(I컵) W60 H90
지위 : 변경백 부인

귀인족 여성의 평균적인 무용이 50대이기에, 의외로 수치가 높다.

인족의 강한 기사보다 위의 실력을 지녔다는 느낌인가.

나긋한 것처럼 보이지만, 역시나 최강생물 마리다의 언니라는 거군.

겉모습과는 다른 라이아의 능력에 감탄하고 있자 스테판이 헛기침을 했다.

"크흠! 라이아, 마리다와도 오랜만에 만났으니 자매끼리만의 시간을 보내도록 해라. 나는 알베르트와 이야기를 하고 싶으니 말이다. 괜찮겠지? 알베르트."

"예, 뭐어, 마리다 님만 괜찮다면 저한테 이의는 없습니다."

"아싸~~! 언니, 같이 목욕하는 거다! 오늘은 내가 몸을 씻겨 주겠느니라!"

"어머어머, 목욕하는 거니? 뭐, 오랜만이고 마리다가 씻겨 주는 것도 괜찮겠네. 그러면 서방님, 알베르트 님, 먼저 실례하겠어요."

"언니! 목욕이다! 목욕하는 거다!"

언니인 라이아한테 찰싹 달라붙어 꽁냥거리는 채로, 마리다와 라이아는 성안으로 사라졌다.

"우리는 이쪽이다."

마리다와 라이아를 지켜본 스테판이 앞장서며 안내해줬고, 나는 준비된 주연 자리로 향하기로 했다.

안내받은 방은 응접실이 아니라 스테판의 개인 방이었다.

나는 스테판이 안내한 자리에 앉았다.

"여기라면 대화가 바깥에 샐 일은 없으니 알베르트가 생각하고 있는 계책을 피로해도 문제는 없다. 나도 관련되는 이상, 전모를 들어 두는 편이 이쪽도 효과적으로 움직일 수 있지."

모략을 숙지한 스테판이기에 내 계책을 이용하면서 자신의 이익도 되도록 움직일 생각인 듯하다.

"알겠습니다. 이번 계책은 스테판 경께서 협력해주시지 않으면 성립되지 않으니 말이지요. 계책을 피로하는 것에 문제는 없습니다."

"역시나 알베르트다. 말이 통하는군."

어설프게 이쪽 계책을 감춰서 스테판이 독자적으로 계획하는 모략과 경합하게 되면 성가셔지니까 말이지.

"우선 이번 계책은 알렉사 왕국에서 강한 영향력을 지닌 '용사의 검'을 철저하게 짓부수는 것이 최종 목적입니다."

"'용사의 검'…… 아아, 그 광신자들인가. '성전'을 부르짖으며 신도를 우리나라와의 전쟁에 동원하는 성가신 녀석들이었지."

"예, 그렇습니다. 제 계책은 그 '용사의 검'을 종교적으로 말살하고 알렉사 국내에서 비합법화하여 조직을 해체할 생각입니다."

두 번 다시 '용사의 검'으로서 조직화되지 않도록, 대표인 용사는 죽어 줘야 할 테고, 조직은 철저하게 짓부술 것이다.

"그 계책을 어떻게 달성할 생각이지?"

"제 연줄에 고란 제2 왕자와 이어진 알렉사 귀족이 있습니다. 그쪽에서 움직이도록 만들겠습니다."

"뭐라고?! 고란 왕자와 연줄을 가지고 있는 건가?! 최근 알렉사 국내에서 존재감이 커지고 있다고 들었다. 왕족의 압력이라…… 과연, 그렇군."

"그리고 저는 전 에게레아 신관. 그렇기에 알렉사의 종교 관계자와 연줄이 많습니다."

"그쪽에서도 움직이도록 만든다는 건가. 두 방면에서 공작이 이루어지면 알베르트의 계책이 성공할 확률은 높군."

계책을 들은 스테판도 성공 가능성을 찾아낸 모양이라 미소를 띠었다.

"마침 일전의 전쟁에서 소리 높여 '성전'을 부르짖었던 '용사의 검'은 신도의 신뢰를 잃어 가고 있으니까 말이죠. 시기도 딱 좋습니다."

"과연, 확실히."

"이런 시기에 어째서인지 조직 간부의 추문, 난잡한 여성 관계, 헌금으로 들어간 돈의 사용처, 간부의 범죄 행위, '성전'이라 칭했던 전투의 진실이 입소문으로 퍼지거나 한단 말이지요."

뭐, 그 소문은 마르제 상회의 알렉사반이 마구 퍼뜨리고 있는 거지만.

“신도의 신뢰가 저하되고 있는 가운데, 대표나 간부의 추문이 퍼지고 종교 관계자의 고발과 파문, 왕족한테서 배제 공작까지 이루어지면 ‘용사의 검’이라고 할지라도 버틸 수 없겠지.”

역시나 스테판이군. 전부 말하지 않아도 단편 정보와 추측만으로 내 계책을 꿰뚫어 봤다.

역시 적으로 돌리지 않고, 의지할 수 있는 친척으로서 관계는 밀접히 해두는 편이 좋은 인물이다.

“그렇게 되면 내 일은 우리 영내에 있는 에란시아 제국 최대의 천공의 신 유테르 신전의 관리자를 맡고 있는 고위 신관을 소개하는 것이겠군.”

“이야기가 빨라서 다행입니다.”

우리 마왕 폐하도 자신의 신앙 자세에 대해 참견하지 않는 한, 부하의 신교(神敎)의 자유는 보장하고 있다.

즉, 에란시아 제국의 국교는 전투의 신 아렉시아스지만, 영민은 딱히 어느 신을 신봉해도 박해받는 일은 없고, 6대신의 신전은 에란시아 제국 내 각지에 건립되어 있다.

에란시아 제국 내의 각 신전은 신도의 기부로 운영되지만, 영토를 지니는 것은 허용되지 않고, 신관은 신에게 기도를 드리는 것과 관혼상제에서 축복을 내리는 것만이 주된 업무로 되어 있었다.

종교 영역에서의 제사에만 그치고 있는다면 종교 활동의 자유는 보장되어 있다.

단, 종교인이 정치나 통치에 개입하면 그 신관의 목은 날아간다고 제국법에서는 정해져 있다.

신교의 자유를 정한 제국법에 따라 구미족인 스테판 형님은 천공의 신 유테르를 매우 신앙하며, 알렉사 왕국에 있는 유테르의 총본산이라 여겨지는 대신전에서 고위 신관을 초대하고 있었다.

"좋다. 내일에라도 신전장과 면회할 수 있도록 준비해 두지. 나도 동석해도 괜찮겠나?"

"예, 잘 부탁드리겠습니다."

유테르 신의 고위 신관과 면회하는 데 스테판의 협력을 얻어냈기에, 그 후에는 서로의 영내 문제나 에란시아 제국의 현 상황에 관해 대화를 나누는 주연이 되었다.

다음 날, 나와 스테판은 마차로 유테르 신의 신전으로 향했다.

시야 끝에는 커다란 석조 신전이 보였다.

이 세계에서 신앙받는 신은 여섯 명 정도 있다. 순서대로 소개하자면.

· 천공의 신 유테르…… 말하지 않아도 누구나 잘 아는 창조신. 빛의 수호자로 이 세계에서 가장 메이저한 신.

· 예지의 신 에게레아…… 지혜의 신. 세계의 온갖 사상(事象)을 파악하고 있다. 학자, 의사, 관료 등 지식 계층한테 지지받는 신.

· 기예의 신 아스클레…… 기술의 신. 세계의 온갖 무기와 방어구, 도구를 만들어 낸 신. 대장장이, 목수, 석공, 재단사 등 직인들한테 지지받는 신.

· 농경의 신 자두르…… 농경의 신. 기분을 상하게 하면 가뭄

이나 한발(旱魃)이 일어나는 신. 농민들이 많이 지지하는 신.

· 물의 신 네프투…… 물의 신. 화나게 하면 범람이나 태풍을 일으킨다고 여겨지는 신. 어부, 해운 관계자한테 지지받는 신.

· 전투의 신 아렉시아스…… 전투의 신. 거친 전란을 만들어 낸 신이라 불리며, 주신 유테르에 의해 신계에서 추방당해 사신(邪神) 취급을 받고 있다.

이 세계는 다신교이고, 신앙에 관해서는 비교적 개인의 자유이며, 태반의 국가에서 느슨한 느낌이지만, 딱 하나 신앙하면 안 되는 녀석이 있다.

그 안 되는 신을, 우리 황제가 대대적으로 신앙하고 있다고 각국에 선언하고 있는 거란 말이죠.

다른 신한테서 사신 취급 받고 있는 전투의 신 아렉시아스라는 녀석이지만 말입니다.

마리다의 주군인 에란시아 제국의 황제가 '마왕'이라 불리는 것도, 아인종을 위해서 에란시아 제국을 건국한 초대 황제 때부터 거친 전투의 신 아렉시아스를 신봉하고 있어서 주위에 침략전쟁을 마구 펼쳐 영토를 확대했기 때문이라고 한다.

덕분에 에란시아 제국이 지금도 주위의 인족 국가들로부터 공격받는 건 '너희 나라의 황제가 위험한 신을 신봉하고 있고, 항상 영토를 확대하려 들어서 위험하니까 짓밟아 주겠어' 같은 분위기의 전쟁이 되고 있는 것이다.

물론 에르윈 가문은 뇌까지 근육으로 된 일족이기 때문에 전투의 신 아렉시아스를 대대적으로 신봉하고 있다.

성 아랫마을에 전투의 신 아렉시아스의 신전이 건립되어 있어서 귀인족 신관이 나날이 유게를 단련하고 있다.

신관인데도 육체를 단련하고 있다고…….

뭐 그렇게, 신 이야기를 하고 있었더니 마차가 신전에 도착한 모양이다.

스테판과 함께 마차에서 내리고, 면회를 신청한 유테르 신의 고위 신관과 만나기 위해 신전 안쪽에 있는 신전장실로 향했다.

"스테판 님, 갑작스러운 면회 신청이셨는데, 무언가 곤란한 일이라도 있었습니까?"

스테판한테서 신전 운영에 필요한 많은 헌금을 받고 있는 산데르 신전장은 정중한 어투였다.

내 이름으로 면회하는 거였다면 문전박대당했을 터다.

그의 능력을 파악하기 위해 내가 가진 힘을 사용했다.

이름 : 산데르

연령 : 62 성별 : 남 종족 : 인족

무용 : 12 통솔 : 21 지력 : 75 내정 : 49 매력 : 61

지위 : 유테르 신전 에란시아 제국 주재 주임 신관

에란시아 제국에서의 유테르 신전 관계자 중 톱.

그것이 눈앞에 있는 산데르 신전장이었다.

"실은 매우 곤란한 일이 일어나고 있어서 말이지. 어쩌면 종교

와 관련된 중대 사안으로 발전할지도 모른다."

"중대 사안이라고요?!"

"그래, 내 처제의 남편인 알베르트 폰 에르윈이 그 중대 사안에 관해 연락을 해줬다. 그쪽에서 들어 준다면 고맙겠군."

스테판이 잘 어시스트해 준 덕분에 산데르 신전장이 이쪽의 존재를 알아차려 주었다.

"알베르트 폰 에르윈 경?"

산데르 신전장은 내 얼굴을 보고 의아해하는 듯한 표정을 지었다. 잠시 후, 얼굴과 이름이 일치한 모양이라 놀란 표정으로 바뀌었다.

"예지의 지보라 불렸던 알베르트 경이 아니신가?! 어느새 에란시아 제국의 귀족이 되신 건가?! 분명 끌려가서 행방불명되었다고 들었는데."

상대도 내가 예지의 신전의 전 신관이었던 건 알고 있는 모양이다.

나도 믿는 신은 다르다고는 해도, 그 나라에서 입신출세를 목표로 했던 때도 있었기에 알렉사 왕국의 종교 관계자 얼굴 정도는 기억하고 있었다.

"어찌어찌 살아 있습니다. 지금은 스테판 님의 처제인 마리다 폰 에르윈 님의 배우자가 되었습니다."

"그랬습니까…… 살아 계셨군요."

"제 이야기는 그 정도로 하고, 중대 사안에 대해 설명해도 괜찮겠습니까?"

"아, 아아, 그랬지요. 그래서, 중대 사안이라는 건 대체?"

"에란시아 제국 내의 큰 신전을 맡고 있는 당신이니 이미 짐작 가는 바가 있을 것으로 생각합니다만……. 그렇지, 그 왜, 최근 유명한 '용사의 검'이라고 말씀드리면 이해가 될까요?"

'용사의 검'이라는 이름을 꺼낸 순간, 산데르 신전장의 낯빛이 싹 변했다.

명백히 동요한 표정을 띤 건 그 이야기를 하게 되면 곤란하다고 생각하고 있는 것이리라.

"저는 무관합니다. 에란시아 제국 내의 유테르 신전은 이미 '용사의 검'에 절연장을 보내고 파문 선고를 했습니다."

반론하는 산데르 신전장은 얼굴이 파래져서는 이마에서 커다란 땀방울을 줄줄 흘리기 시작했다.

"산데르 신전장의 이야기는 나도 들었다. 게다가 마왕 폐하도 '성전'을 칭하며 신도를 부추겨 에란시아 제국에 대한 전투 행위를 조장하는 '용사의 검'에 엄한 조치를 강구할 준비를 진행하고 계시니까 말이지. 조만간에 에란시아 제국 내에서는 '용사의 검'은 비합법 조직으로서 단속 대상이 될 거다."

어제의 주연 중에 스테판한테서 마왕 폐하가 국내의 '용사의 검'을 짓부수고자 움직이고 있다는 말을 들었다.

분명 마왕 폐하도 산의 민족에 대한 포교 기세를 보고 '용사의 검'을 내버려 두는 건 위험하다는 것을 알아차린 움직임이라고 생각된다.

"그러니까! 저희와 '용사의 검'은 무관합니다!"

나는 품에서 꺼낸 서류 한 장을 테이블 위에 올려놓았다.
"이건 에란시아 제국 내의 유테르 신전에서 '용사의 검'으로 흘러 들어간 자금을 정리한 서류인데 말입니다. 훑어봐 줄 수 있겠습니까?"
서류로 시선을 내린 산데르 신전장의 안색이 한층 더 파랗게 물들어갔다.
표면상으로는 절연장을 내던지고, 파문 선고했을 터인 신전이 명백히 활동 자금을 원조하고 있는 게 들통나는 서류다.
그 때문에 비합법 조직으로 규정되었을 때, 산데르 신전장도 연좌로 목이 날아갈 가능성을 내포하고 있다.
"이, 이것을 어디서?"
"어떤 사람한테서 맡게 된 물건이라서 말입니다."
와리드가 국내의 '용사의 검' 관계자로부터 슬쩍해 온 서류지만, 정직하게 말할 필요도 없기에 얼버무려 뒀다.
"이, 이건 아닙니다! 이건, 알렉사의 총본산 녀석들이 제멋대로 한 일입니다. 저는 가담하지 않았습니다!"
"정말입니까? 같은 유테르 신을 섬기는 사람으로서 당신이 신도 조직인 '용사의 검'을 지원하고 있는 것 아닙니까?"
내 말을 들은 산데르 신전장의 얼굴이 단숨에 시뻘게졌다.
"그런 녀석들이 하는 말은 유테르 신의 말씀이 아닙니다! 똑같이 취급하지 말아줬으면 좋겠군요! 유테르 신은 하루하루 견실하게 살며 선행을 거듭하라고 말씀하고 계십니다! '용사의 검'의 쓰레기 같은 교의가 유포되어 저희가 얼마나 고생했는지!"

산데르 신전장은 유테르 신의 교의에 관해 총본산에서도 최고 수준의 식견을 가지고 있다고 억하고 있었고, 그 자신은 '용사의 검'의 교의에 상당한 혐오감을 품고 있다는 조사 결과였다.

"그렇습니까? 저는 에게레아의 신관이었기에 유테르의 교의에 밝지 못해서, '사신에 영혼을 판 녀석들을 전부 죽이고, 죽고 나면 좋은 인생으로 전생하자!'라는 교의인가 싶었습니다."

"아닙니다! 그건 알렉사 국왕의 신앙심이 독실한 것을 이용하여 출세한 신탁의 용사를 자칭하는 멍청이가 멋대로 퍼뜨리고 있는 교의입니다! 게다가 유테르 신은 그러한 신탁을 내리신 적은 한 번도 없습니다! 완전한 가짜 교의입니다!"

"이 모습을 보면 아무래도 이 건에는 산데르 신전장은 관여되어 있지 않은 것 같군요. 스테판 경."

"아아, 그런 모양이군. 나로서도 산데르 신전장이 관여되어 있지 않아서 다행이군."

우리의 말을 듣고 산데르 신전장은 휴, 하고 안도한 기색을 보였다.

"믿어 주셔서 감사합니다."

"자금 원조 건은 무관하다는 건 알았습니다만, 실은 다른 건도 있어서 말입니다. 우리 근처의 산의 민족이 '용사의 검'의 박해를 받고 있습니다. 이단자라는 취급을 받아서. 게다가 거기에 없을 터인 에란시아 제국의 유테르 신전 관계자가 있어서 말입니다. 이건, 마왕 폐하의 귀에 들어가면 곤란하겠지요——."

안도하고 있던 산데르 신전장이 당황한 듯이 내 입을 손으로 막았다.

산데르 신전장한테는 '용사의 검'이 산의 민족한테 포교하는 데 참가한 신전 관계자가 짐작 가는 바가 있는 모양이다. 그걸 들키면 자기들의 신변이 위험하다고 생각한 듯하다.

이렇게 되면 이쪽의 페이스다. 상대가 뒤가 켕기는 부분이 있다면 그걸 철저하게 이용하면 된다.

"알베르트 경! 목소리가 큽니다! 모쪼록 그 건은 내밀하게 부탁드립니다. 저희 내부적으로 처벌하겠으니, 모쪼록 비밀로 해주셨으면 합니다."

막고 있던 손을 떼자, 나는 산데르 신전장을 향해 대처에 곤란해하고 있는 듯한 표정을 띠었다.

"하지만 실제 피해가 나와서, 우리 영내로 망명해 왔습니다. 그러니 잠자코 있을 수는."

"흠, 알베르트의 말도 이해는 된다. '용사의 검'은 유테르 신의 신도 조직을 칭하고 있으니, 감독할 권한은 유테르 신전이 가져야만 하지 않겠나?"

"스테판 님, '용사의 검' 녀석들은 저희의 감독권 따위 인정하지 않을 겁니다."

"그렇다면 산데르 신전장은 역시 목을 내놓을 각오를 해줘야 하겠습니다. 우리로서는 마왕 폐하한테 호소하는 것밖에 수단이 없습니다."

실제로 '용사의 검'의 가르침은 에란시아 제국 남부에서도 퍼지기 시작하고 있다.

내버려 두면 아르코 가문이나 우리한테까지 퍼져서, 농민 반란의 불씨가 될지도 모르는 존재다.

해충 구제는 선수필승. 선수를 빼앗기면 때를 놓치게 된다.

"그, 그럴 수가…… 저는 무관한데도!"

재차 '용사의 검'에 관한 연좌로 목이 날아갈지도 모르는 상황임을 알아차린 산데르 신전장이 떨기 시작했다.

'용사의 검' 때문에 궁지에 처한 산데르 신전장에게 내 쪽에서 도움의 손길을 내밀어 줬다.

"그러면, 살기 위해서는 필사적으로 '용사의 검'을 규탄하고, 유테르 신전에서 완전히 파문할 수밖에 없겠군요."

"하지만 에란시아 제국 내의 저로서는 절연장과 파문 선고를 내리는 게 겨우였습니다. 그래도 일부 사람은 '용사의 검'과 이어진 채입니다……."

산데르 신전장은 필사적으로 목소리를 쥐어짜 냈다. 나는 그런 산데르 신전장의 어깨에 손을 올려놓았다.

"딱히 에란시아 제국 내에서 손을 써 달라고는 말하지 않았습니다. '용사의 검' 세력이 강한 알렉사 왕국의 유테르 총본산에 손을 써 줬으면 하는 겁니다. 당신은 총본산에서 파견되었지요?"

"총본산에 말입니까?"

전(前) 같은 업계 사람이기에, 산데르 신전장이 알렉사 왕국의 유테르 총본산과 튼튼한 연줄을 가지고 있는 건 알고 있었다.

이번 방문은 그를 노리고 한 것이나 마찬가지다.

쓸 수 있는 건 신이라도 써야지. 어떤 세계든 원조 본가 신의 목소리라고 말하면 막대한 효과를 발휘한다고.

"확실히 유테르 총본산에 손을 쓰면 '용사의 검'을 파문할 수 있을지도 모릅니다만……."

"당신이 손을 쓰면 움직일 신전 관계자도 많을 터입니다. 거기에 이쪽도 써 주십시오."

새롭게 품에서 꺼낸 서류를 보여줬다. 거기에는 고란파에 관련된 귀족의 이름이 적혀 있었다.

"이건, 알렉사 귀족의 이름이 적혀 있는 것 같습니다만……."

"고란 제2 왕자 측에 붙은 귀족들의 일람입니다. 이 귀족들은 '용사의 검' 배제에 힘을 빌려줄 터입니다."

"그건, 고란 제2 왕자가 '용사의 검'을 제거하고 싶어 한다고 받아들여도 괜찮은 겁니까?"

"예, 그렇게 생각해도 좋습니다."

"으으음……."

서류를 손에 든 산데르 신전장이 진지한 얼굴로 내용을 자세히 살펴봤다.

"딱히 무리라면 괜찮습니다. 무리라면 말이지요. 하지만, 우리도 피해가 이 이상 계속된다면 마왕 폐하께 피해 보고를 올려야만 합니다. 그때 '용사의 검'의 이름과 함께 유테르 신전 관계자의 이름도 나오고 말겠지만 괜찮겠습니까?"

그런 보고서가 국내의 '용사의 검'을 짓부수려 하고 있는 마왕 폐하께 올라가면 이 유테르 신전은 위쪽도 아래쪽도 대소동이 일어날 것이다.

여하간, 마왕 폐하는 역대 황제 중에서 종교의 정치나 통치 개입에 대해 가장 엄격하다는 말을 듣는 사람이고 말이다.

산데르 신전장은 결의를 굳힌 듯, 고개를 들고 이쪽을 봤다. 그 얼굴에는 비장감이 감돌고 있다.

"알겠습니다! 제가 알렉사 왕국의 유테르 총본산으로 가도록 하지요. '용사의 검'을 옹호하는 썩은 자들을 철저히 쫓아내 주겠습니다!"

뭐, 가만히 목이 날아가는 것보다는 알렉사 왕국의 유테르 총본산을 움직여 '용사의 검'을 규탄하는 측에 가세하는 편이 안전하다고 생각한다. 목숨을 소중히 여기면서 가자고. 목숨을 소중히 말이지.

"힘을 보태 주신다니 고맙군요."

"나도 산데르 신전장에게 조력할 생각이다. 필요한 물건이 있다면 뭐든 준비하지."

"그러면 곧바로 알렉사 왕국으로 가겠으니, 마차를 한 대 빌려 주십시오. 그리고 한동안 신전은 부신전장에게 맡기는 것을 허락해 주십시오."

"알겠다. 마차는 곧바로 준비시키지."

조금 전까지 창백한 얼굴이던 산데르 신전장이 결의를 굳히자마자 눈에 의욕이 넘쳐흘렀다. 상당히 '용사의 검'을 마뜩잖게 생각하고 있었던 것이리라.

이거라면 알렉사 왕국의 유테르 총본산의 수장인 대신관을 설득해 줄 것 같다.

"지금부터 알렉사 왕국 유테르 총본산으로 가서 대신관님과 직접 담판하여 '용사의 검'을 신도 조직에서 제명하고 대표의 파문, 그들의 교의는 날조된 가짜임을 공식 발표시키겠습니다!"

"부탁합니다."

나는 산데르 신전장의 손을 굳게 잡았다.

현재 '용사의 검'은 유테르 신의 신도 조직이며, 대표는 유테르 신의 신탁을 받은 용사라고 칭하고 있다.

그 잘나신 용사님한테서 사신에 혼을 판 자를 죽이면 죽고 나서 좋은 삶을 살 수 있다는 말을 듣고 어차피 살아 있어도 전란으로 괴로운 세상이라면, 하고 신앙에 힘쓰고 열광하게 된다. 그들의 귀에 속삭여진 사후의 이상향을 향한 희망은 그들에게는 무시무시할 정도의 힘이 되는 것이다.

하지만 단숨에 진화되는 것도 종교적 열광이었다.

진화하기 위한 비장의 수는 신전에서의 실질적인 추방 처분에 의한 용사님의 권위 박탈.

유테르 총본산으로부터 제명과 파문, 그리고 너희들의 교의는 거짓이라는 통지가 오면 '용사의 검'의 권위도 폭락하게 된다.

'용사의 검'의 교의에 공명하는 자들도 대다수는 인족 국가의 유테르 신의 신도이며, 조직이 제명되고 대표가 파문당하면 '용사의 검'에서 멀어지는 사람도 늘어날 것이다.

게다가 추방 처분과 때를 같이 하여 '용사의 검'의 다양한 추문이 넘쳐 나올 예정이다.

신성(神性)을 주장하는 카리스마적인 용사님이나 간부가 일반

인보다도 난잡한 생활을 하고 있다는 걸 알면 흥이 깨지는 자들이 한층 가속할 것으로 생각된다.

그러한 이탈자들이 늘어나면 늘어날수록, 대표인 용사는 초조해져서 자신의 권위를 유지하기 위해 내부 단속으로 치닫고 더욱 교의를 엄하게 운용하는 바람에 이탈자를 한층 더 늘리게 된다.

조직에 정나미가 떨어진 신도가 이탈하면 영향력은 점점 저하된다.

그렇게 되면 소란을 피우는 일부 신도를 고립시켜 파벌 항쟁을 시키면 자동적으로 내부 붕괴에 이를 터다.

산데르 신전장에게 유테르 총본산으로부터의 '용사의 검' 추방을 맡기고, 우리는 신전을 뒤로했다.

※오르그스 시점

"오르그스 님, 이쪽 사람들이 새롭게 전하의 신변 시중을 들게 되었습니다. 자유롭게 이용해 주십시오."

나는 자잔이 데리고 온 브리치 오크스나의 초대로, 왕도 귀족가에 있는 '용사의 검' 관련 시설에 와 있었다.

소파에 앉은 내 눈앞에는 살이 비쳐 보일 것 같을 정도로 얇은 천으로 몸을 감싼 미녀들이 10명 정도 나란히 서 있다.

지금 있는 저택은 수년 전, '용사의 검'을 이단 조직이라고 하며 추방한 노바르사 후작가의 것이었던 곳으로, 그가 종교 관계자한테 무른 아버지의 역린을 건드려 가문이 단절된 뒤, 브리치가 매수한 것이라는 듯하다.

귀찮은 정무는 티아나에서 귀환한 재상 자잔에게 맡기고, 연초부터 두 달 동안 줄곧 저택에 틀어박혀 바깥세상과의 접촉을 끊고, 미녀들과 미식을 둘러싼 화려한 파티 삼매경을 보내고 있다.

"그리고, 이건 전하께 헌상하겠습니다. 앞으로도 '용사의 검'을 잘 부탁드리겠습니다."

브리치 오크스나는 나무 상자에 든 금괴를 소파에 앉은 내 눈앞에 내려놓았다.

"자잔한테 맡긴 내 금고에 옮겨 둬라."

"넵! 알겠습니다. 여느 때처럼 옮겨 두겠습니다."

요 두 달 동안 '용사의 검'으로부터 헌상받은 금괴는 상당한 액수에 달했다.

병상에 누운 아버지가 죽고 내가 왕이 되면 이 사기꾼은 처분할 예정이기에 쥐어짜 낼 수 있는 동안은 쥐어짜 낼 생각이다.

"그리고 제2차 '성전' 준비는 착착 진행되고 있습니다. 이것도 오르그스 전하께서 잘 말씀해 주신 덕분입니다."

티아나에서 왕국군 재편성을 맡은 브로리슈 후작으로부터 브리치의 '용사의 검'에 무기와 방어구를 유출하도록 지시를 내려 둬서, 산의 민족의 무장도는 상당히 올라갔다는 보고를 받았다.

"정규 병사용 장비를 유출하고 있는 거다. 그쪽도 당초 목적대로 산의 민족을 잘 단합해서 에란시아 제국에 배후에서 공격을 펼칠 수 있도록 준비를 서둘러라!"

"넵! 전력으로 진행하고 있으니 안심해 주십시오. 그 사신을 신봉하는 나라를 한시라도 빨리 멸망시키도록 하지요!"

"아아, 그래."

브리치한테 산의 민족을 봉기시켜 산악전에서 이용한 뒤 버리고, 피폐해진 에란시아 제국군의 틈을 찔러 브로리슈 후작의 왕국군으로 3령에 침공하면 반드시 내 승리다.

그렇게 되면 전쟁에 승리한 내 지위는 올라가고, 짜증 나는 고란의 숨통을 끊을 수 있다.

미녀가 따라 준 술을 마시고 삼키자, 밝은 징조가 보인 미래에 절로 미소가 지어졌다.

"오르그스 전하! 오르그스 전하는 계시는가!"

밝은 징조가 보인 여운에 잠겨 있자, 누군가가 소란을 피우며 저택으로 들어오는 목소리가 들렸다.

저 목소리는 자잔인가……. 중대사 외에는 이 저택에 오지 말라고 말해 뒀을 터인데.

또 시답잖은 일로 내 의견을 물으러 온 건가.

재상이니까 조금은 스스로 결정하라고 말하고 싶다. 후견인으로서 아버지가 붙여 준 자이기는 하지만, 너무나도 무능하다면 즉위 후에는 창문 옆자리 한직에 배치할 수밖에 없겠군.

숨을 거칠게 몰아쉬며 실내에 들어온 자잔한테 손에 들고 있던 술잔을 던졌다.

"멍청한 놈, 여기서 소란 피우지 마라! 흥이 식는다."

"죄, 죄송합니다."

이마에서 흐르는 땀을 손수건으로 닦은 자잔이 면목 없다는 듯이 머리를 숙였다.

"그래서, 무슨 용건이냐? 여기에는 중대사 외에는 오지 말라고 말해 뒀을 텐데?"

"넵! 국왕 폐하의 부르심입니다! 곧바로 침실에 오라는 전언이 있었습니다."

줄곧 병상에 누워 있는 아버지의 부름! 마침내 아버지도 나한테 알렉사 왕위를 양보할 생각이 든 건가!

아버지의 용태는 상당히 나빠져 있어서, 의사들한테서는 회복할 가망이 희박하다는 말을 들었다.

그 때문에 아버지도 죽을 때임을 깨닫고, 나를 후계자로 정해 죽기 전에 지위를 양도하고자 생각한 것이리라.

"멍청한 놈! 그걸 빨리 말하지 않겠냐! 이걸로 나도 마침내 왕인가!"

"오르그 전하가 마침내 왕으로! 축하드립니다!"

브리치가 곧바로 축하의 말을 해주었다.

"그, 그건 모르겠습니다만, 폐하의 부르심이기에 준비를!"

자잔은 눈치가 없는 남자다. 그것 말고 다른 이유로 아버지가 나를 부를 리가 없지.

"흥! 곧바로 준비하겠다. 여기서 기다려라!"

"넵! 기다리고 있겠습니다."

미녀들을 거느리고 침실 대신으로 쓰고 있는 방으로 가서, 곧바로 옷을 갈아입고 아버지의 침실을 찾아가기로 했다.

의기양양하게 왕궁에 있는 아버지의 침실에 들어가자, 절대로 없을 터인 인간이 그 자리에 있었다.

"고란! 네 녀석! 아버지의 침실에는 들어올 수 없을 텐데 어째서 있는 거냐! 당장 나가라!"

고란은 내 말을 완전히 무시하고, 그 자리에서 움직이려 하지 않았다.

"고란을 이 침실에서 당장 배제하라!"

시종들에게 고란을 끌어내도록 지시를 내렸지만, 아무도 이쪽의 지시에는 따르려 하지 않았다.

"오르그스, 소란 피우지 마라. 내가 고란의 입실을 허락했다."

침대에 누워 있는 아버지가 연약한 목소리로 이쪽을 제지했다.

아버지가 고란을 침실에 들여보냈다고……. 어째서지. 아버지는 본의가 아닌 모양새로 맞이한 측실이 낳은 고란을 싫어했을 터다.

고란은 여전히 나를 무시하는 것처럼, 아버지의 침대 옆에 서서 침묵한 채였다.

"아버님, 어째서 고란의 입실을 허가한 겁니까. 고란은 첩출이어서 아버님도 싫어하고 계시지 않았습니까!"

아버지가 병을 앓고 있는 사람이라고는 생각되지 않을 정도의 힘으로 내 손을 강하게 쥐었다.

"들어라, 오르그스. 나는 요전에 너한테 입 밖으로 꺼낸 일은 달성하라고 말했을 터다."

"예, 들었습니다."

"그렇다면, 어째서 정무를 자잔에게 맡기고는, 너 스스로가 정무를 보지 않는 것이냐."

아버지가 타박하는 듯한 눈으로 이쪽을 올려다봤다.

아버지는 화내고 계시는 건가? 정무 따위를 맡긴 정도로?

할 수 있는 자를 믿고 일을 맡기는 것이야말로 왕이 해야만 하는 일이라는 말을 항상 들었을 터인데.

분노를 머금은 시선을 받고, 갑자기 바늘방석에 앉은 듯한 기분을 느꼈다.

"자잔은 오랫동안 재상 자리에 앉아 있어 정무에 뛰어나기에 맡기고 있을 따름입니다."

"어리석은 녀석이. 동생과 한창 왕위를 다투고 있는 와중에, 자기가 선두에 서지 않고 향락에 젖어서 이길 수 있을 정도로 무르지 않다."

내 손을 잡고 있던 아버지의 손힘이 한층 강해졌다.

"하지만, 왕위 계승권은 인정되고 있기는 해도 고란은 첩출이고 두 번째 남자입니다."

그때까지 무표정하게 서 있던 고란의 얼굴에 조소가 떠오른 것이 보였다.

"뭐가 우스운 것이냐. 고란!"

"형님이 너무 우스꽝스러워서 웃음을 참기가 힘들어서 말입니다. 지금, 알렉사 왕국 내부가 어떻게 되어 있는지 모르는 모양이군요."

재침공을 향해 왕국군을 재편성하는 중이지만, 그것 외의 알렉사 국내의 정세 같은 건 딱히 변하지 않았을 터.

"딱히 아무 일도 일어나지 않았다! 잠꼬대 같은 소리를 하지 마라, 고란."

히죽히죽 웃는 것을 멈추지 않던 고란이 품에서 한 통의 서한을 꺼내더니, 아버지의 침대 위에 펼쳤다.

무언가의 포고 서한 같은데, 왕국이 내린 포고는 아니군…….

서한의 내용을 훑어 나가는 중에, 온몸에서 식은땀이 흘러나왔다.

뭐, 뭣이?! '용사의 검' 대표 브리치 오크스나의 파문 통고, 신도 조직에서의 제명, 그리고 '용사의 검'의 교의는 날조라는 유테르 신전 대신관님의 선고서라고?!

대체 어떻게 된 거지! 저택에 틀어박혀 있던 두 달 동안, 브리치는 그런 이야기는 일절 하지 않았다고!

대표인 브리치가 파문당해 버리면 '용사의 검' 따위 조직으로서의 체재를 유지할 수 없다고.

침대 위에 놓인 대신관이 직접 내린 파문 선고서를 떨리는 손으로 쥐었다.

"그러고 보니, 형님은 요 최근 '용사의 검' 대표 브리치 오크스나 경의 저택에서 지내고 있다고 들었습니다만."

고란이 득의양양해하는 듯한 얼굴로 나와 브리치의 관계를 물어봤다.

종교 관계자한테 무른 아버지가 고란을 침실에 들인 건 이 파문 선고서 때문인가!

알렉사 왕국 최대의 신도 수를 자랑하는 유테르 신전의 대신관님한테서 파문 선고를 받은 자와 내가 친밀하게 어울리고 있다고 고란이 신심 깊은 아버지한테 고자질한 것이리라.

그래서 그렇게 분노를 머금은 눈으로 나를 질책한 건가.

하지만 어째서 갑자기 파문 선고서 따위가 나온 거지. 브리치는 유테르 총본산의 신관들한테도 돈을 쥐여 줘서 확고한 지위를 쌓고 있었을 터.

그랬던 것이 고작 두 달 만에 격변하다니……. 하지만 지금은 그런 걸 생각하고 있을 여유는 없다.

자신의 지위를 지키지 않으면 상황에 따라서는 후계자로서의 내 자질을 추궁당할지도 모른다.

자신이 처한 상황을 알아차리고, 보신을 위한 방책을 생각해 내고자 머리를 굴렸다.

"그러한 사실은 없다! 나는 이 파문 선고서가 나오기 전부터 '용사의 검'이라는 조직을 수상하게 여기고 내가 직접 접촉해서 내정을 조사하고 있었던 거다!"

"그건 정말이더냐? 어떻지? 대답해라, 오르그스."

손에 자국이 남을 정도로 내 손을 강하게 쥔 아버지가 애원하는 듯한 눈으로, 순간적으로 입에 담은 보신을 위한 거짓말이 정말임을 인정하라고 다그쳤다.

정말이라고 말하지 않으면, 그거야말로 후계자로서의 내 지위를 박탈할지도 모르는 기세다.

브리치는 여기까지군. 내 지위를 버리고 지킬 정도의 남자도 아니다.

"예, 정말입니다. 대신관님이 내린 파문 선고서가 있다면 문제가 산더미처럼 쌓여 있는 '용사의 검'을 해산시킬 수 있습니다. 고란, 그런 것이니까 네가 걱정할 필요는 없다. 이제부터는 내가 하겠다!"

대신관님의 파문 선고서를 다시 둥글게 말고, 품에 집어넣었다.

"그렇습니까. 그러면 형님 파벌의 귀족 중 많은 자가 추궁을 받게 되겠군요. 어찌 되었든, '용사의 검'의 활동을 열심히 응원하고 있었던 자들이 상당한 수에 이르니 말입니다."

고란이 새롭게 품에서 꺼내 아버지의 침대 위에 올려놓은 서류에는 내가 익히 아는 귀족 가문의 이름이 늘어서 있는 것이 보였다.

"철저하게 하겠다고 말하고 있는 거다. 나는 그걸 위해 '용사의 검'에 접근한 거다. 내 파벌이라 할지라도 그러한 이단 조직과 관계가 있었던 자에게는 처벌을 내리겠다!"

침대 위의 서류를 낚아채듯이 손에 쥐었다.

젠장할 놈이이이! 저 얼굴, 나한테 이겼다는 생각이구나!

그건 그렇고, 그만한 수의 귀족을 처벌해야 하게 되면, 나한테 반감을 품는 자가 늘어난다.

귀족에 대한 대응은 재상 자잔을 면전에 내세워 시킬 수밖에 없겠군.

"오르그스! 확실하게 부탁하마! 네가 이단 조직 배제에 실패하면 신벌을 받는 건 내가 되느니라!"

"알고 있습니다. 만사 이 오르그스에게 맡겨 주십시오! '용사의 검'은 곧바로 배제해 보이겠습니다."

신벌을 두려워하는 아버지의 손을 필사적으로 떼어내고, 고란에게는 눈길도 주지 않은 채 침실에서 나가 왕궁 내의 자기 방으로 돌아가기로 했다.

자신의 방으로 돌아가자 대기하고 있던 재상 자잔에게 브리치의 파문 선고서와 파벌 중 처벌 대상이 된 귀족의 이름이 늘어선 서류를 내던졌다.

"자잔! 네 녀석, 브리치가 이끄는 '용사의 검'이 이단으로 판정되었다는 걸 어째서 말하지 않고 있었던 거냐! 그것 때문에 후계자로서의 내 지위가 위태로운 지경까지 몰렸단 말이다!"

"하아?! 그러한 선고서가 내려졌다는 이야기는 듣지 못했습니다!"

"눈앞에 있잖냐! 친절하게도 대신관님의 서명까지 들어있다!"

내가 내던진 서류와 파문 선고서를 주운 자잔의 얼굴이 경직됐다.

"이, 이런 것이 어느새……."

"고란이 가져온 거다! 재상인 네가 모른다고 말하는 건 용납하지 않겠다!"

"그, 그러한 말씀을 하신들, 저도 전혀 몰랐던 보고여서 말입니다?! 고란파가 최근 '용사의 검'과 거리를 두기 시작했다는 보고는 들었습니다만……. 이러한 파문 선고서가 내려질 거라고 누가 예상했겠습니까."

오랫동안 나를 섬기고 있는 자잔이기에 놀라는 표정과 말에서 거짓은 느껴지지 않았다.

"그러면 사태가 급변했다는 거냐?"
"아마, 그렇지 않을까 합니다. 누군가가 유테르 총본산을 움직여 파문 선고서가 내려진 것이 아닐까 하고."
"칫! 고란 녀석이겠지. 그 녀석, 아버지의 침실에서 나를 보며 히죽히죽 웃고 있었으니까 말이다."
"전격적으로 내려진 것이라고 생각됩니다. 그래서, 어떻게 하시겠습니까?"
파문 선고서와 서류를 든 자잔이 대응을 물어봤다.
"그런 건 뻔하지 않으냐! '용사의 검'을 철저히 단속하지 않으면 왕위 계승자로서의 내 지위가 흔들릴 위기란 말이다! 브리치 따위와는 손을 끊는 게 당연하잖냐!"
"하, 하아. 그렇지만, 그렇게 되면 티아나에서 브로리슈 후작이 진행 중인 왕국군 재편성에 영향이 생깁니다만……."
"그런 사소한 것 따위 아무래도 좋다! 내 지위를 확고하게 만드는 것이 선결이다! 곧바로 브리치를 포박하도록 지령을 내려라. '용사의 검' 간부도 전원 포박 명령을 내려라. 그리고 브로리슈 후작에게 산의 민족에 대한 무기와 방어구 지원을 중지시키고 모든 서류를 폐기하도록 통지해라! 나와 '용사의 검'이 관계되어 있었다는 증거를 일체 없애는 거다!"
"네, 넵! 곧바로 준비하겠습니다!"
"이 내가 이대로 쉽게 왕위를 양보할 거라고 생각하지 마라. 고란."
내 지시를 받은 자잔이 내 방에서 달려나가는 것을 씁쓸하게 지켜봤다.

제3장 ♥ 정무와 모략을 준비하느라 생긴 피로는 아내로 치유받자

제국력 260년 남옥월(藍玉月)(3월)

“하아~, 한가한 거다. 한가해. 한가하니라!”

“그러면 일을 해 주십시오. 아직 오늘의 업무량이 30장 정도 남아 있습니다.”

“싫은 거다. 일은 하고 싶지 않아. 언니의 가슴을 더 만끽하고 싶었느니라!”

손을 쥐었다 폈다 하지 마. 손을.

“업무를 끝내면 제 것을 주무르게 해드릴게요. 그러니까 힘내 주세요.”

마리다의 시선이 리셸의 가슴에 쏟아졌다. 동시에 손이 쥐락펴락 움직였다.

가슴을 주무를 수 있다는 걸 알게 되어 조금은 의욕이 난 모양이다.

“어쩔 수 없군. 리셸이 가슴을 주물러 줬으면 하는 모양이니까, 얼른 일을 정리해 줄까~. 물론 새 야한 속옷은 입는 거다.”

“알겠습니다. 아아, 그렇지! 마리다 님께도 새 의상이 와 있었으니까, 하는 김에 같이 입어 주셔야겠어요.”

손을 쥐락펴락하고 있던 마리다의 손이 멈췄다.

“헉! 그런 말은 듣지 못한 거다! 또, 또 파렴치한 의상을 나한테 입힐 생각이냐! 날 함정에 빠뜨렸구나! 리셸!”

"하지만, 일이 끝나면 제 가슴을 주무를 수 있다구요~. 아아, 리제 님의 신작 의상도——."

"헉! 나도?!"

"크으윽, 이 무슨 악랄한 수법인 거냐!"

마리다가 손을 쥐락펴락하면서, 리셸과 리제를 보며 고뇌하고 있었다.

흠, 리셸한테 부탁해 뒀던 새 의상이 도착했나. 이건 빨리 일을 끝내야만 하겠어.

돌아가고 싶지 않다고 떼를 쓰는 마리다를 질질 끌며 스테판의 영지에서 귀환한 나는 여느 때처럼 소란스러운 집무실에서 정무에 힘쓰고 있다.

요 최근, 와리드에 관한 일이나 '용사의 검' 일로 인해 차분하게 정무를 마주하지 못했기에 밀레비스 군의 머리 광택이 줄어들고, 이레나의 미간에 주름이 져 있었다.

즉, 정무가 지체되고 있다는 말이다.

"알베르트 님, 브레스트 님으로부터 대규모 훈련 요청서가 와 있습니다만."

이레나가 내민 서류를 자세히 심사하지 않고 그대로 각하 상자에 넣었다.

"알베르트! 우리한테 대규모 훈련을 시켜다오—!"

"최근엔 사냥밖에 하지 않았다고! 전투도 없고! 우리의 무기랑 방어구에 녹이 슬어 버려."

집무실 밖에스 브레스트와 라토르가 소란을 피우고 있지만, 훈련은 연초에 했고 예정 외의 훈련에 사용할 쓸데없는 예산은 1엔도 없다.

"다음 안건을 부탁해."

"네, 다음은 베저강 지류의 제방 공사 진척과 수로 개착(開鑿) 보고입니다."

새롭게 이레나가 내민 서류를 손에 들고 내용을 자세히 살펴봤다.

흠, 도망병들도 형기를 다 복무하면 석방되기에 성실하게 일하고 있어서, 제방 본체의 공사 진척은 3할 정도 진전되었나.

동시에 시키고 있는 유랑민들의 개척촌에 대한 농업용수를 공급할 수로 개착도 꽤 진전된 모양이다.

물을 자유롭게 쓸 수 있게 되면 개간을 본격화시켜 농지를 늘리도록 해야겠군.

가까운 시일 내에 한번 시간을 만들어서 확실하게 시찰하고 싶다.

"부족한 자재가 나오지 않도록 현장에의 요구는 확실히 들어주도록 해."

"네, 알겠습니다. 그렇게 통지를 내리겠습니다."

내 수첩에 시찰할 수 있을 것 같은 시기를 기입해 넣고, 서류에 결재 도장을 찍었다.

"다음 안건을 부탁해."

"다음은 이쪽 요청서입니다."

이레나가 내민 요청서는 성내 식량 창고 증축이었다.

밀레비스 군의 요청인가. 올해부터는 촌장들의 횡령도 없고, 식량 납입이 폭증할 테니까 창고도 수납 장소가 부족해지나.

증축에 드는 비용은 제국 금화 1,000닢, 즉 1,000만인가. 보관 가능한 식량이 늘어나면 농성할 수 있는 일수도 늘어난다. 지금 동안에 증축해 두는 편이 좋겠군.

"증축에는 귀인족 가신을 동원하도록 하면 인건비가 제국 금화 200닢 정도로 줄어들어."

"확실히, 그 정도는 줄어들 것 같네요. 귀인족 분들도 창고 건설로 몸을 단련할 수 있고요."

"좋아! 농성 준비시의 방어 구조물 긴급 건설 훈련이라고 하면서 귀인족 가신을 동원하겠어. 브레스트 경, 라토르, 괜찮겠나?"

집무실 밖에서 훈련하고 싶다며 소란 피우고 있던 둘에게 훈련 통지를 내렸다.

"알겠다! 라토르! 긴급 소집이다! 곧바로 가신들을 모아라! 훈련이라고 해도 전장에 늦는 건 귀인족의 수치다!"

"오우, 알고 있다고! 곧바로 모으겠어! 아버지, 집합 장소는 중앙 정원이면 되지!"

"아아, 그래! 우선은 자재 조달부터군! 석재 자르기부터 시작한다! 만드는 건 식량 창고지만 난공불락의 구조물로 만들지 않으면 안 된다! 설계자한테 바로 건축안을 내게 해라!"

"알았어! 그쪽에도 말을 걸지!"

난공불락의 식량 창고라니 뭔데……. 쥐 대책 만전이라는 의미일까.

귀인족이 만드는 식량 창고에 일말의 불안을 느꼈지만, 전시를 상정했을 때의 귀인족의 능력은 발군이기에 분명 좋은 것을 만들어 줄 터다.

나는 달려가는 브레스트와 라토르를 지켜보며, 식량 창고 증축 요청서에 허가 인장을 찍고는 승인 상자에 넣었다.

"다음은——."

"내 보고다."

이레나가 내민 서류에 집중하고 있었더니, 어느샌가 나타난 와리드가 내 앞에 서 있었다.

등장 방식이 어떻게 봐도 닌자란 말이지. 검은 복장을 입고 있고 말이야.

검은 복장을 입은 와리드가 '용사의 검' 추방 운동의 성과를 정리한 보고서를 내밀었다.

"'용사의 검' 녀석들의 당황하는 얼굴을 알베르트 경에게도 보여주고 싶군. 이 단기간에 재미있을 정도로 알렉사 왕국 내의 신도들이 조직에서 이탈하고 있다."

"뭐, 그렇게 되도록 내가 손을 썼으니까 말이지. 하지만 예상 이상으로 빨리 성과가 나오고 있는 모양이야. 이것도 산데르 신전장이 힘써 주고 있는 게 큰 요인이려나."

보고서를 훑어보며, 현장을 알고 있는 와리드에게 상황을 물어봤다.

"그런 모양이다. 산데르 신전장이 유테르 총본산의 대신전에서 엄청나게 날뛰고 있어서 말이다. 유테르 대신전의 최고 책임자인 대신관님에게 유테르 신의 교의를 설명하고, 날조된 교의를 사칭하면서 신도를 미혹하는 '용사의 검'을 옹호하는 신관들을 추방하도록 독촉했다는 모양이다."

"그래서, '용사의 검'을 옹호한 녀석들은 추방당했다는 거군."

"그래. 철저하게 추방당했다. '용사의 검'으로부터 돈을 받았던 녀석들은 한 명도 남김없이."

산데르 신전장은 가장 중요한 목적인 '용사의 검' 대표를 추방처분하기 전에, 방해될 부패한 신관들을 가장 먼저 잘라냈나.

와리드의 보고를 들으면서 보고서 내용을 눈으로 훑어 나갔다.

"방해꾼을 배제한 산데르 신전장은 고란 제2 왕자파와 협력 관계를 쌓는 데 성공했다고."

"그렇다. 알베르트 경이 사전에 고란 제2 왕자한테 '용사의 검'과의 관계를 끊도록 충고한 덕분에 산데르 신전장과의 연계도 잘 되었다. 왕족의 후원도 있어서 대신관은 '용사의 검' 대표 브리치 오크스나한테 내려진 파문 선고와 유테르 신의 신도 조직을 칭하는 것을 금지하는 선언에 서명. 그리고 '용사의 검'의 교의가 날조된 것이라고 모든 신도에게 정식으로 대신관의 이름으로 통지를 내렸다."

"'용사의 검'은 유테르 신과는 일절 관계없는 사기 조직이라고 인정받았다는 거네."

"그렇다, 완벽하게 발뺌할 수 없는 형태로 내려졌다. 게다가 알베르트 경이 모으고 있던 '용사의 검' 대표 브리치 오크스나의 대량의 추문과 간부들의 범죄 행위를 우리가 나라 전체에 퍼뜨리기 시작하고 있는 참이다."

"'용사의 검'이 급속하게 신도의 신뢰를 잃고, 알렉사 왕국의 주민들한테서도 기피당하도록 철저하게 해줘."

철저하게 해도 좋다는 내 말에 와리드가 씨익 미소를 띠었다.

"알겠다. 우리가 당했던 것과 똑같이, 알렉사 왕국 내에서 '용사의 검' 관계자가 안주할 땅을 없애 주지."

'용사의 검'에 대한 원한이 깊은 와리드니까, 하겠다고 말하면 정말로 철저하게 '용사의 검' 관계자를 알렉사 왕국 내에서 쫓아낼 터다

"그 마음가짐으로 부탁해. 지출한 활동 자금은 에르윈 가문에서 마르제 상회 경유로 지불될 거야. 팍팍 써줘. 이레나, 대응을 부탁해."

모략전은 돈을 쏟아붓는 쪽이 승리한다. 돈을 아끼면 정보도 모을 수 없고 확산도 할 수 없으니까 말이지.

마르제 상회의 자금만으로는 불안함이 있기에 에르윈 가문에서도 일부를 지출할 생각이다.

"잘 알겠습니다. 와리드 님이 충분히 활동할 수 있도록 자금을 융통하겠습니다."

"알베르트 경, 이레나 공, 감사하지. 민심이 거칠어지고 있는 알렉사 왕국 내에는 돈으로 움직이는 녀석들이 많으니까 말이다."

"그러면 곧바로 준비하겠습니다."

이레나가 가까이 있는 종이에 조정할 내용을 적어 넣고는 집무실에서 나갔다.

시선을 되돌리자 와리드의 모습은 그곳에 없었다.

"와리드 씨는 언제나 갑자기 나타나서 갑자기 사라지는군요. 저건 기술일까요?"

마리다를 상대하고 있던 리셸이 와리드의 기술에 관해 물어봤지만, 나도 저것이 기술인지 어떤지 모른다.

이 세상에는 마법이 존재하지 않을 터이니까, 트릭이 있는 요술 같은 것이라고 생각하는데……. 어떻게 봐도 마법처럼 팟 하고 모습이 사라지고 없단 말이지. 역시, 닌자인가.

와리드의 기술에 고개를 갸웃하면서, 나는 정무를 재개하기로 했다.

여느 때의 시간에 끝나지 않아 잔업을 하고, 혼자서 산더미처럼 쌓였던 정무를 정리하고, 사적 거처로 돌아갔을 때는 밤도 깊어져 있었다.

"서방님, 일하느라 수고하셨던 거다. 저녁을 먹겠나? 아니면——."

잔업으로 지친 나를 마중해 준 것은 세상에서 제일 귀여운 아내 마리다였다.

먼저 자기 일을 어찌어찌 끝내고 리셸, 리제, 이레나와 함께 집으로 돌아갔는데, 이런 모양새로 마중해 줄 거라고는 생각지 않았다.

"하아아앗! 무리인 거다! 무리이이! 이런 파렴치한 옷차림은 무리이니라! 차라리 알몸으로 있게 해줬으면 하는 거다!"

"어째서? 엄청나게 잘 어울려."

마중해 준 마리다는 소위 말하는 알몸 에이프런이라는 최강의 장비를 착용해 주고 있었다.

덕분에 내 피로는 단숨에 날아갔다.

"아내인 나한테 이런 파렴치한 옷차림을 시키고 흡족해하는 알베르트는 변태인 거다!"

에이프런 드레스에서 넘쳐 나올 것 같은 마리다의 풍만한 몸을 핥는 듯한 시선으로 뚫어지게 쳐다봤다.

내 아내는 귀여운 데다가, 야한 몸을 하고 있으니까 너무 최강이잖아.

"그 말대로야. 나는 귀여운 아내한테 야한 옷차림을 시키고 흡족해하는 변태니까 어쩔 수 없어."

내 말을 들은 마리다의 얼굴이 확 빨개졌다.

"이, 이런 파렴치한 차림을 보이는 건 알베르트뿐이니까 말이니라. 다른 남자한테는 절대로 보여주지 않고, 보였다가는 죽였을 거다!"

"알고 있다니까. 나도 마리다 님이 입어 주는 거니까 기뻐하고 있는 거야."

"크으윽. 그런 말을 들으면 갈아입을 수 없지 않으냐."

마리다는 내 말을 기뻐해 준 모양이라, 옆에 와서 내 팔에 자기 팔을 감아 팔짱을 끼고 몸을 밀착시켰다.

덕분에 에이프런 드레스에서 넘쳐 나올 것 같은 가슴이 한층 강조되는 모양새가 되었다.

이건 생각한 것 이상으로 파괴력이 높은데……. 오늘은 힘내 버릴지도 모르겠군.

“조금 전 질문의 대답은, 저녁이려나. 든든히 먹어 두지 않으면 안 되겠지. 밤은 길고 말이야.”

“아, 알겠느니라. 내가 알베르트한테 먹여주는 역할을 하도록 하겠다.”

“부탁할게.”

나는 알몸 에이프런을 입고 있는 마리다의 허리에 팔을 감고, 늦은 저녁을 먹기 위해 식당으로 향했다.

마리다와 함께 식당 공간에 가자 리제, 이레나, 그리고 리셸이 마리다와 마찬가지로 알몸 에이프런으로 기다리고 있었다.

“어이쿠, 이건 기쁜 오산이었어…….”

“아내인 내가 일을 열심히 해준 서방님한테 주는 선물인 거다. 이런 기특한 아내는 그리 없겠지?”

“아내의 애인을 같이 사랑해도 좋다고 말해 주는 건 마리다 님뿐이네. 나는 행복한 녀석이야.”

“더 칭찬해도 좋으니라.”

머리를 슥슥 쓰다듬어 주자 빨갰던 얼굴이 한층 더 빨갛게 물들었다.

하아—! 귀엽냐고! 내 아내! 최고냐!

“리셸, 리제 땅, 이레나 땅, 식사를 가지고 오는 거다. 오늘은 내가 먹여주는 역할을 할 테니까 말이다~.”

저녁을 먹기 위해 여느 때의 자리에 앉자, 마리다가 응석 부리는 것처럼 내 무릎 위에 앉았다.

"네~에, 곧바로 가져오겠습니다."

"다시 데우고 있겠으니 기다려 주세요."

"알베르트, 술은 마시겠어?"

"아아, 가벼운 걸로 부탁해."

아내와 같은 알몸 에이프런으로 바쁘게 돌아다니는 아내 애인들의 모습에도 시선이 힐끔힐끔 쏠린다.

"리제 땅은 엉덩이가 탱글탱글해서 나를 유혹해 오고, 이레나 땅은 에이프런에서 넘쳐 나올 것만 같은 가슴이 야하고, 리셸은 일부러 이쪽이 흥분하도록 움직여 보이고 있구나."

내 무릎 위에 앉아 몸을 밀착시키고 있는 마리다도 한 몸이 되어 애인들의 알몸 에이프런 모습을 만끽하고 있다.

"이래서는 시선이 이리저리 쏠려서 여러 가지로 들끓어 버리고 말겠군요."

"아직 이른 거다."

내가 마리다와 알몸 에이프런을 만끽하고 있는 사이에, 리셸과 이레나, 리제는 다시 데운 식사와 술을 테이블에 척척 준비해 주었다.

"내가 먹여줄 테니까 알베르트는 움직여서는 안 되느니라."

스프에 빵을 적신 마리다가 진지한 얼굴로 내 입가에 빵을 옮겼다.

그 마리다의 손가락째로 입에 머금고, 혀로 손가락을 애무하는 것처럼 핥았다.

혀가 손가락에 닿을 때마다 마리다의 몸이 움찔, 움찔, 하고 반응하며 얼굴에 홍조를 띠더니 숨이 거칠어졌다.

"하아, 하아, 하읏! 알베르트는 혀도 야한 거다. 음란한 움직임을 하고 있느니라."

"마리다 님의 손가락은 무척 맛있으니까 말이지요. 더 먹게 해주겠어?"

"어, 어쩔 수 없구나. 고기도 먹는 편이 좋겠지."

메인 디시인 소고기를 손가락으로 한 조각 집은 마리다가 이번에는 흠칫흠칫하며 소고기를 내 입가로 옮겼다.

아래쪽부터 찔끔찔끔 소고기를 맛보면서 먹고, 마리다의 손가락으로 육박해 나갔다.

또 손가락을 핥아질 거라며 경계하는 마리다의 의표를 찔러, 알몸 에이프런 사이로 손을 집어넣고는 흥분으로 인해 뾰족해진 가슴 끝부분을 만지작거리기 시작했다.

"햐으읏! 갑자기 뭘 하는 것이냐! 거긴 만지지 않아도 괜찮지 않으냐!"

"귀여운 아내가 먹여주고 있으니까, 제가 뭔가 할 수 있지 않을까 하고 생각해서 말이지요. 싫었습니까?"

이번에는 조금 더 세게 가슴 끝을 괴롭혀 줬다.

"하흐으읏! 야한 거다. 알베르트는 나를 가지고 놀고 있어. 하읏! 시, 싫지는 않다만, 모두가 보고 있느니라!"

밀착한 마리다의 몸은 흥분하고 있는 모양이라 땀이 나기 시작해서, 내가 좋아하는 그녀의 달콤한 체취가 코에 전해졌다.

“보여주면 되는 거 아닐까 합니다. 자, 이렇게 해서.”

가까이에 있던 마리다의 귓불을 살짝 깨물거나 핥자, 마리다의 숨은 한층 거칠어지고 몸이 움찔하며 반응을 나타냈다.

“그만하는 거다. 귀는 그렇게 끈적하게 핥거나 깨무는 곳이 아닌 거다. 하아, 하아, 하아.”

동시에 만지작거리고 있는 가슴 끝부분도 한층 더 단단해져서, 마리다의 숨은 점점 거칠어졌다.

“마리다 님의 갈 때의 얼굴을 모두한테 보여줄까.”

나는 그렇게 말하고 한쪽 손을 마리다의 하복부에 슬며시 집어넣었다.

“기, 기다리는 거다. 지, 지금은 저녁 식사 시간이니라. 햐읏!”

“그러니까, 배가 고픈 저는 마리다 님을 맛보고 있는 겁니다.”

마리다의 목덜미를 혀로 날름 핥으며, 가슴과 하복부로 슬며시 이동시킨 손으로 그녀를 마구 몰아붙였다.

“하으으으으으응! 격렬한 거다! 안 대애애애앳!”

격렬하게 몸을 떤 마리다의 몸에서 힘이 빠지더니, 거친 숨을 내쉬며 나한테 기댔다.

“갈 때의 얼굴이 무척 귀엽네요. 마리다 님은.”

“하아, 하아, 알베르트는, 어쩔 도리도 없이 음란한 남자인 거다…….”

나한테 기댄 마리다가 내 가슴을 도닥도닥 가볍게 두드렸다.

“부부끼리 그렇게 농탕질하는 걸 보게 되면 보고 있는 이쪽도 부끄러워지네요~.”

"리셸 씨의 말대로네요. 저, 부끄러운 말이지만 보고 있는 것만으로……."

자기들이 각자 항상 앉는 의자에서 물끄러미 우리를 보고 있던 세 사람의 얼굴도 빨갛게 달아올라 있다.

"아직 내 저녁 식사가 끝나지 않았는데, 마리다 님이 이런 상태고, 먹여줄 애는 있으려나?"

"그러면, 저부터!"

일어선 리셸이 자신의 가슴에 메인 디시인 고기를 한 조각 끼워 넣더니, 내 얼굴 앞에 가지고 왔다.

"이건 좋은 서비스네."

부드러운 리셸의 가슴에 낀 고기를 먹고, 기름기로 더러워진 가슴을 핥아 깨끗하게 만들어 줬다.

내 혀가 리셸의 가슴에 찰싹 달라붙어 움직일 때마다 그녀의 숨결이 거칠어졌다.

"확실히 마리다 님의 말대로, 알베르트 님의 혀는 음란하네요."

"야한 건 혀뿐만이 아니지만 말이야."

마리다의 하복부에 이동시켜 뒀던 손을 리셸의 에이프런 드레스 틈새에 꽂아 넣고 부드러운 가슴을 마구 주물러 촉감을 즐겼다.

"하아, 하아, 확실히 그런 것 같네요. 혀뿐만이 아니었어요오."

"나한테 엄한 리셸도 알베르트 앞에서는 평범한 여자군. 그러고 보니, 오늘은 가슴을 주물러도 괜찮았을 터이니라."

"네? 앗!"

힘이 빠진 상태에서 회복한 마리다가 리셸의 에이프런 드레스를 잡아당겨 가슴을 노출시켰다.

넘쳐나온 가슴을 주무르며, 가슴 끝부분을 입에 머금었다.

나는 마리다의 움직임에 맞춰, 리셸의 가슴을 주무르던 손을 그녀의 하복부로 슬며시 움직였다.

"마리다 님, 알베르트 님! 둘이서 같이 한다는 말은 듣지 못했어요! 하아, 하아, 아으으으응!"

몸을 떠는 리셸의 체온이 올라가, 달콤하고 농밀한 체취 냄새가 충만해졌다.

"좋은 반응을 하는구나. 나한테 엄한 리셸도 알베르트 앞에서는 평범하고 귀여운 여인이군. 우히히히."

"하아, 하아, 하아, 마리다 님한테는 나중에 벌을 줄 테니까 괜찮아요."

힘이 빠져 나한테 기대는 리셸이었지만, 아직 기운은 남아 있는 듯하다.

"그것도 괜찮네. 나중에 침대에 가면 마리다 님한테는 더 엄한 벌을 받게 하자고."

내 말에, 히죽히죽하고 있던 마리다가 철렁한 표정을 지었다.

"그것도 좋지만, 그전에 알베르트 님의 식사를 끝내야만 하겠네요."

말을 건 것은 이레나로, 내 뒤에 서더니 부드럽고 탄력이 있는 가슴을 뒷머리에 갖다 눌러 댔다.

"수프도 자양 성분이 있는 걸 잔뜩 넣어 뒀으니, 많이 드셔 주세요."

이레나가 내 눈앞에 내민 스푼에 담긴 수프를 다 마셨다.

"맛있어. 게다가 기운이 넘치게 되네."

여러 가지로 강장 작용이 있는 식재료가 담긴 수프이기에, 한 모금 마신 것만으로도 몸이 달아오르는 걸 알 수 있었다.

"밤은 길고, 저희도 같은 저녁을 먹었으니까요."

"이레나 땅은 겉으로는 안 그래 보이는데 속으로는 엄청 밝히는 거다. 분명 알베르트 옆에서 언제나 일을 하면서 야한 망상을 하고 있을 터인 거다. 우히히히."

"그, 그러한 짓은 하고 있지 않아요. 일할 때는 제대로 일하고 있어요!"

"그럼 휴식 시간 때는 어때?"

뒷머리에 닿고 있는 이레나의 가슴에서 열기가 피어오르는 것을 느꼈다.

"조, 조금 망상하고…… 있어요."

"어떤 망상?"

"밤에는 어떤 짓을 알베르트 님한테 당하는 걸까 생각하거나…… 해요."

"역시 이레나 땅은 속으로 밝히는 애인 거다. 오늘도 알베르트한테 분명 엄청나게 야한 짓을 당하고 말겠군. 느후후."

뒷머리에 닿는 이레나의 살결 온도가 한층 올라갔다.

속으로 밝히는 애도 나는 아주 좋아하기에 문제없다.

"리셸 씨도 이레나 씨도 마리다 언니도, 알베르트를 너무 좋아하잖아."

모두의 치태를 물끄러미 보고 있던 리제가 술병을 손에 들고 내 옆에 섰다.

"리제는 내가 싫어?"

"나, 나 말이야? 그야, 아주 좋아하지만 말이지. 그 왜, 나는 남자답게 키워졌고. 모두와는 다르게 가슴도 없으니까 말이야."

나는 옆에 선 리제의 엉덩이로 손을 돌리고는, 근육과 지방이 적당히 좋은 밸런스를 지니고 있어서 탱글탱글한 감촉을 즐겼다.

"하지만 리제는 확실하게 여성다움을 지니고 있다고 생각하는데."

"그럴까나……. 그래도, 알베르트가 그렇게 말한다면, 그런 걸지도."

나한테 엉덩이를 주물러지고 있는 리제는 얼굴이 빨개지며 술병으로 술잔에 술을 따랐다.

"귀여운 여자애가 술을 입으로 옮겨서 마시게 해주면 나는 무척 만족스럽겠는데."

"어? 입으로?! 내가?"

"싫어?"

리제는 말없이 자신의 입에 술을 머금고는, 내 입에 접촉하여 술을 부어 주었다.

무척 맛있게 느껴지는 술을 다 마시고는, 눈물이 글썽글썽한 리제와 서로 혀를 휘감았다.

"리제 땅도 대담해진 거다. 이것도 알베르트가 매일 밤 귀여워한 성과겠군. 어디, 나도 서방님을 위해 돕지 않으면 안 되겠어."

마리다가 쪼아먹듯이, 리제의 가슴 끝부분을 핥아 올렸다.

리제의 눈동자가 한층 더 눈물로 글썽글썽해졌다.

"푸핫! 알베르트, 이런 입맞춤을 당하면 무리야! 마리다 언니, 거기 안 대애앳!"

빰을 붉힌 리제가 몸을 떨고는 이쪽으로 쓰러졌다.

"리제 땅은 갈 때도 귀엽구나~."

"하아, 하아, 그도 그럴 게, 무리라고. 이런 거 나한테는 자극이 너무 강해!"

"하지만 아직 밤은 길고, 나도 여러 가지로 들끓어 오르기 시작했으니까 모두 다 같이 나를 진정시켜 주지 않으면 안 될 것 같네."

식사는 아직 도주이지만, 강장 작용이 몸에 돌기 시작한 모양이라 들끓어 오르는 것을 참을 수 없게 되었다.

"그러면 침대에서 전투를 하지 않으면 안 되겠군."

"그런 것 같네요. 하지만 오늘의 알베르트 님은 이 의상 때문에 여느 때 이상으로 격렬할 것 같아요."

"저는 격렬한 것도 싫지 않아요."

"여느 때 이상으로 격렬한 건가…… 나, 어떻게 되어 버리는 거지."

"그럼, 갈까."

나는 모두를 데리고 침실로 향하기로 했다. 그날 밤의 나는 여느 때 이상으로 격렬하게 아내와 아내 애인들을 몰아붙이게 되었다.

다음 날 아침, 눈을 뜨니 침대 시트 위에는 어젯밤 행위의 흔적이 얼룩져 남아 있었다.

또 시트 하나가 못 쓰게 되어 버렸군. 어느 정도 자중하려던 생각이었는데, 아무래도 도가 지나쳤던 듯하다.

그래도 뭐, 아내들이 만족한 얼굴로 자고 있으니까 이걸로 괜찮았다고 생각하고 싶다.

알몸 에이프런, 좋았지~. 달에 한 번 정도는 모두한테 입어 주도록 부탁할까나.

침대에서 일어난 나는 물병에 담겨 있는 물을 나무통에 뜨고, 깨끗한 천을 물에 적신 뒤 짰다.

물기를 머금은 천으로 어젯밤의 내가 더럽힌 그녀들의 몸을 깨끗하게 해나갔다.

"아직, 졸린 거다. 새벽까지 알베르트한테 당했으니까 말이지. 후뮤우우."

마리다의 몸을 깨끗하게 닦고 있자, 마리다가 느릿느릿 움직였다. 아직 잠꼬대하고 있는 듯하다.

일어날 시간까지는 아직 조금 남아 있으니까, 자게 내버려 두자.

마리다의 몸을 깨끗하게 닦고는, 감기에 걸리지 않도록 모포를 위에 덮어 줬다.

"자 그럼, 다음은 리셸인가."

마리다를 끝내고, 천을 다시 물에 적신 뒤 짜고는 이번에는 리셸의 몸을 닦았다.

차가웠는지, 천이 닿자 리셸의 눈이 딱 뜨였다.

"그러한 일은, 제가 할 테니까요."

"됐으니까, 됐으니까. 자고 있어도 돼. 내가 모두의 자는 얼굴을 보면서 즐기고 있는 것뿐이니까 말이야."

"그러셨나요, 그러면 부탁드릴게요. 장난이라든가 해도 괜찮으니까 말이에요."

해도 괜찮은 건가……. 아니, 이제 아침이니까 안 하지만 말이야.

다시 색색 숨소리를 내기 시작한 리셸의 몸을 천으로 깨끗하게 닦은 뒤 모포를 덮어 줬다.

다음은 이레나군. 어제는 마리다와 함께 가장 격렬하게 몰아붙였으니까, 빈틈없이 깨끗하게 닦아 줘야겠어.

새로 준비한 천을 짜서, 어젯밤의 행위의 더러움이 묻어 있는 이레나의 몸을 닦아 나갔다.

"하으. 그런. 아직도 더, 당하는 건가요…… 더는, 무리예요오. 알베르트 님한테 야한 애라고 생각되어 버리니까아."

잠꼬대하고 있는 모양이다. 하지만 나는 야한 애를 아주 좋아하니까 괜찮다.

이레나도 빈틈없이 깨끗하게 닦고, 모포를 위에서 덮어 줬다.

리제는 잠버릇이…….

"알베르트, 마리다 언니, 그런 창피한 차림을 했다간 나는 살아갈 수 없으니까아. 용서해 줘어. 부탁이니까아."

오해받을 것 같은 잠꼬대를 들으니 철렁해지네. 나는 억지로 강요하지 않았어. 억지로 강요하지는…….

천이 살에 닿을 때마다 리제가 움찔움찔 몸을 떨었지만, 어찌

어찌 깨끗하게 닦아 준 뒤 모포를 덮었다.

“후우, 다들 깨끗해졌어. 남은 건 나인가.”

마지막으로 자기 몸을 깨끗하게 닦고 옷을 갈아입은 뒤, 조금 이르기는 하지만 아침 식사 전에 조금만 업무를 정리하기로 했다.

제4장 ♥ 아직 계속되는 사전 준비의 때

제국력 260년 금강석월(金剛石月)(4월)

집무실에서 이레나와 함께 정무를 처리하고 있자, 창고 건설에 동원된 가로 브레스트가 얼굴을 내비쳤다.

"알베르트. 어째 뒤에서 즐거운 걸 준비하고 있다는 것 같잖냐? 고슈토족 녀석들이 상당수 움직이고 있는 모양이고 말이다."

브레스트의 눈이 반짝반짝 빛나고 있다.

이건, 그거다. 전투 냄새를 맡고서 기뻐하는 전사의 눈이 분명하다.

"무슨 말인지요? 저는 전혀 모르겠습니다만? 고슈토족은 평범하게 일을 하고 있을 뿐입니다."

근육 뇌들한테 출진을 요청하는 건 모략 마무리가 끝난 최종 단계에서다.

지금은 아직 그들의 근육을 쓸 때가 아니기에, 가을 수확을 향한 창고 건설에 열심히 임해줬으면 한다.

"숨기지 마라. '용사의 검'인가 하는 무장 조직을 짓부수는 것이지? 어떠냐? 내가 나설 차례는 있나? 있겠지? 몇 명을 베면 되냐? 기다려, 기다려라, 딱히 큰 전투를 하게 해달라고는 말하지 않았다고. 40~50명 정도 벨 수 있으면……"

작은 전투로 40~50명이나 벤다든가, 진심으로 할지도 모르는 아저씨이기에 아직 풀어놓아서는 안 된다.

"가령 전투가 있다고 한다면, 마리다 님이 출진 명령을 내릴 겁니다. 그것보다도 창고 건설은 진전되고 있습니까?"

"그래서, 장소는 어디지? 아르코 가문 영지인가? 좋다고. 곧바로 내보낼 수 있는 병사를 준비하고 있으니까 말이다."

골수 근육 뇌 전사는 남의 이야기를 전혀 듣지 않는다. 이거라면 밤의 침대에서 해롱해롱하게 되어 주는 마리다 쪽이 그나마 다루기 쉽다.

그건 그렇고 귀인족은 전투의 낌새에는 너무 민감하다.

"지금 싸움을 걸면 제가 준비한 모략이 전부 헛수고가 됩니다. 그렇게 되면 장로직을 라토르한테 양보하고 브레스트 경은 은거해 줘야 할 겁니다. 그리고 영원히 전투에는 내보내지 않을 겁니다. 그래도, 괜찮은 것이지요?"

나는 서류를 쓰고 있던 붓을 멈추고 눈앞의 브레스트를 똑바로 바라봤다.

"잠깐, 잠깐 기다려라! 그건 싫다! 나한테서 전투를 빼앗겠다니 너는 악마냐!"

"아버지도 슬슬 은거하고 전투 지휘는 나한테 맡기면 되잖아."

귀찮은 인간이 늘었다.

브레스트의 적남인 라토르가 나와 브레스트의 대화에 끼어들었다.

이 두 사람이 모이면…….

"이 바보 아들이!! 나는 아직 현역을 은퇴하겠다는 말은 하지 않았다! 미숙한 애송이한테 에르윈 가문의 소중한 병사를 맡길 수 있겠냐!"

"아앗! 아버지! 나도 이젠 첫 출진을 끝마친 귀인족 남자라고. 전사장이 됐어. 언제까지고 나를 어린애 취급하지 마!"

"뭐라고, 이 자식아아아아! 불만이 있다면 붙어 주마! 밖으로 나와라!"

"아앙?! 해볼 수 있으면 해보라고!"

네, 여느 때처럼 전투가 발발했습니다. 그렇기에, 나는 싸우러 중앙 정원으로 이동한 둘을 내버려 두고 집무로 돌아갑니다.

"싸움이라면 중앙 정원에서 해주십시오. 물품 파손은 봉급에서 차감하겠으니 잘 부탁합니다. 그리고 창고 건설 진척 보고서를 슬슬 제출해 주십시오."

""이미 제출했다!""

"그랬습니까, 실례했습니다."

전투가 일과인 두 사람이 부수는 물품은 상당한 액수가 된다. 전투에 의한 파손 물품 변제는 두 사람의 봉급에서 보전하고 있는데, 질리지 않은 모양이다.

나는 이레나가 내밀어 준 창고 건설 진척 보고서를 훑어보았다.

흠, 건축 자재 조달은 끝나고 이미 기초 공사 완료, 상부 구조물 건설 중이라.

이거라면 다음 달에라도 새 창고들은 완성될 것 같군.

귀인족의 건축 기사가 제출한 사양서에 따르면, 투석기의 석탄(石彈)이 직격해도 튕겨내는 구조라는 듯하다.

식량 창고인데도 말이다. 낙성 직전이 되어도 최후의 최후에 식량 창고에서 농성할 생각이라는 것 같다.

역시나 귀인족, 발상이 터무니없다.

뭐, 그래도 그들 덕분에 화재도 발생하지 않고, 투석에도 파괴되지 않는 식량 창고가 만들어지는 것이다.

앗! 까먹고 있었는데, 쥐를 섬멸할 장치를 추가하도록 내가 의견서를 덧붙였기에 철저한 쥐 대책까지 되어 있다.

보고서를 확인하자, 두 사람이 중앙 정원에서 맞붙어 싸우기 시작했다.

그 혈기는 어딘가 다른 곳에서 발산해 줬으면 한다.

중앙 정원의 두 사람을 보는 데 질려서 서류로 시선을 되돌리려 했더니 어느샌가 와리드가 부하를 데리고 집무실에 나타났다.

"와리드, 와 있었어?"

"아아, 진척 보고를 하러 왔다. 지시받은 대로 '용사의 검'의 추문이 알렉사 왕국 내에 퍼져서 '용사의 검'과의 유착을 의심받은 오르그스가 브리치나 조직 간부를 지명수배하고, 조직을 해산시키고자 기를 쓰고 있다. 그 때문에 브리치를 비롯한 간부는 동요하는 신도들을 버리고, 신분을 속이고는 가질 수 있는 만큼의 자산을 가지고 왕도에서 도망. 세간의 관심을 식히기 위해 알렉사 왕국 남부로 도망치려고 했지만, 오르그스의 수배가 돌아서 단념. 아직 조직으로서 살아 있는 산의 민족 영역을 향해 이동 중이다."

와리드는 입을 일그러뜨리며, 진심 어린 경멸을 띤 표정을 짓고는 '용사의 검'의 상황을 보고했다.

"보고는 들었어. 와리드가 유포해 준 '용사의 검'의 추문 덕분에 알렉사 왕국 내에서도 녀석들을 옹호하는 사람은 전혀 없는 듯하네. 우선은 예정대로 산의 민족 내부에 '용사의 검' 녀석들이 도망쳐 들어오겠어."

"성공할 거라는 확신은 있었지만, 이렇게까지 잘 풀릴 줄이야. 알베르트 경의 모략 수완에는 경의를 표할 수밖에 없군."

"원래부터 알렉사 왕국에 살고 있었을 때부터 '용사의 검'은 눈여겨보고 있었고 말이지."

오르그스가 제대로 된 왕자였다면 그의 오른팔이 되어, 알렉사 왕국을 부패시키고 있는 '용사의 검'을 괴멸시키고자 생각해 뒀던 계책이다.

이번 모략은 그걸 에란시아 제국에 유리해지도록 어레인지한 것이었는데, 예상대로의 성과를 냈다.

"자 그럼, 모략은 다음 단계에 들어가는데, 준비는 되어 있어?"

"그래, 지시받은 준비는 끝내 두었다."

와리드는 거친 남자로 보이지만, 산의 민족으로서 사냥이나 채집으로 얻은 희소한 모피나 약초를 행상으로 팔고, 정보도 영주들한테 팔아 고슈토족을 먹여 살려 온 꿋꿋한 남자다.

정보를 중시하고, 깊은 생각을 거듭하여 움직이는 유형의 남자이기에 속도가 중요시되는 모략 업무에서도 극히 우수했다.

"산의 민족에 대한 이번 유언(流言)과 위장 공작은 나도 동행할 생각이야. 세세한 상황 판단도 필요할 테고 말이지."

"아아, 그렇게 해줄 수 있다면 고맙겠다. 나로서는 산의 민족한테서 경계받는 일도 있을 테니까 말이지. 알베르트 경이 직접 설득하면 마음이 바뀌는 자들도 다수 나올 터다. 그 때문에 호위도 불렀다."

와리드의 시선이 자기 옆에 있던 체격이 작은 부하에게 향했다.

전신이 검은 복장에 둘러싸여 있지만, 금색 눈동자가 인상적으로, 동물귀 모양처럼 된 두건 형태와 엉덩이에서 난 꼬리로 봐서 같은 인랑족 사람이라고 생각됐다.

"그자는?"

"아아, 이 녀석은 류미나스라고 해서 말이지. 내 딸이다. 일족의 기술과 무예는 가르쳐 뒀다. 산의 민족 영역에서 활동하는 동안 알베르트 경의 호위로 써주게. 호위로서는 마리다 경이 최강이지만, 겉모습이 너무 화려해서 금방 신원이 들통나고 마니까 말이지."

"저는 류미나스라고 합니다. 알베르트 경의 호위를 맡겨 주십시오."

목소리로 봐서 상당히 어린 느낌이 드는데, 와리드의 딸인가……. 어떤 외모인지 신경 쓰이는군.

"두건을 벗어 줘. 나를 호위할 자의 민얼굴은 알아 두고 싶어."

"네, 알겠습니다."

류미나스가 두건을 풀자 아버지와 같은 회색인 단발 머리카락에서 뿅, 하고 늑대 귀가 곧추섰다.

몸집이 작은 동물귀 소녀는 여러 성벽을 자극해 오는군…….

이건 파괴력이 높다.

능력을 파악하고자 류미나스한테 능력을 사용해 봤다.

이름 : 류미나스 고슈토

연령 : 17 성별 : 여 종족 : 인랑족

무용 : 63 통솔 : 43 지력 : 61 내정 : 21 매력 : 78

쓰리 사이즈 : B81(D컵) W54 H84

지위 : 산의 민족 고슈토족 족장의 딸

겉모습과 반대로 의외로 무용이 높다. 이거라면 호위로서도 제대로 활약해 줄 터다.

게다가 와리드가 산의 민족 대표가 되었을 때 보내주겠다고 한 일족의 미녀는 분명 이 애를 말하는 거군.

내심 기쁨에 차서 류미나스를 보고 있었더니, 마리다를 질책하는 리셸의 목소리가 들려왔다.

"마리다 님! 아직 인장 찍기가 끝나지 않았습니다! 손을 멈추지 마세요!"

"리셸! 나도 류미나스의 얼굴을 보고 싶은 거다! 말리지 마라! 부탁이니까 가게 해다오!"

"마리다 님! 류미나스 짱은 와리드 씨의 아이고, 우리 가신이 아니라구요!"

반대편 자리에서 인장을 찍고 있던 마리다가 리셸을 질질 끈 채로 내 앞에 왔다.

마리다의 얼굴을 힐끔 볼…… 필요까지도 없었다.

눈앞의 수인 여자애를 보고 하아하아, 하고 거친 숨을 쉬고 있다. 내 아내는 미소녀를 정말 좋아하는 것이다.

"알베르트, 류미나스한테는 내 호위를 하게 하면 안 되는 것이냐? 하아하아, 이 애슐리성에도 침입자가 있을지도 모르고."

"귀인족이 경비하고 고슈토족의 젊은이가 보이지 않는 곳에서 호위해 주고 있는 이 성에 침입하려면 상당한 실력이 필요할 거라고 생각합니다만?"

"나는 암살당하지 않을지 걱정이라 무서워서 밤에도 잠들지 못 하느니라."

인류 최강생물인 마리다를 암살할 수 있는 자가 존재하려나, 하는 생각이 든다.

"마리다 언니의 호위는 내가 열심히 할 테니까 맡겨 둬!"

마리다 옆자리에서 정무를 보고 있던 리제가 자기 가슴을 두드리며 마리다의 호위를 자청해 준 모양이다.

"리제 땅…… 그렇게까지 나를! 하아, 죠아, 죠아, 인 거다!"

리제의 말에 감동한 마리다가 그녀를 부둥켜안고 뺨을 비볐다.

마리다의 관심이 류미나스에서 벗어난 사이에 출발하도록 하자.

와리드도 협력해주고 있지만, 산의 민족 대표가 되기 전까지는 나한테 진정으로 복종해 주지 않을 테고 말이지. 이 시점에서 딸을 측실로 달라고 말해서 기분을 상하게 하고 싶지 않다.

"리셸, 마리다 님을 부탁해."

"네, 맡겨 주세요. 일은 확실하게 시켜 두겠습니다."

"이레나, 밀레비스와 함께 내 대행을 부탁해. 긴급 연락은 리셸을 통해서 마르제 상회를 이용해 줘."

"잘 알겠습니다. 알베르트 님처럼은 진행할 수 없지만, 가능한 한 노력하겠습니다."

"리제도 마리다 님을 부탁해."

"응, 맡겨 둬. 조심해서 다녀와. 아르코 가문 가신한테는 알베르트를 돕도록 통지를 내려 둘게."

각자에게 지시를 다 내리고 난 뒤, 와리드를 향해 돌아섰다.

"그럼, 산의 민족 영역으로 가자."

"알겠다."

"핫! 알베르트! 나도 싸움을 하러 가겠느니라! 두고 간다니 너무한 거다!"

"마리다 님은 일을 해야 해요. 자, 부지런히 인장을 찍어 주세요!"

"키히이이! 우우우우. 나는 당주인데도 취급이 너무한 거다."

"착한 아이로 기다려 주고 있으면, 반드시 마무리 전투를 준비하도록 하겠습니다."

"꼭인 거다! 믿고 있을 테니까 말이다!"

리셸에 의해 집무실로 연행되어, 손에 인장이 들려진 채 눈물이 그렁그렁한 마리다한테 그렇게 말을 남기고는, 와리드가 준비한 마차에 타고 산의 민족 영역에 다시금 침입하기로 했다.

표고가 높은 산에는 눈이 남아 있지만, 엄동기에 왔을 때보다는 봄의 온화함이 느껴졌다.

"마르제 상회에서 받은 급료 덕분에 마을에도 외부의 돈이 들어와서, 사냥이나 채집을 하지 못하더라도 산기슭의 아르코 가문

농촌에서 식량을 구입할 수 있게 되었다. 이것도 알베르트 경 덕분이다."

고슈토족 마을 주민들의 체형은 이전에 왔을 때보다도 확실히 통통해졌다.

"나로서는 와리드를 비롯한 고슈토족 사람들이 확실하게 일해준 만큼의 급여를 주고 있는 것뿐이야."

"아직 받은 돈에 걸맞은 만큼의 일은 하지 못했다. 그렇기에 이번 작전에는 전력으로 임하도록 하지."

산의 민족 대표라는 지위가 걸려 있기에 와리드도 의욕이 다르다.

참고로 산의 민족은 여러 종족이 한데 모인 존재다. 수십 부족이 모여 세력을 형성하고 있고, 고슈토족처럼 처음부터 산악부에 살던 수인들이나 영주의 무거운 세금을 꺼려 산으로 이주한 도망친 농민들도 상당수 섞여 있다.

정주하게 된 일부의 도망친 농민들이 산악부의 평탄한 부분을 개간하여 농지로 삼고 있지만, 그다지 크게 만들 수 없기 때문에 생활은 빈곤한다. 그래서 산의 민족의 반수는 사냥과 채집을 하고, 그들이 모은 것을 이불 부족이 주변 국가에 행상으로 팔아 돈으로 바꿔서 분배하여 생활하고 있다.

산악부에 정주하고 있기에 각 부족의 유대는 희박하고, 산을 하나 넘으면 얼굴도 모르는 경우도 많다는 듯하다.

그만큼 관계성이 희박하기에 사냥이나 채집의 범위에서 다른 부족과 다툼이 발생한 경우, 당사자 사이의 이야기를 듣는 제삼

자인 부족을 넣어 조정하게 되어 있다.

그 조정 역할을 맡는 경우가 많은 부족이 지금부터 방문할 예정인 와리하라라는 부족이었다.

와리하라족은 고슈토족과 마찬가지로 원래부터 이 산악부에 살고 있던 인호족이라는 수인 일족이다.

이번에 고슈토족이 '용사의 검'에 의해 이단자로 취급받게 되어 산의 민족으로부터 배척받은 건에서도, 마지막까지 문제 해결에 애써 준 것이 와리하라족 족장 하킴이었다는 모양이다.

그 때문에 와리드가 이번 작전의 중요 인물로서 나한테 소개해 주었다.

"자 그럼, 느긋하게 마을에서 쉬고 있을 시간은 없어. 와리하라족 족장한테 가자."

"그래, 알겠다. 산을 두 개 정도 넘어야만 한다. 산길에 익숙지 않은 알베르트 경은 가벼운 차림을 하게. 그 짐은 우리가 옮기지."

"그렇게 하도록 할게."

몸은 평범하게 단련하고 있지만, 아무리 그래도 산을 두 개 넘는 건 고생이다.

가능한 한 가벼운 차림을 하여 다소 편하게 가도록 하자.

짐을 고슈토족 사람한테 넘기고 몸이 가벼워지자 와리드의 뒤를 따라 와리하라족 족장이 있는 마을로 향했다.

"와리드한테서 들었으리라고 생각합니다만, 당신들이 신앙하는 '용사의 검' 대표는 유테르 총본산으로부터 파문 선고를 받고,

신도 조직으로서는 제명되었습니다. 거기에 더해 비합법 조직으로서 간부들은 국외로 추방되었습니다. 물론 에란시아 제국 내에서는 이미 마왕 폐하가 비합법 조직으로서 지정하여 일절 존재할 수 없는 조직임을 알고 계시리라고 생각합니다만."

"우리는 기본적으로 어느 세력 사이에서도 중립을 유지하는 산의 민족이다. 하지만 신앙에 관해서는 각 부족 족장에게 일임하고 있다. 그 종교 조직이 무장화하는 건 이쪽도 상정하지 못했던 일."

산속 깊은 곳 마을의 어둑어둑한 외딴집 안에서 내가 대화하는 상대는 산의 민족 사이에서 조정자로서 영향력을 지닌 와리하라족 족장 하킴이었다.

호랑이의 특징을 진하게 지닌 인호족인 와리하라족은 산의 민족에서도 고참 부족으로 꼽히고, 조정자로서 선정되는 경우도 많아, 산의 민족 각 부족의 연락 역할을 맡고 있기에 발이 넓다.

내가 이곳에 온 이유는 와리하라족 족장 하킴이 지닌, 산의 민족에 속한 부족에 대한 연줄을 이용하고 싶기 때문이다.

능력을 파악하고자 하킴에게 힘을 사용해 봤다.

이름 : 하킴 와리하라
연령 : 35 성별 : 남 종족 : 인호족
무용 : 55 통솔 : 59 지력 : 52 내정 : 56 매력 : 49
지위 : 산의 민족 와리하라족 족장

빈틈없이 평균 이상의 능력을 나타내고 있군. 조정자로서 여러 부족으로부터 기대어지는 것도 이해가 된다.

"고슈토족 건이 우리 에란시아 제국 마왕 폐하의 귀에 들어가서 말입니다. 산의 민족이 비합법 조직이 된 '용사의 검'을 원조한다면 전멸시키라는 지시를 내리셨습니다. 그때, 선봉에 서는 건 우리 에르윈 가문이 될 예정이라고만 말씀드리지요."

뭐, 그런 명령은 아직 내려지지 않았지만, 마왕 폐하가 하라고 할 가능성은 높다.

하킴의 얼굴이 굳어진 것처럼 경직됐다.

산악전에 절대적인 자신을 가진 산의 민족도 근육 뇌 전투광인 에르윈의 오니(鬼)들은 무서운 모양이다.

"에르윈 가문이 선봉…… 이라고."

"알고 계시리라 생각합니다만, 우리 에르윈 가문의 당주 마리다 님은 '선혈귀'라 불리는 제국 최강의 전사. 거느리는 귀인족들은 전투에 능한 숙련된 병사. 그들은 적으로 간주한 자를 철저하게 공격하는 일족입니다."

"적으로 판정된 산의 민족 전부를 쓰러뜨릴 때까지 전투를 멈추는 일은 없다고 말하고 싶은 건가?"

경직된 하킴의 낯빛이 파래졌다.

"마리다 님의 성격이라면 당연하고, 저는 그걸 보좌할 것입니다."

"자, 잠깐! 잠깐 기다리게! 산의 민족 전부가 '용사의 검'에 귀의한 건 아니다!"

이쪽이 진심으로 할지도 모른다는 것을 알아차린 하킴이 그때까지의 태도를 표변시켰다.

흠, 협박이 효과를 발휘한 모양이군. 이걸로 이쪽의 이야기를 들어주겠지.

나는 하킴의 손을 잡고는 목소리를 낮춰 이야기하기 시작했다.

"조금 전의 이야기는 최종적으로 교섭이 결렬됐을 경우입니다. 저로서는 산의 민족과의 전면 항쟁은 바라지 않습니다."

"알베르트 경은 아직 교섭의 여지가 있다고 말하는 것인가?"

하킴은 명백히 교섭을 기대한 표정을 지어 주었다.

나로서도 병사를 헛되이 죽게 하고 싶지는 않고, 쓸데없는 전쟁 비용을 쓰고 싶지 않다.

'용사의 검'을 배제하고 산의 민족이 와리드를 대표로 한 친(親)에란시아 제국 세력으로 탈바꿈할 수 있다면 만족이다.

"예, 그걸 위해서 저는 하킴 공에게 회담을 제안한 것입니다."

"내가 알베르트 경의 회담 상대로 선택된 건 각 부족에 대한 발이 넓기 때문인가?"

하킴은 바보가 아니기에 그를 회담 상대로 선택한 이쪽의 의도를 헤아려 준 모양이다.

와리드도 그렇고 하킴도 그렇고, 설명을 생략할 수 있는 총명함을 가지고 있기에 도움이 된다.

"그 말대로입니다. 따라서, 산의 민족 부족 전부와 연락을 취할 수 있도록 하킴 공의 연줄을 빌리고 싶습니다. 물론 공짜로라고는 말하지 않습니다. 그 나름의 답례를 준비하도록 하지요."

내 뒤에서 대기하고 있던 와리드가 금화를 녹여 만든 금괴를 하킴에게 내밀었다.

가치가 고정된 금화는 출처를 찾을 수 있지만, 금괴는 가치가 낮아지기는 해도 출처 불명으로 만들 수 있는 특전이 있다.

모든 세력에 중립을 표방하는 산의 민족 입장에서는 금괴 쪽이 편하게 쓸 돈으로 만들 수 있는 것이다.

"우리한테 그 돈으로 산의 민족을 팔라고 말하는 것인가?"

하킴의 얼굴에서는 '용사의 검' 일로 에르윈 가문으로부터 침공당하는 건 곤란하지만, 그렇다고 해서 돈을 받으면 특정 세력의 편을 드는 것이 된다는 고뇌를 알아차릴 수 있었다.

"저는 산의 민족을 팔라고는 말하지 않았습니다. 오히려 구하고 싶다고 생각합니다. 게다가 '용사의 검' 숭배자들로 인해 꽤 곤란함을 겪고 계시지요?"

고뇌가 떠오른 하킴의 안색을 보고, 나는 씨익 웃었다.

알렉사 왕국 내에서 단숨에 불이 붙은 '반 용사의 검 운동'에 의해 불과 한 달 사이에 대표 브리치 오크스나와 간부들이 지명수배당하여, 국내 간부는 각 도시 위병대한테 적발당하고 많은 신도가 조직에서 이탈했다.

그 때문에 알렉사 왕국 내의 '용사의 검' 숭배자들은 대표와 간부가 있다고 여겨지는 산의 민족 영역으로 도망쳐 들어오는 자가 늘었다.

'용사의 검'으로서도 붕괴되고 있는 조직을 다잡기 위해, 도망친 숭배자들을 이용하여 폭력으로 억눌러 산의 민족 신도들이 이탈하지 못하도록 하고 있다는 것 같다.

그 탓에 산의 민족 신도와 알렉사에서 도망쳐 온 숭배자들 사이에서 싸움이 일어나, 하킴도 골머리를 썩이고 있다는 보고를 받았다.

"확실히 '용사의 검' 숭배자들의 억압으로 곤란함을 겪고 있다고 상담하는 자가 많은 건 사실이다만. 산의 민족 내부 사정을 알베르트 경에게 세세히 말할 수는……"

"현재 이쪽으로서는 산의 민족 전부가 '용사의 검'에 귀의해서 에란시아 제국의 적이 되어 있는지 어떤지 알 수 없습니다. 그 때문에 당주 마리다 님도 '용사의 검은 괘씸하다. 신도를 포함해서 산의 민족은 몰살이다!'라며 떠들고 있습니다. 그러니 산의 민족 부족이 '용사의 검'을 어떻게 생각하고 있는지 파악하고 싶은 겁니다."

"어떻게 생각하고 있는지라고……."

"예, '용사의 검'의 교의를 열렬하게 지지하는 부족을 '강경파', 주위 상황에서 고립되지 않도록 지지하고 있을 뿐인 '온건파', 이미 이탈을 결의했지만 그러지 못하고 있는 '이탈파'의 셋으로 구분하고 싶은 겁니다. 그리고 우리가 배제하고 싶은 건 '용사의 검'의 교의를 버릴 것 같지 않은 '숭배자'와 '강경파'뿐입니다."

고슈토족은 이미 대부분의 산의 민족과 교류가 단절되었기 때문에 구분이나 설득 공작에는 하킴이 이끄는 와리하라족을 이용하고 싶었다.

"으음…… '숭배자'와 '강경파'만의 배제. '용사의 검'의 가르침을 버린다면 에르윈 가문과 에란시아 제국은 쳐들어오지 않는다고 말하는 것인가."

"예, 가능하면 우리도 산의 민족과는 좋은 관계를 쌓고 싶으니 말입니다."

"하지만 알베르트 경이 말한 강경파는 수는 적긴 해도 힘은 강하다. 부족 중에는 '성전'에 참가하기 위해 에란시아 제국에 기습을 가하자고 목소리 높여 외치는 자도 있다. 자칫 서투르게 말하면 이쪽의 신변도 위험한 상황인 것이다."

하킴의 표정을 보니 생각한 것 이상으로 산의 민족 안에서 '용사의 검'의 힘은 강한 모양이다.

하지만 '용사의 검'을 섬멸시키려면 여기서 물러날 수는 없는 노릇이다.

"그러면 교섭은 결렬이라는 것으로 하겠습니다. 가까운 시일 내에 산의 민족은 우리 에르윈 가문이 선봉을 맡는 에란시아 제국군의 토벌을 받게 되겠지요. 현 마왕 폐하는 전멸을 지시하고 계시기에, 이 주변의 산은 철저하게 소탕될 겁니다. 대량의 피가 흐르겠지요. 물론 우리 에르윈 가문이 아니라, 산의 민족의 피가 말입니다."

미적지근한 태도를 보이는 하킴을 다시 한번 협박했다.

나로서는 지리적 이점이 없는 장소에서의 전투는 절대로 하고 싶지 않다. 그런 불리한 장소에서 기꺼이 싸우는 건 우리 가문의 근육 뇌들이나, 치트 용사 정도다.

손해는 최대한 적게, 이익은 많이 얻는 것이 내 모토. 하지만 그걸 하킴이 알아차리게 할 수는 없는 노릇이다.

나는 '우리는 딱히 진심으로 너희랑 죽고 죽이는 전투를 벌여도 괜찮다고'라고, 의미심장하게 눈을 가늘게 뜨고 웃기로 했다.

"그 눈, 정말로 할 생각인 것인가?!"

하킴은 내 태도를 보고 진심이라고 받아들여 준 모양이다.

"……알았다. 알베르트 경을 돕도록 하지. 각 부족의 '용사의 검'에 대한 태도 정보를 제공하고, 족장과 연결해 주면 되는 것인가?"

"예, 그걸로 충분합니다. 감사합니다. 하킴 공의 친족이라고 소개해 준다면 나머지는 이쪽이 설득하겠습니다."

"음, 알았다. 각 부족 족장에게는 우리 친족 사람이라고 전해두지. 와리하라족의 이름을 꺼내면 자유롭게 마을에 출입할 수 있을 터다."

나는 하킴이 내민 손을 맞잡았다.

와리하라족 족장한테 허가를 받았기에, 이제부터 우리가 산의 민족 각 부족에게 인사하며 돌아다녀도 수상하게 여겨질 일은 없으리라.

산의 민족을 확실하게 구분해서, 다음 작전에 들어가도록 할까.

이리하여, 나는 와리하라족 족장 하킴의 협력을 얻어 산의 민족 각 부족에게 인사하며 돌아다니기로 했다.

제5장 ♥ 산의 민족들 사이를 돌며 마시기로 했다

제국력 260년 취옥월(翠玉月)(5월)

호위인 류미나스를 데리고 선물을 한 손에 들고 산의 민족의 어느 부족 마을을 방문했다.

"안녕하심까~. 와리하라족의 알베르트임다. 족장한테서 술과 고기를 받아 왔슴다~."

"오오, 와리하라족의 알베르트인가. 이야기는 하킴한테서 들었다. 그건 그렇고 술과 고기라니? 이거 신나는 일이군. 어떠냐. 너도 마시고 가겠나?"

"부디, 함께하게 해주셨으면 함다."

이런 느낌으로, 선물을 들고 각 부족 마을에 들어갔다.

마을을 찾아갈 때는 반드시 선물을 들고 오는 우리를 각 부족이 환영해 주게 될 때까지 시간은 걸리지 않았다.

나는 와리하라족 족장의 친족이라 칭하며 산의 민족 각 부족을 돌며 술을 마시면서 정보를 모아, '용사의 검'에서 이탈하고 싶은 부족과 이탈할 것 같은 부족을 선별하고 있었다.

마을에서 같이 술을 마시며 넌지시 '용사의 검'에 관한 각 부족의 스탠스를 수집해 나갔다.

'용사의 검의 첨병으로서 사신한테 이바지하는 에란시아 제국을 쳐야만 한다'라고 소리 높여 외치는 부족도 있는가 하면, '용사의 검에 귀의하지 말았어야 했다'라며 후회를 드러내는 부족도 있어서, 산의 민족은 크게 갈라져 있다.

사람이 세 명 있으면 파벌이 생겨난다는 말이 있다.

이 말 그대로, 산중에 일대 세력을 지닌 산의 민족도 파벌이 형성되어 있는 것이 확인되었다.

산의 민족에는 크게 나눠서 두 개의 파벌이 있다.

오래전부터 산에 정주하여 산야를 뛰어다니며 사냥이나 채집을 하던 고참 수인 부족.

다른 하나는 근린에서 도망쳐 온 농민들이 산중에 자리를 잡고, 숨겨진 마을에서 논밭을 경작하고 있는 신참 인족 부족.

나중에 온 농경이 메인 부족과 사냥 · 채집이 메인인 부족. 당연히 그들 사이에는 사고방식의 차이로 인해 원래부터 골이 있었다.

산의 민족이라고는 해도 무에서 금은 병참을 만들어 낼 수 있는 것도 아니고, 세력을 유지하기 위한 기반이 있다.

산의 민족은 유복하지는 않았지만, 굶지 않을 정도로는 돈을 벌어, 세력을 유지하기 위한 자금을 부족 규모별로 상납금으로서 할당하고 있었던 것이다.

상납금은 평등하게 할당되어 왔기 때문에 바로 얼마 전까지 고참과 신참의 골도 그렇게까지 크지 않았지만, '용사의 검'의 가르침이 신참 부족 사이에 폭발적으로 침투함으로 인해 세력 유지를 위한 상납금이 '용사의 검'에 흘러 들어가기 시작했다는 모양이다.

그렇게 되자 신참 부족한테 할당되었던 상납금이 밀리고, 영역 내의 경계 임무에 임하는 사람에게 줄 임금, 병참이나 무기 및 방어구 구입 대금, 기근에 대비한 비축 식량 구입 등에 쓸 세력 유지비에서 고참 부족이 차지하는 비율이 커져서, 그것이 원래부터 있었던 골을 넓혔다는 듯하다.

내 모략을 돕기로 한 와리드나 하킴이 산의 민족 내부 사정을 완고하게 밝히지 않았던 것도, 대외적으로 굳건하게 일치단결하고 있다고 여겨지는 산의 민족이 실은 내부에서 싸우고 있다는 사실이 알려지고 싶지 않았던 것이리라.

알아 버린 이상, 나는 그 골을 노릴 것이다.

와리하라족 사람으로서 산의 민족 각 부족 사이를 돌며 술을 마시며 느낀 점은, 부족 간의 유대는 상당히 희박하다.

일단은 계절마다 족장들끼리 모여 산의 민족으로서의 대략적인 행동 지침은 정하고 있는 듯하지만, 그 외에는 각 부족한테 판단을 맡기고 있는 상황이다.

요 한 달 동안 마시며 돌아다닌 결과, 어느 부족이 강하게 '용사의 검'을 지원하고 있는지라든가, 이탈하고 싶어 한다든가, 상황을 지켜보고 있는지가 선명해졌다.

색칠 결과의 내역을 보면, 강경파 1할, 온건파 5할, 이탈파 4할이다.

강경파는 알렉사에 가까운 영역에서 농경을 하는 인족 부족이 많다. 그들은 이쪽 이야기를 들을 것 같은 낌새는 없었다.

그렇기에 강경파 부족은 버리기로 하고, 상황을 지켜보고 있는 온건파인 5할을 가장 먼저 무너뜨리기 위해 우선은 고슈토족을 이용하여 위장 화공 작전을 시작하기로 했다.

정보를 수집하기 위해 술을 마시며 돌아다니기를 그만두고 사흘이 지났다.

나는 목표로 정한 온건파 부족의 마을이 눈 아래로 내려다보이는 장소에 서서, 준비 완료 보고를 기다리고 있다.

“알베르트 경, 준비는 갖추어졌다. 작전 개시 지시를 부탁한다.”

‘용사의 검’ 무장병으로 보이도록 변장한 와리드가 준비 완료를 알렸다.

나도 민얼굴이 보이지 않도록 두건을 뒤집어썼다.

“지금부터 작전을 개시한다.”

주위에서 대기하고 있던 ‘용사의 검’ 무장병으로 변장한 고슈토족 젊은이가 손에 든 횃불에 불을 붙였다.

횃불 점화가 끝나자, 하나로 뭉친 집단이 되어 마을로 우르르 밀어닥쳤다.

“무, 무슨 용건입니까?! 그런 흉흉한 차림을 하고서!”

마을 주민은 우르르 밀어닥친 우리를 보고 놀란 표정을 지었다.

“우리는 ‘용사의 검’ 대표인 신탁의 용사 브리치 오크스나 님으로부터 배신자가 있는 마을을 불태우라는 지시를 받았다!”

목소리를 바꾼 내가 주민들에게 불태워지는 이유를 말해 줬다.

물론 내가 한 거짓말이다.

브리치 오크스나와 ‘용사의 검’ 간부는 일절 이 화공에 대해 모른다.

“어, 어째서 그런 짓을! 우리는 신도로서 ‘용사의 검’의 가르침에 귀의했단 말이다!”

"항변은 일절 받아들이지 않는다. 우리는 신탁의 용사님 말씀대로 실행할 뿐이다!"

나는 달려들어 저항하는 주민을 밀쳐내고는, 무장병으로 위장한 고슈토족에게 불을 지르도록 지시를 내렸다.

고슈토족한테는 사전에 가급적 사망자를 내지 않도록 창고나 밭을 노려 방화하도록 철저하게 지시를 내려 두었기에, 불길은 화려하게 오르고 있긴 해도 불에 말려든 사람은 없다.

"지독하다! 어째서 이런 짓을 하는 거지! 젠장!"

"배신자와 이단자는 대로 용서하지 말라는 신탁의 용사 브리치오크스나 님의 말씀이다. 지금 건 경고다. '용사의 검'의 충실한 신도임을 나타내고 싶다면 '성전'에 바칠 헌금을 지금 당장 내라."

내 주위에서 호위를 하고 있는 와리드와 류미나스가 주민들에게 검을 들이밀었다.

"히익! 헌금이라니! 요전에 모았던 참이지 않나! 돈 같은 건──."

나는 내 허리에 찬 검을 뽑고는, 떠드는 남자의 목덜미에 들이댔다.

"이단자인지 배신자인지, 어느 한쪽을 선택하게 해주마. 그 후에 죽어 줘야겠지만 말이다."

"히익! 낼게, 헌금하겠어! 나는 충실한 신도다! 부탁이야, 용서해 줘!"

남자가 귀금속 반지를 전부 빼서 무장병이 든 가죽 주머니에 던져 넣었다.

"좋다. 이번만은 눈감아 주지. 달리 배신자나 이단자가 되고 싶은 자는 있나?"

모여든 마을 주민을 향해 검을 들이밀었다.

전원이 고개를 젓고는, 집에서 돈이 될 만한 물건을 가지고 나와 가죽 주머니 안에 던졌다.

어느 정도 헌금이 모이자, 나는 밭과 창고에 불을 지르고 있던 고슈토족에게 중지 신호를 보냈다.

"흠, 이 마을에는 배신자도 이단자도 없었다고 보고해 두지. 앞으로도 '용사의 검'에 그 몸을 바치며 살아가는 거다."

나는 불타는 밭과 창고를 보고 아연해져서 주저앉은 주민들의 어깨를 가볍게 두드리고는 무장병들을 이끌고 마을을 떠났다.

마을에서 한동안 걸어 주위에 사람의 눈이 없어지자, 얼굴을 덮고 있던 두건을 벗었다.

"대성공이었네요. 저로서는 같은 산의 민족을 괴롭히는 건 마음이 내키지 않았지만, 이것도 '용사의 검'을 배제하기 위해 필요한 일인 것이지요."

"그래, 류미나스와 와리드, 그리고 고슈토족 사람들한테는 괴로운 역할을 맡기고 있지만, 참아 줘."

"문제없습니다. 저희 고슈토족은 일로 받아들인 것은 반드시 실행하고 있으니까요."

"그런가, 그렇게 말해 주면 나로서는 고마운 일이야."

요 한동안 내 호위로서 나를 수행해 주고 있는 류미나스인데, 호위만이 아니라 밀정으로서의 높은 능력도 확인할 수 있었다.

적지 잠입, 정보 수집, 변장, 어느 것이고 전부 일급품 밀정으로, 아버지와 함께 에르윈 가문에 가세해 준다면 첩보 조직 관리자에 리셀, 자금 관리자는 이레나, 행동 부대는 와리드와 류미나스라는 형태로 강력한 조직으로 만들 수 있다는 생각이 들었다.

정보야말로 난세를 살아남기 위해 가장 중요한 것이고, 인재는 얼마든지 있어도 좋다.

“내 딸은 우수한 밀정이니까 말이지. 알베르트 경의 도움이 될 거라고 생각한다. 게다가 아직 독신이지.”

오옷, 요 최근의 내 행동으로 와리드의 호감도가 올라서 류미나스를 아내로 주는 플래그가 섰나.

마리다의 태도로 보건대, 류미나스의 애인화는 금방이라도 오케이가 나올 것 같고 말이지.

와리드와 류미나스 자신이 그래도 좋다고 말해 준다면, 이 모략이 성취된 뒤, 맞아들이도록 타진해 볼까.

“그건 좋은 이야기를 들었네. 류미나스 건은 진지하게 생각해 보도록 하겠어. 다만, 지금은 이 모략을 성공시키는 게 중요해.”

“아아, 알고 있다. 다음은 또 다른 온건파 마을을 습격해서 금품을 갈취하는 거군.”

“그래. 뜯어낸 금품은 와리드가 산의 민족 대표가 된 후에 각 부족한테 반환해야 하니까 소중하게 관리해 줘.”

“알고 있다. 부하들한테는 어느 마을에서 갈취한 물건인지를 알 수 있도록 관리시키고 있다.”

시선 끝에서는 가죽 주머니에 가득 담긴 금품을 짐마차에 싣는 작업이 진행되고 있다.

빼앗은 금품은 일단 전부 고슈토족 마을에 모이게 되어 있었다.
"그러면 수송은 맡기고 다음 마을을 습격하도록 하지."
"알겠습니다."
"알겠다."
나는 와리드와 류미나스의 어깨를 두드리고는, 다음 목표로 정한 마을을 향해 이동하기 시작했다.

우리가 위장 화공 작전을 실시한 온건파 마을은 여덟 곳에 달한다.
'용사의 검' 무장병으로 변장함으로써, 마을을 불태워 금품을 빼앗은 건 강경파 녀석들이라는 소문이 온건파 내에서 퍼졌다.
사태를 파악하고 초조해진 브리치와 간부가 '그건 가짜가 한 짓이다'라고 말하며 소문을 없애는 데 필사적으로 되어 있다는 듯하다.
하지만 모든 걸 의심하는 상태에 빠진 온건파는 그렇게는 생각하지 않는다.
어째서냐고? 실은 '용사의 검'이 내부 조직을 바짝 통제하기 위해 같은 짓을 산의 민족 이탈파에 속하는 부족한테 하고 있었기 때문이다.
이탈파한테 했던 짓을 자기들한테도 당한 온건파 부족은 넌더리를 느끼고 이탈파 부족과의 교류를 돈독히 해나갔다.
서서히 이탈파 부족이 늘어나기 시작하자, 소문이 점점 온건파 부족에 퍼져 가속도적으로 온건파가 이탈파로 태도를 바꾸었다.

누가 이러한 사태 급변을 예상했을까. 아니, 나는 예상하고 있었지만 말이지.

아니 그렇다기보다, 주모자는 나고.

위장 화공 작전의 성공을 확신한 나는 다음 작전을 발동하기 위해 신분을 속이고 '용사의 검' 대표 브리치 오크스나가 산다고 여겨지는 강경파 부족 마을에 잠입했다.

본래라면 적지 잠입 임무 같은 건 군사(軍師)의 일이 아니지만, 이번에는 내가 선두에 서서 철저하게 '용사의 검'을 짓뭉갤 모략을 와리드를 비롯한 고슈토족한테 보여주어, 그들의 충성을 얻기로 했다.

"알베르트 경, 설마 적의 본거지까지 따라올 거라고는 생각지 않았다."

"쉿! 나는 지금 알렉사 왕국에서 도망친 부호 신도 알이라고."

"어이쿠, 실례. 그건 그렇고 경비는 허술하군. 강경파 부족과 알렉사에서 도망친 숭배자, '용사의 검' 관계자가 모여 있는 장소에 설마 적대 조직이 잠입해 있을 거라고는 생각지 않는 모양이다."

마을 안은 알렉사 왕국군 장비를 착용한 '용사의 검' 무장병이 순회하는 중이다.

날마다 늘어나는 이탈자로 인해 마을 전체가 날이 선 분위기에 감싸여 있었다.

"알 님, 이제 곧 저희 차례가 돌아옵니다. 준비를."

류미나스의 목소리에 이끌려, 서고 있는 줄로 시선을 되돌리자 앞으로 10명 정도 지나면 우리가 신탁의 용사님을 배알할 수 있는 집회소에 들어갈 수 있을 것 같았다.

이탈자가 속출하는 '용사의 검'은 신도들에게 헌금을 강제하고, 많은 헌금을 낸 자에게는 집회소에서 브리치 자신이 축복을 내린다는 행위를 하고 있다는 모양이다.

그 정보를 입수한 우리는 알렉사 왕국에서 도망쳐 온 부호 신도로 위장하여 마을에 잠입했고, 거금을 헌금해서 축복을 받을 차례를 기다리고 있는 중이었다.

"다음, 알렉사 왕국의 알 경 일행, 들어가도록."

집회소 입구의 무장병이 이름을 불렀기에, 집사로 분장한 와리드와 메이드로 분장한 류미나스를 거느리고 안으로 나아갔다.

집회소 안으로 들어가자 다수의 무장병이 대기하고 있었고, 그 중앙에 옥좌 같은 훌륭한 의자가 놓여 있어서, 금색으로 빛나는 갑옷을 입은 중년의 살이 좀 찐 남자가 그 의자에 앉아 있었다.

"신도 알, 앞으로 나와라."

듣는 사람에게 불쾌감을 주는 새된 목소리를 낸 브리치가 손짓했다.

나는 그의 앞으로 나아가서 능력을 사용했다.

이름 : 브리치 오크스나

연령 : 48 성별 : 남 종족 : 인족

무용 : 12 통솔 : 30 지력 : 32 내정 : 22 매력 : 60

지위 : '용사의 검' 대표

사기꾼인 만큼, 카리스마성이 있는 건지 매력이 다소 높다.
그 외에는 평범 이하라고 해야 할까.
"신탁의 용사님의 존안을 뵙게 된 것, 평생의 영광으로 생각합니다."
"흠, 귀경의 귀중한 헌금은 반드시 '성전' 성취에 공헌하고, 사후에는 낙원으로 인도받게 되리라는 것은 내가 내리는 축복으로 확약되었다."
금색 술잔에 손을 넣은 브리치가 축복이라 칭하며 와인을 내 머리에 뿌렸다.
솔직히 사후 세계에는 일절 흥미가 없다.
나는 이 세계에서 아내와 아내 애인과 가족한테 둘러싸여 꺄아꺄아 우후후 하며 즐겁게 살고 싶은 것이다.
머리에 뿌려진 와인에 짜증을 느끼면서도, 표정에는 드러내지 않도록 인내했다.
"좋다, 이걸로 되겠지."
"감사합니다! 이걸로 안심하고 사후 세계로 여행을 떠날 수 있습니다만, 실은 하나 더 걱정되는 사항이 있어서……. 이 땅에 오는 도중, 이러한 편지를 지닌 수인이 죽어 있었습니다."
일을 하나 끝낸 브리치 앞에 쪼글쪼글해진 편지를 품에서 꺼내 내밀었다.
편지 내용은 '용사의 검' 대표 브리치 오크스나를 붙잡아 이탈파에 갖다 바치는 대신 구명을 요청하는 내용이다.
발신인은 와리드의 고슈토족을 집요하게 괴롭힌 강경파 족장의 이름이 적혀 있다.

그 족장은 강경파 부족의 중진이라고도 할 수 있는, 조금 큰 부족이다.

편지를 받고 내용을 읽은 브리치의 손이 떨리기 시작했다.

곧바로 옆에서 대기하고 있던 간부로 보이는 남자한테 손짓하더니, 편지를 보여주고 귀엣말을 하기 시작했다.

브리치 군, 그 얼굴은 궁지에 몰려서 여유가 없다는 게 훤히 보이잖아.

그런 얼굴을 하면 이쪽은 성공을 확신해 버린다고.

마음속에서 히죽히죽하는 웃음이 멈추지 않지만, 가능한 한 얼굴을 진지한 표정으로 유지하는 데 힘썼다.

"신도 알, 귀경의 염려 사항은 곧바로 해결시키겠다. 이제부터는 이 마을에서 느긋하게 지내도록."

"감사합니다! '용사의 검'의 도움이 되어서 다행입니다."

나는 정중하게 브리치한테 머리를 숙이고는 집회소에서 떠났다.

밖으로 나오자 조금 전까지와는 다르게 무장병들이 바쁘게 움직이며 편지 발신인이 되어 버린 강경파 족장이 임시로 살고 있는 저택을 둘러싸고 있었다.

"어째서 내가 붙잡히는 거냐! 반란 용의라고? 무슨 말이냐? 편지? 그런 건 모른다! 이거 놔라!"

무장병한테 양팔을 붙잡힌 인족 남자가 저택에서 나왔다.

저게 이번 편지로 희생양이 된 강경파 족장인가. 처음 봤네.

우락부락하게 생긴 얼굴을 지닌 사람이었을 줄이야. 뭐, 유감이지만 '용사의 검'을 선택한 네 잘못이야.

원망하지 말아 줘.

오라로 포박당하여 무장병한테 강제로 연행당한 족장 남자가 집회소 안으로 들어가자, 잠시 후 단말마의 비명이 마을 안에 울려 퍼졌다.

"아버님, 알 님의 적으로 돌아서는 건 좋은 계책이 아니네요."

"아아, 그렇군. 정보에서 상황을 간파하고 멀리 있는 사람조차 자유자재로 조종하며, 잘 짜낸 계책은 확실하게 성과를 낸다. 그런 인물의 적으로 돌아서는 것 따위 생각하고 싶지도 않군. 섬기는 편이 좋은 게 당연하다."

모략이 성공하여 와리드의 호감도는 폭발적으로 올라간 모양이다.

이만큼 호감도를 올려 두면, 직속 가신으로서 나를 섬기게 되어 주겠지.

"아직 마무리가 끝나지 않았으니까 방심하지 않도록. 앞으로 세 명 더, **어째서인지** 배신의 확약을 한 편지가 **어째서인지** 발견되어 버리도록 준비를 부탁해."

"옙! 곧바로 준비하겠습니다. 류미나스, 곧바로 착수한다."

"네, 넵!"

나는 마을 안으로 사라지는 두 명을 지켜보고는, 숙소로 배정된 집으로 향했다.

거기서부터는 와리드 부녀가 '용사의 검'의 거점이 된 마을에서 대활약을 보여줬다.

정보 수집 중에 모은 강경파 부족들의 언동에서 '용사의 검'에 대한 비판 같은 것을 과대하게 집어넣은 아무 근거도 없는 소문을 퍼뜨렸다.

소문이 퍼진 쪽은 과대한 표현이 되어 있긴 하지만 짐작 가는 곳이 있는 일이기에 종잡을 수 없는 대답밖에 할 수 없다.

그 애매한 태도가 의심하는 상태에 빠진 브리치한테 '이 자식은 유죄'임을 확신시켜 강경파를 스스로 숙청시켜 나간다는 꼴이다.

그런 와리드 부녀가 퍼뜨린 유언비어 공작에 의해 불과 며칠 만에 강경파 부족 마을에 거점을 둔 '용사의 검'은 매우 분위기가 험악한 상태.

'용사의 검'의 교의는 아무짝에도 쓸모없는 것임을 알게 된 광신자들이 분노로 날뛰고, 신변의 위험을 느낀 조직 간부나 브리치가 힘으로 억누르고 있었다.

사기꾼과 광신자가 서로를 욕하며 증오하고, 싸우고 있다.

이미 '종교적 열광'이 아니라, 단순한 '권력 투쟁'으로까지 격하된 수라장이 형성되었다.

「너 이 자식아아아! 사신의 신도를 죽이면 좋은 인생으로 전생할 수 있다고 말했잖냐아아아!」

「내가 알 바냐! 멍청한 놈아! 속는 녀석이 나쁜 거다!」

이런 느낌의 전투가 '용사의 검'이 거점으로 삼은 강경파 마을에서 나날이 펼쳐지고 있다.

브리치가 행한 숙청과 그 후의 내부 항쟁에 의해, 간부 중 한 명이 찬동한 부족 400명 정도를 데리고 '용사의 검'에서 분파했다.

유언비어 작전의 성공을 지켜본 우리는 분위기가 험악한 마을을 이탈하여 와리하라족 족장이 있는 곳으로 귀환했다.

"이런 이유로 작전은 성공했고, 강경파와 '용사의 검' 간부가 싸우고 있는 동안에 온건파에서 태도를 바꾼 이탈파와 원래부터의 이탈파를 와리드와 함께 통합해 줬으면 해."

와리하라족의 마을로 귀환한 나는 마중 나와 준 하킴에게 산의 민족을 통합하는 작업을 의뢰했다.

"통합이라……. 족장들에 의한 합의를 그만두라고 말하는 것인가?"

"합의제는 '용사의 검' 같은 사례에 무력했잖아. 서로 관계성이 희박한 각 족장한테 판단을 맡겼더니 모르는 사이에 '용사의 검'이 대유행해서 세력이 와해 직전이었던 거고."

"그건 그렇다만……. 족장들을 통합하는 건 매우 힘든 일이다……."

"설득에는 와리드를 쓰면 돼. 이번 작전에서 각 부족의 여러 약점을 쥐었으니까 말이지."

옆에 선 와리드가 하킴을 향해 씨익 미소를 띠었다.

"이번에 알베르트 경한테 동행한 덕분에 산의 민족 각 부족의 정보는 다양하게 입수했다. 이쪽의 제안을 받아들이지 않는 부족은 알베르트 경의 책략으로 강경파 녀석들과 같은 길을 걸을 것이라고 말해 주면 된다."

강경파와 '용사의 검'의 내부 항쟁 이야기는 각 부족을 통해 하킴한테도 전해진 모양이라, 와리드의 말에 표정이 경직됐다.

"와리드, 너는 산의 민족과 알베르트 경, 어느 쪽 편에 서 있지?"

"나는 알베르트 경의 편에 서겠다. 알베르트 경 밑에서야말로 산의 민족도 다시 번영을 쌓을 수 있을 거라고 생각했으니까 말이지."

"중립을 버리겠다고 말하는 것인가?"

와리드는 하킴에게 씨익 미소를 지어 보였다.

"나는 알베르트 경 편에 서지만, 하킴은 지금까지와 마찬가지로 중립인 산의 민족을 이끌면 된다. 나와 하킴이 각자 대수장으로서 산의 민족을 통솔하는 지도자에 서면 되지 않나. 실무적 최고 권력자는 내가 되고, 의례적 최고 권력자는 하킴이 된다."

"즉 대외적인 중립 세력으로서의 산의 민족의 지도자는 내가 맡고, 와리드는 에르윈 가문에서의 원조를 받아 산의 민족 발전을 위한 이면의 지도자를 하겠다는 의미인가?"

"아아, 그런 거다. 표면적으로 산의 민족은 중립 세력인 채고, 이면에서 에르윈 가문과 이어진다. 단, 산의 민족을 해하는 일이 있다면 관계를 끊고 싸울 생각이다. 뭐, 알베르트 경이 살아 있는 한 에르윈 가문이 그러한 어리석은 선택을 할 거라고는 생각되지 않지만 말이지."

확실히 그런 어리석은 선택은 내가 절대로 시키지 않겠군.

근린 우호는 중요하다. 에르윈 가문도, 산의 민족과 경계를 접한 아르코 가문도 내 아이가 이어받을 예정인 가문이고 말이지.

"하킴. 산의 민족은 '용사의 검'의 확대를 묵인한 시점에서 에르윈 가문과 함께 살아갈지, 짓밟힐지의 선택지밖에 고를 수 없게 된 거다."

"알베르트 경한테 산의 민족의 나약한 기반이 알려지고, 저항해 봤자 마찬가지로 모략에 당해 산의 민족을 분열 당한다는 건가."

하킴이 체념한 것처럼 깊은 한숨을 내쉬었다.

"알겠다. 와리드가 제시한 안으로 족장들을 설득하지. 알베르트 경한테 거역한다는 것의 무서움을 이야기하면서 말이다. 그러니까 시간을 다오."

하킴한테서 설득할 시간을 달라는 말을 들었기에, '용사의 검'이 내부 항쟁으로 스스로 무너질 때까지의 기간을 셌다.

"2개월. 홍옥월(7월)까지 산의 민족을 설득하고 족장 합의제에서 고슈토 · 와리하라의 쌍두 체제를 구축해 주십시오. 그렇게 하면 에르윈 가문은 산의 민족의 좋은 이웃이 되겠지요."

"알겠다. 설득 공작에는 와리드도 빌리지. 알베르트 경의 대단함을 말하려면 와리드의 힘이 필요하니까."

"알겠습니다. 와리드, 잘 부탁해."

"맡겨 주십시오. 제가 전력으로 알베르트 경의 지략을 산의 민족이 이해하도록 만들겠습니다. 그리고 신종(臣從)의 증표로 이전에 약속드렸던 대로 제 딸 류미나스는 에르윈 가문에 바치겠습니다. 자유롭게 이용해 주십시오."

진지한 표정을 지은 류미나스가 내 앞에 무릎을 꿇고 머리를 숙였다.

"비재(非才)한 몸입니다만, 에르윈 가문을 위해, 고슈토족을 위해, 산의 민족을 위해, 그리고 알베르트 님을 위해 저의 힘을 사용해 주십시오."

겨우 왔다고. 길었어. 아버지의 충성도 신뢰도 제대로 얻고, 본인의 마음도 얻었다.

나머지는 애슐리성으로 데리고 돌아가서 아내의 허가를 받고 아내 애인들한테 제대로 소개해야겠지.

요 두 달, 산의 민족 영역에 있으면서 줄곧 금욕 생활을 하고 있었으니까 쌓여 있고, 분명 마리다나 다른 애들도 쌓여 있을 테니까 엄청난 일이 될 것 같지만.

류미나스는 잘 버틸 수 있을까…… 단련하고 있으니까 괜찮겠지.

나는 류미나스의 어깨에 손을 올려놓고는 말을 건넸다.

"앞으로도 나를 도와줘. 잘 부탁해."

"네, 넵! 열심히 노력하겠습니다!"

나는 와리드와 하킴에게 설득을 맡기고, 류미나스를 데리고 오랜만에 애슐리성으로 귀환하기로 했다.

며칠 뒤, 산의 민족 영역에서 애슐리성으로 귀환한 나를 마중해 준 건 아내인 마리다였다.

"알베르트~! 나는 외로웠느니라! 하지만 당주의 일은 똑바로 한 거다! 칭찬해 줘도 좋은 거다!"

마차에서 내린 나한테 안겨든 아내의 머리를 부드럽게 쓰다듬었다.

"역시나 마리다 님입니다. 일을 제대로 한 상은 줘야만 하겠군요."

"음, 그런 거다! 상을 받고 싶은 거다!"

나는 등 뒤에서 대기하고 있던 류미나스한테 앞으로 나오도록 재촉했다.

"후앗! 이 애는! 요전의 와리드의 딸아이! 냄새를 맡아도 괜찮겠느냐아."

"예, 괜찮습니다. 부친도 본인도 승낙하였기에."

마리다가 류미나스의 작은 몸을 끌어안더니 얼굴을 가까이 대고 냄새를 맡기 시작했다.

"좋은 냄새가 나는구나아. 이름은 류미나스였지."

"네, 그렇습니다."

킁카킁카, 하고 냄새를 맡으면서도 류미나스의 몸을 만지는 마리다의 손놀림이 수상하다.

나조차 아직 만지지 않았는데, 아아, 꼬리에까지 손을 뻗고! 치사하다고! 마리다.

"류미나스는 제법 단련하고 있구나. 이만큼 단련하였으면 내 침실을 지키는 호위로는 딱이니라. 알베르트도 그렇게 생각하지 않느냐?"

헤벌쭉해져서는 인중이 길어진 얼굴인 마리다가 내게 동의를 구했다.

마리다 씨, 류마니스한테 야한 짓을 하려는 흑심이 훤히 보입니다!

뭐, 도중에 류미나스한테는 마리다와 나 사이에서 이뤄진 약속을 이야기해 뒀기에, 거부는 하지 않겠지만 말이지.

"마리다 님이 류미나스가 마음에 드셨다면 성에 있을 때는 경비 책임자를 맡겨도 괜찮지 않을까 합니다."

"그러면 류미나스한테 경비 책임자를 명하겠느니라. 곁에서 같이 있어 줬으면 하는 거다."

"네! 알베르트 님에게서 마리다 님의 성격을 들었습니다. 제가 할 수 있는 일이라면 열심히 하도록 할게요."

류미나스는 아버지인 와리드한테서 남녀의 행위에 관한 강의를 받은 듯하지만, 실전은 아직 한 번도 경험한 적이 없다는 본인으로부터의 신고가 있다.

처음 상대가 마리다나 내가 되면 여러 가지로 큰일이겠지만, 밀정으로서 우수한 류미나스라면 분명 훌륭히 견뎌내 줄 거라고 생각한다.

"그럼, 이제 밤도 깊어지고 있고, 알베르트와 류미나스도 지쳤을 거라고 생각하니까 침소로 가자꾸나. 내 애인들도 알베르트의 귀환을 목이 빠질세라 기다리고 있었으니까 말이지. 하아, 하아."

류미나스를 마음껏 맛보고 싶어서 견딜 수 없는 마리다가 거친 숨을 내쉬며 침실로 이끌었다.

"그럼, 갈까."

"네, 넵."

우리는 마리다 뒤를 따라 사적 거처 안쪽에 있는 침실로 향했다.

"알베르트 님, 어서 돌아오십시오."

침실로 들어가자 리셸을 비롯하여 리제와 이레나가 새로운 야한 속옷을 입고 마중해 주었다.

또 리셸이 새로운 걸 사 온 모양이다. 하지만 그건 오랫동안 금욕 생활을 계속해 왔던 나에게는 자극이 강한 의상이라고.

피부 면적 노출은 억제되어 있지만, 태반이 얇게 비치는 소재로 만들어져 있기에 여러 가지로 보여 버리고 있다.

"마리다 님도 제법 외로워하고 계셨지만, 저희도 그건 마찬가지예요."

"마리다 언니를 상대하는 것도 큰일이었지. 그러니까 알베르트가 책임을 져 줄 거야."

다들 마리다의 성욕을 발산시키기 위해 애써 준 모양이라 적잖이 지친 얼굴을 하고 있다.

이건 아내의 남편으로서 애인들의 분투를 치하하지 않으면 안 되겠군.

"치하라면 얼마든지 해줄게. 그전에, 새로운 동료가 늘었으니까 갈아입혀 주겠어?"

모두의 시선이 마리다가 껴안고 있는 류미나스한테 쏟아졌다.

"요전의 와리드 씨의 따님이네요."

"꼬리라든가 귀라든가, 저희도 만져도 괜찮은 거죠?"

"귀여운 애네. 마리다 언니."

"다들 류미나스한테 흥미진진하구나. 나도 흥미진진한 거다."

아내와 아내 애인들은 눈앞의 수인 여자애를 보고 하아하아, 하고 숨을 거칠게 쉬고 있다.

아~, 다들 흥분해 버렸네~. 오늘은 허리가 버티려나~.

류미나스는 처음이고, 역시 상냥하게 해줘야 하겠지.

분명 아내와 아내 애인들이 먼저 격렬하게 해버릴 테고.

"오, 오늘부터 경비 책임자로서 채용된 류미나스라고 합니다. 부족한 점이 있을 거라고 생각합니다만, 모쪼록 지도 잘 부탁드리겠습니다."

마리다한테 부둥켜 안겨 있던 류미나스가 마리다의 팔에서 벗어나 바닥에 똑바로 서더니, 모두한테 머리를 숙였다.

그 모습을 보고 있는 아내들이 요염한 미소를 띠었다.

이제부터 분명 격렬하게 지도받아 버리겠는데…….

"저는 리셸. 마리다 님의 메이드장을 맡고 있습니다."

"나는 리제. 마리다 언니 가문에 신세 지고 있는 아르코 가문 당주다."

"저는 이레나. 알베르트 님의 비서를 하고 있는 에르윈 가문 문관이에요."

류미나스는 순서대로 악수를 해나갔지만, 애인들은 히죽히죽하며 요염한 미소를 띤 채다.

마치 굶주린 짐승이 사냥감을 노리고 있는 것만 같은 눈을 하고 있다.

그렇게나 마음에 들어 주었다면, 같이 류미나스의 몸을 만끽하기로 하자.

"류미나스 짱한테 어울릴 것 같은 건 이거려나. 사이즈도 리제 님과 가까운 듯하고."

리셸이 옷장 안에서 훤히 비쳐 보이는 속옷을 꺼내 류미나스의 몸에 갖다 댔다.

"어울릴지 알려면 옷을 벗어야만 하는 것이니라."

마리다가 전광석화 같은 재빠른 솜씨로 류미나스가 입고 있는 옷을 벗겼다.

알몸이 된 류미나스였지만, 몸을 숨기지 않고 당당하게 선 채로 있었다.

작은 몸집이면서도 전신에 적당히 알맞게 근육이 붙은 류미나스는 운동선수 같은 체격을 하고 있다.

"단련되어 있네~. 나도 그 정도로 단련하지 않으면 안 되겠어."

살짝 복근이 갈라져 있는 류미나스의 배를 리제의 손가락이 천천히 훑어 나갔다.

리제의 손가락이 배 위를 지나갈 때마다 류미나스의 뺨이 더욱 빨개져 갔다.

"리제 님…… 제 몸은 근육이 붙어서 여성스럽지 않지요. 아버지한테서는 알베르트 님의 아이를 낳으라는 말을 들었습니다만. 여러분을 보니 자신이 없어요."

그렇지는 않네. 몸집 작은 동물귀 여자애는 내가 아주 좋아하는 거니까! 엄청나게 힘내서 아이 만들기를 할 자신은 있다고.

"괜찮아. 나도 마리다 언니나 다른 사람이랑 비교하면 여성스럽지 않고. 그래도 알베르트는 제대로 여자애로 대해 주니까, 류미나스 쨩도 안심하고 전부 맡겨도 돼. 이렇게 나도 기분 좋게 해 줄 수 있고 말이지."

리제의 손가락이 류미나스의 배꼽을 애무하는 것처럼 천천히 움직였다.

"하아, 하아, 거길 만지시면 이상한 기분이 들어요오."

리제여, 어느새 그런 기술을 습득한 거지. 설마 내가 없던 2개월 사이에 마리다와 연습한 건가!

리제가 이쪽 시선을 알아차렸는지, 나를 향해 요염하게 미소를 띠었다.

"류미나스 짱의 가슴은 아담하지만, 이건 이것대로 딱 좋은 크기와 형태네요. 알베르트 님도 마리다 님도 좋아하실 탄력을 갖고 있는 느낌이에요. 이건, 좋은 가슴이네요. 아직 더 성장할지도 몰라요."

류미나스의 사이즈를 재고 있는 리셸한테서 가슴 정보가 보내져 왔다.

확실히, 손에 딱 알맞게 들어올 정도로 적당히 좋은 크기군. 리제보다도 조금 큰 정도인가.

"가슴이 성장할 거라니 정말인가요?"

"아마, 알베르트 님과 마리다 님이 잘 주물러 주신다면 아직 성장할 거라고 생각해."

리셸이 진지한 얼굴로 류미나스의 가슴을 조물락조물락 주무르고 있다.

리셸, 너는 가슴 마이스터화한 거냐! 정말로 내가 없는 두 달 동안에 무슨 일이 일어나고 있었던 거지.

"자 그럼, 류미나스 짱은 이걸 입어 줘야겠어."

가슴 측정을 끝낸 리셸이 훤히 비쳐 보이는 야한 속옷을 알몸인 류미나스에게 건네더니, 입히기 시작했다.

"꼬리는 미골 근처에서 나 있네요. 저, 수인분의 꼬리가 몸이랑 붙어 있는 부분은 처음 봐요."

한편, 이레나는 류미나스의 꼬리에 흥미진진한 모양이라, 복슬복슬한 꼬리를 손으로 빗고 있었다.

이레나가 손으로 꼬리를 빗을 때마다 류미나스의 몸이 작게 떨리고 있다.

"이레나 씨. 수인의 꼬리는 무척 민감하게 되어 있어서, 그렇게 만지시면——."

"이렇게 말일까요?"

이레나가 류미나스의 꼬리를 조금 세게 빗었다.

"아, 아닛! 아니에요오! 세게 하는 건 안 돼앳!"

그때까지 당당하게 서 있었던 류미나스가 안짱다리가 되어 몸을 떨었다.

수인의 꼬리는 귀인족의 뿔처럼 민감한 부분인 듯하다.

꼬리를 빗는 걸 멈춘 이레나는 류미나스의 꼬리에 얼굴을 파묻고 냄새를 맡고 있다.

저 꼬리에 얼굴을 파묻고 냄새를 맡아 보고 싶은데, 이레나한테 먼저 당해 버리고 만 모양이다.

"충분히 깨끗하게 되어 있는 모양이라, 꼬리에서는 좋은 냄새가 나네요. 이건 버릇이 되는 냄새일지도 모르겠어요."

"냄새 같은 거 맡지 말아 주세요. 창피하니까요오."

"분명 알베르트 님도 마리다 님도 맡으실 거니까 저로 익숙해져 두는 편이 좋을 거라고 생각해요. 그분들은 격렬할 거라고 생각하기에."

얼굴을 새빨갛게 물들인 류미나스와는 대조적으로, 이레나가 진지한 표정으로 꼬리 냄새를 맡아 나갔다.

이레나 씨, 냄새 페티시즘인 걸까요. 확실히 침대에 있을 때는 내 냄새라든가 엄청나게 맡고 있었긴 했지만.

이레나가 꼬리 냄새를 맡는 것을 류미나스는 필사적으로 참고 있었다.

그 모습을 나와 마리다가 가까이에서 보고 있다.

"류미나스 땅은 야하구나~. 하아하아, 나는 보고 있는 것만으로도 불끈불끈하는 거다."

"확실히 류미나스는 야하네. 나도 한동안 참고 있었으니까 끓어오르고 만 모양이야. 오늘은 자게 해줄 수 없을지도."

이레나의 꼬리 냄새 체크를 다 받은 류미나스가 야한 속옷의 확인을 구하는 것만 같이 포즈를 취해 주었다.

"이걸로 괜찮을까요? 이상하지 않——."

"참을 수 없는 거다! 류미나스 땅, 침대로 가는 것이니라!"

뛰쳐나간 마리다가 류미나스를 안아 들더니 커다란 침대에 던지고, 위에서 깔아 누르는 자세를 취했다.

"우히히, 류미나스 땅의 입술은 내가 먼저 받는 거다!"

"으응! 으으응!"

마리다가 류미나스의 입술을 억지로 열어젖히고, 혀를 휘감는

격렬한 키스를 했다.

깜짝 놀란 류미나스는 저항하지도 못하고, 그저 마리다의 혀를 받아들였다.

"마리다 님, 제대로 순서를 밟아서 이쪽을 개발해 주지 않으면 안 돼요."

곧바로 마리다 옆에 엎드려 누운 리셸이 훤히 비쳐 보이는 속옷 위로부터 류미나스의 가슴 끝부분을 만지작거리기 시작했다.

"하응! 흐읏! 으응!"

"너무 격렬하게 한다구. 류미나스 짱이 깜짝 놀라고 있대도. 괜찮아, 바로 내가 기분 좋게 해줄 테니까 말이지. 봐, 귀 같은 데도 기분 좋다구."

꼿꼿하게 선 류미나스의 늑대 귀를 리제가 부드럽고 가볍게 깨물었다.

그래도 류미나스한테는 자극이 너무 강한 모양이라, 발끝을 〈 모양처럼 굽히고 쾌락에 견디고 있었다.

"그러면 역시 저는 꼬리를 자극해 주는 편이 좋을 것 같네요. 복슬복슬한 류미나스 짱의 꼬리가 버릇이 될 것 같아요."

주어지는 격렬한 쾌락에서 벗어나고자 붕붕 휘둘러지는 류미나스의 꼬리를 붙잡은 이레나가 머리카락을 빗는 빗으로 꼬리를 가볍게 빗질했다.

"흐으으으으으으으으읏! 으응! 느으으으응!"

마리다한테 농후한 키스를 당하는 채인 류미나스는 꼬리에서 오는 쾌감에 채 말소리가 되지 않는 목소리를 냈다.

류미나스가 몸을 부르르 떨더니 눈의 초점이 맞지 않게 됐다.
"푸하아! 류미나스 땅이 야해서 처음부터 너무 격렬하게 해 버렸느니라. 아직 시작한 참이라 밤은 긴데 말이지."
밀정으로서의 훈련 중에서 고문에 버티는 훈련도 했을 거라고는 생각하지만, 내 야한 아내와 아내의 애인들 앞에서는 별반 도움이 되지 않았던 모양이다.
"하아, 하아, 하아, 나, 뭘 하고 있었더라……. 엄청나게 몸이 뜨거운데……."
의식을 되찾은 류미나스가 침대 위에서 대(大) 자가 되어 멍하게 있다.
"류미나스 땅, 멋대로 가버리는 건 안 되느니라. 갈 때는 간다고 말하지 않으면 안 되는 규칙인 거다."
의식을 되찾은 걸 알아차린 마리다가 이번에는 류미나스 옆에 엎드려 누워, 다리를 들어 올리고 하복부로 손을 슬그머니 이동시켰다.
"아, 그렇지. 지금은 마리다 님의 침실에서──. 하으으으응! 마리다 님, 거길 만지시면 몸이 더 뜨거워져요오!"
"괜찮아, 괜찮다. 나한테 맡겨 두거라. 류미나스 땅은 마음대로 기분 좋아지면 되는 거다. 구히히히."
내 아내는 예쁜 여자애한테는 어떻게 봐도 밝히는 아저씨처럼 된단 말이지.
뭐, 미녀와 미소녀가 서로 뒤얽히는 건 싫어하지 않으니 딱히 괜찮다만.

"알베르트한테도 류미나스 땅이 갈 때의 얼굴을 보여줘야만 하고 말이다. 자아, 자아."

"그러네요. 여자애가 갈 때의 얼굴은 알베르트 님이 아주 좋아하는 거고 말이죠."

"나도 몇 번이나 보여졌으니까 말이지."

"저도 부끄러운 말을 외치면서 가버린 걸 보여지고 말았고요."

내가 아주 좋아하는 거니까 어떨 수 없잖아. 여자애가 갈 때는 무척 무방비한 얼굴을 보여주니까 여러 가지로 들끓어 오른대도.

"그, 그런 말을 갑자기 들어도. 제가 갈 때의 얼굴 같은 건 알베르트 님한테 보여드릴 수 없으니까요! 마리다 님, 거기 안 돼요!"

마리다가 류미나스의 하복부로 옮긴 손을 격렬하게 움직이자, 그녀의 다리가 쭉 펴지고, 미간에 주름이 졌다.

"갈 때는 간다고 말하지 않으면 안 되는 거다."

"흐으으읏! 가요, 가버려요오! 가버렷! 보면 안 대애애!"

이건 위험할 정도로 팍 꽂힌다. 귀엽다는 정도가 아니군. 파괴력 높다고.

마리다 손에 가 버려서 축 늘어져 침대에 누운 류미나스가 부끄러운지 양손으로 얼굴을 덮고 있었다.

"하아, 하아, 하아, 보여 버렸어. 제가 갈 때의 얼굴, 알베르트 님한테 보여 버렸어요. 이래서는 천박하다고 생각돼서 미움받고 말아요."

"괜찮아, 엄청나게 귀여운 얼굴 하고 있었으니까. 더 봐주도록 해야겠지."

"그런 거다. 알베르트는 음란한 남자니까 말이지. 더욱 부끄러운 짓을 태연하게 요구해 오는 거다."

"더욱, 부끄러운 짓…… 인가요."

"그래, 나는 너무 부끄러워서 말할 수 없는 일을 했고 말이야."

"저도 그런 차림을 하게 될 거라고는 생각지도 못했어요."

"알베르트 님은 예지의 신전에서 온갖 지식을 익힌 분이고, 여성의 신체에 관한 것을 여성 이상으로 알고 있는 야한 신관님이기에."

모두가 여러 가지로 나한테 부끄러운 짓을 당했다고 말하고 있지만 말이야.

다들 신나서 하고 있었다는 걸 나는 알고 있으니까 말이지.

"그럼, 류미나스의 희망뿐만이 아니라 모두의 희망에도 답해 나가야만 하겠네."

"하지만 그전에 류미나스 땅을 확실하게 알베르트의 여자로 만들어 줘야만 하겠구나."

마리다가 힘이 빠진 채 누워 있는 류미나스의 다리를 벌리고, 젖어서 비쳐 보이는 정도가 늘어난 속옷을 젖혔다.

"자, 잘 부탁드립니다."

"맡겨 줘. 확실하게 기분 좋게 만들어 줄 테니까."

류미나스한테 대답하자, 리셸과 이레나가 내 옷을 벗겨 나갔다.

"알베르트 거 오랜만에 봤는데, 전보다 커지지 않았어? 나랑 할 때, 이랬던가?"

리제가 내 고간을 뚫어지게 보며 침을 삼켰다.

역시나 두 달 동안 쌓여 있어서, 마구 들끓어 버리는 것이다.

"글쎄? 어땠으려나. 나중에 리제도 확인해 보도록 해."

"으, 응. 그래도 격렬한 건 무리야."

"약속은 하기 어렵네. 류미나스의 노력 여하에 달렸겠어."

"리제 님, 저, 힘낼게요!"

나는 류미나스 안에 들끓는 것을 가라앉혀 나갔다.

그러고 나서부터는, 오랜만이었던 것도 있어서 굶주린 짐승 같은 기세로 류미나스의 몸을 유린해 나갔다.

몇 번이고 몇 번이고 몸을 떨며 쾌락에서 도망치려 하는 류미나스를 놓치지 않도록 붙잡고, 늪의 바닥으로 끌어들여 갔다.

물론 마리다와 리셸, 리제, 이레나한테도 두 달 만큼의 쌓인 것을 받아들이게 했다.

향연은 밤새 동안 이루어졌고, 그래도 부족했기에 모두가 힘이 다해 침대에 쓰러진 때는 아침 해가 떠올라 있었다고 기억하고 있다.

그건 그렇고 곤란하군, 곤란해. 애인이 네 명으로 늘어나 버렸네.

아무리 젊은 몸이라도 아내를 포함해서 다섯 명의 여성을 만족시키는 건 나름 체력이 필요하다.

뭐? 다섯 명하고 관계를 가져서 불결하다고? 그도 그럴 게, 어쩔 수 없잖아. 이 세계는 약삭빠르게 잘 처신한 녀석이 이득을 보게 되어 있으니까.

제6장 ♥ 오랜만에 영내 시찰을 하자

제국력 260년 진주월(眞珠月)(6월)

후우, 만끽했네. 아니, 뭐냐니. 그겁니다. 그거.

새로운 애인, 인랑족 류미나스와의 꺄꺄 우후후한 복슬복슬 생활이지 말입니다.

정말이지, 뭐가 굉장하냐 하면. 마리다를 비롯해서 리셸, 이레나, 리제가…….

이건 말해 버리면 어른의 세계가 되기에 생략하겠습니다만, 딱 하나 말할 수 있는 건 '복슬복슬 최고!'라는 것뿐입니다.

이야~, 진짜로 말이지. 굉장하다고 할지, 너무 굉장하다고 할지. 꼬리라든가 동물귀라든가 최강이잖아.

마리다를 비롯해서 다른 애인들도 푹 빠져서 야한 짓을 마구 해 버리고 있지 말입니다. 크흠, 크흠. 어이쿠, 이건 기밀 사항이었지.

그래도 말입니다, 허리가 용히 버텼다고 자화자찬하고 싶어질 정도로 충실한 밤이었지 말입니다.

밤이 충실했던 만큼, 낮의 일이 지체되어 있으니 열심히 일을 해야겠어.

정무를 보기 위해 집무실로 향하자 먼저 일을 시작하고 있던 이레나가 맞이해 주었다.

"알베르트 님, 오늘의 예정 말입니다만, 먼저 베저강의 원류인 베스 하천 제방 공사 시찰. 그때, 레이모어 경과의 회담을 넣어 두었습니다. 이어서, 알렉사 유랑민들의 개척촌 시찰. 이쪽도 주민들과의 간담회를 넣어 뒀으니 잘 부탁드립니다."

"오늘도 수북하네."

"자, 준비도 되었느니라! 나도 동행하라는 이야기였으니까 말이지. 얼른 끝내는 거다."

"호위로 저도 따라가겠으니, 잘 부탁드리겠습니다."

"나도 공부를 위해 같이 가겠어."

시찰에 참가하는 사람이 외출 준비를 마치고 사적 거처에서 모습을 드러냈다.

"마리다 님, 오늘은 영민들과도 만나는 것이니 행실 바르게 해 주십시오."

"나는 언제나 행실 바르게 하고 있는 거다!"

"아~, 그랬지요. 그랬지요."

나는 마리다의 머리를 부드럽게 쓰다듬어 줬다.

"키이익! 어린애 취급당하는 건 유감이니라!"

"네에, 네에, 착하게 있으면 알베르트 님이 상을 줄 거니까 기분 고쳐 주세요~."

마지막으로 나타난 리셸의 말을 들은 마리다가 방긋 웃었다.

"상! 그거라면 착한 아이로 있는 거다!"

엄청나게 상에 낚이고 있는 내 아내 귀여워.

이런 어린애 같은 면도 마리다가 모두한테서 사랑받는 요소인 거라고 생각한다.

"그러면 출발하겠으니 마차로 가시죠."

이레나한테 재촉받아, 우리는 마차에 올라타고 근처에서 이루어지고 있는 수로 개착과 제방 공사 현장으로 향했다.

대하(大河)가 되는 베저강의 원류가 애슐리성의 해자로 이용되고 있는데, 그 강은 베스 하천이라 불리고 있다.

대하의 원류인 만큼 수량은 많고, 산지에서 흘러나온 깨끗한 물을 영내에 고루 보내주는 것과 함께 자양이 풍부한 산의 영양을 애슐리 영내에 고루 보내주어 토지를 비옥하게 만들어 주고 있었다.

그런 베스 하천이지만, 일단 한번 날뛰기 시작하여 범람하면 평야가 이어지는 영내는 물에 잠기고, 밭이 전멸하는 심각한 피해를 초래한다.

그 때문에 영민들은 매년 강의 주인에게 감사의 축제를 지내 분노를 사지 않도록 하고 있는 것이다.

영민들한테서 모은 정보로, 베스 하천에서 베저강이 되는 합류 지점이 매번 범람하여 홍수 발생 지점이 되고 있음을 알 수 있었다.

현재 이루어지고 있는 제방 공사는 이 합류 지점 부근의 제방 보강을 진행하고 있다.

다만, 그것만으로는 지금까지와 마찬가지로 범람할 가능성이 있기에 새롭게 개척촌이 있는 지역으로 가는 수로를 뚫어 합류 지점에 체류하는 수량을 바꿔 버리는 공사도 동시에 하고 있었다.

개척촌으로 가는 수로가 개통되면 베스 하천이 범람할 가능성도 줄어, 홍수에 휘말리는 피해를 상당히 줄일 수 있을 거라는 보고를 받았다.

게다가 새롭게 만드는 수로가 개통되면 농지 개간을 진행하고 있는 개척촌에 물을 공급할 수 있다.

신규 수로이기에 개간 시에 물을 둘러싼 기존 마을과의 다툼도 일어나지 않고 그친다.

그 때문에 노예나 포로를 투입하여 빠른 속도로 수로 개착(開鑿)과 제방 공사를 진행하고 있다.

"흐음~. 쉰내 나는 남정네들뿐이구나~."

마차에서 내려 현장을 시찰하고 있는 마리다가 명백히 흥미 없는 듯한 표정을 짓고 있다.

주위 공사 현장에 젊은 여자애의 모습이 없기 때문이다.

"작년 전쟁의 패잔병들로, 마리다 님이 아르코 가문 영내에서 붙잡은 녀석들입니다. 지금은 죽지 않을 정도로 식사를 주고 수로와 제방을 만들게 하고 있습니다."

"우리 가신도 한 걸음 잘못 디뎠다면 이 녀석들과 같은 꼴을 당하고 있었겠지."

리제가 제방과 수로 건설에 땀을 흘리는 전 알렉사 왕국의 패잔병을 보고 한숨을 내쉬었다.

포로로서 나와 마리다를 만나지 못했다면, 리제는 머리만 남고, 아르코 가문 가신들은 여기서 강제 노동을 하고 있었을 터다.

"리제 땅은 내 애인으로서의 일을 힘쓰면 되느니라. 으음~, 쪽, 쪼옥."

마리다가 옆에 있던 리제의 뺨에 키스 폭풍을 퍼부었다.

"마리다 언니, 알베르트가 보고 있으니까……. 앗."

"알베르트한테는 리제 땅을 빌려준다는 약속은 했지만, 나도 자유롭게 하는 거다. 자, 류미나스 땅도 리제 땅한테 쪽쪽해도 괜찮느니라."

"아, 네. 리제 님, 실례하겠습니다."

끌어당겨 안긴 류미나스가 부끄러운 듯이 리제의 뺨에 키스했다.

"류미나스 쨩, 그, 저기, 고마워."

리제도 백합 기질은 가지고 있기에, 귀여운 여자애한테서의 키스에 수줍어하고 있는 기색이다.

"으응! 마리다 님, 너무 도가 지나치면 성으로 돌아간 후에 일이 배로 늘어날 거예요."

"리셸은 금방 그렇게 나를 괴롭히는 거다. 나는 애인 두 명이 쪽쪽하는 것을 즐기고 있을 뿐이니라."

마리다는 미소녀 둘을 끌어안고는 가슴을 주무르며 뺨에 키스했다.

이게 남자 당주였다면 곧바로 악덕 영주라는 꼬리표가 붙을 게 틀림없다.

하지만 마리다가 여성이라는 점이 방패막이가 되어, 영민들은 마리다를 두려워하기는 해도 악덕 영주라고는 생각하지 않는 것이다.

"으응! 류미나스 쨩은 호위관, 이레나 씨는 문관, 저는 궁녀로 채용된 거고, 리제 님은 보호령의 당주라는 점을 잊지 마시기를."

"알고 있는 거다. 리제 땅, 류미나스 땅, 리셸이 화내니까 이걸로 끝인 거다."

얼굴이 빨개진 리제와 류미나스가 마리다 옆에서 떨어졌다.

조금 정도는 더 해도 괜찮았는데 말이지. 아쉽다.

"알베르트 님도 영민들의 눈이 있으니까 야무지게 행동해 주세요."

"알고 있어. 그럼 시찰을 계속할까."

이레나한테도 혼났기에 업무 모드로 전환했다.

공사 현장에는 괭이를 휘두르며 수로를 파는 포로들 속에, 단련이라는 명목으로 파견된 귀인족의 젊은 녀석들도 섞여 있었다.

힘쓰는 일은 육체를 단련하는 데 딱이기에 비번인 종사나 전사들이 검을 괭이로 바꿔 들고 지면을 파고 있는 것이다.

물론 일을 하는 것이기에 임금은 발생하며, 고가인 무기와 방어구를 사기 위한 자금을 버는 아르바이트로도 되어 있었다.

전쟁으로 참호를 파는 데 능숙한 귀인족 쪽이 포로들보다도 많은 일을 해내고 있는 것처럼도 생각된다.

귀인족들이 엄청난 기세로 파낸 수로의 흙을 흙 포대로 만들어, 포로들이 제방 건설 현장 쪽으로 옮겼다.

토목 공사도 현장에서의 참호 파기 연습이라고 하면 기뻐하면서 할 귀인족이기에, 육체 업무에는 앞으로도 적극적으로 근육들을 동원해 나가고자 생각한다.

"아, 이거 마리다 님과 알베르트 경. 와주셔서 감사합니다."

시찰 중인 우리한테 말을 건 것은 살이 좀 찐 중년 남자였다.

현재 공사 중인 제방 건설을 제안한 남자로, 이름은 레이모어라고 한다.

오랫동안 방치 정치를 행해 온 에르윈 가문을 대신하여 인프라 정비 사업을 대대로 계속해 온 목수 집단 '두더지의 발톱'의 두령 가문에 태어난 남자로, 일을 확실하게 처리해 내는 것으로 알려져, 촌장들한테서의 신임도 두텁다.

레이모어는 이마의 땀을 닦으면서 이쪽으로 가까이 다가왔다. 자신도 괭이를 쥐고 수로를 개착하는 것을 돕고 있었던 모양이다. 나는 레이모어의 능력을 파악하기 위해 힘을 사용했다.

이름 : 레이모어

연령 : 51 성별 : 남 종족 : 인족

무용 : 21 통솔 : 65 지력 : 51 내정 : 69 매력 : 61

지위 : 목수 집단 '두더지의 발톱' 두령

두령인 만큼 통솔이나 매력도 높고, 내정에도 밝은 인물인가.

토목 기술은 귀인족도 높지만, 귀인족은 전투에 관련되지 않는 인프라 사업에는 흥미를 가지지 않는다.

그렇기에 '두더지의 발톱'을 이끄는 레이모어는 꼭 에르윈 가문의 전속 인프라 담당관으로 취임해 주었으면 하는 바다.

"레이모어 경, 이번 제방 공사와 수로 개착 공사의 지휘를 맡아 주셔서 감사합니다. 불편한 점은 없습니까?"

"불편 같은 건 없습니다. 지금까지는 자력으로 이러한 공사를 하고 있었으니까 말입니다."

레이모어는 생긋 미소를 띠고 있지만, 말하는 내용은 꽤 신랄했다.

"레이모어 경의 말씀, 이 알베르트의 귀가 따갑군요."

"아뇨아뇨, 이번에는 알베르트 경이 진력해 주신 덕분에 자금부터 자재, 인원까지 제공받아서 큰 도움이 되고 있습니다. 근린 촌장들한테서 몇 번이고 공사를 탄원받고 있었습니다만, 예산상의 문제로 실시하지 못했던 공사였기에."

레이모어가 두령을 맡는 '두더지의 발톱'은 내정을 방치한 에르윈 가문의 역대 당주들 대신에 가도 정비나 수로 건설 등의 인프라 정비 탄원을 단독으로 떠맡아 자금 조달부터 자재 조달, 직인들의 준비, 공사 지휘까지 하고 있었다.

그 때문에 애슐리 영내의 인프라에 관해서는 '두더지의 발톱' 쪽이 에르윈 가문보다도 자세한 것이다.

"레이모어 경께서 그리 말씀해 주시니 감사합니다. 저도 영내 가도 정비나 수로 정비 등에는 밝지 않기에."

도시계획, 가도의 중요성, 수로 정비, 치수 사업 등의 인프라 정비의 중요성은 이해하고 있지만, 실제로 실시할 능력까지는 제아무리 나라도 지니고 있지 않다.

자기한테 부족한 실시 부분을 메워 주는 인재가 레이모어였다.

그렇기에 이미 가신으로서 출사(出仕)하도록 타진해 뒀다.

"그런데, 요전에 말씀드렸던 이야기는 받아들여 주실 수 있겠습니까?"

"제가 가신으로 등용되고 '두더지의 발톱'이 에르윈 가문 어용 목수 집단이 되는 이야기 말입니까……. 나쁜 이야기는 아니라고 생각합니다만……. 저희는 귀인족이 아닙니다?"

레이모어가 내 옆에 있던 마리다에게 힐끔 시선을 향했다.

"상관없다. 나는 알베르트가 필요하다고 말하면 종족은 묻지 않고 채용하기로 한 것이니라. 알베르트한테서 레이모어도 좋은 활약을 할 거라고 추천받았으니까 안심하고 나를 섬기거라."

류미나스와 리제를 양옆에 거느린 마리다가 레이모어한테 가신이 되도록 설득하고 있었다.

"레이모어 경에게는 건설 담당관이라는 직을 마련해 두었습니다. 직무는 '두더지의 발톱'이 지금까지 해 왔던 가도 정비, 수로 개착, 치수 사업, 관개 설비, 도시 정비 등의 사업입니다. 진정을 받은 레이모어 경이 계획을 제안하고, 그 계획이 승인되면 예산, 자재, 인원은 에르윈 가문에서 전부 내게 됩니다."

기존 체제에서 충분히 기능하고 있는 '두더지의 발톱'을 그대로 나의 내정단에 포섭하여 인프라 정비 사업의 행동 부대로서 비용을 전부 부담할 생각이었다.

"제게 건설 담당관을……. 그렇게 되면 직속 상사는 알베르트 경이라고 생각해도 되겠습니까?"

"예, 정무 담당관으로서 예산 집행 권한을 가진 제가 레이모어 경의 직속 상사입니다."

레이모어로서도 줄곧 내정을 방치해 온 귀인족인 마리다가 직속 상사라서야 불안을 느낄 거라고 생각하기에, 말이 통하는 내가 상사라는 점을 전했다.

“알겠습니다. 이제부터 ‘두더지의 발톱’은 에르윈 가문 어용 목수 집단으로서 에르윈 가문을 섬기겠습니다.”

레이모어는 마리다와 내게 머리를 숙이고는 배례(拜禮)했다.

정무 담당관이 된 내가 작년부터 내정에 인재를 모으고 있다는 것이 영내에 널리 알려지기 시작해, 자치 조직의 대표자로서 내정을 맡고 있던 자가 문관으로 채용되었다.

레이모어도 이레나의 아버지 라인베일과 친교가 있어서, 내정에 밝은 내 이야기를 들었기에 권유를 받아들여 준 거라고 생각된다.

에르윈 가문의 방치 정치 덕분에 쓸데없이 자치 능력이 높은 영내에는 뛰어난 내정 인재가 얼마든지 있다.

그 때문에 그런 인재를 적극적으로 발탁하여 내정을 담당하게 해두는 편이 반란도 막을 수 있고, 일을 알고 있기에 효율도 좋은 것이다.

이번에 가신이 된 레이모어가 지닌 가도 건설이나 정비 지식, 수로와 제방 등의 건축 기술은 앞으로 에르윈 가문이 주도하는 영내 정비 계획에서 발휘될 것이다.

“일단 레이모어한테는 종자장 지위를 주겠다. 다만, 이 수로 개착과 제방 공사를 훌륭히 완수시켰을 때는 전사장으로 등용해서 영지를 내려주겠느니라. 힘쓰도록 하거라.”

“옙! 감사한 말씀입니다. 반드시 이 공사를 성공시켜 보이겠습니다.”

공사가 성공했을 때는 레이모어에게 전사장 지위와 영지를 줄 것을 권한 건 나다.

어째서냐고 하면 목수 집단을 통솔하는 레이모어는 평민이라고는 해도 '두더지의 발톱'을 이끄는 두령.

소속된 목수는 500명을 넘는 대집단이다.

지금까지와는 다르게 에르윈 가문 전속 가신이 되면 그 대집단을 유지하는 데는 돈이 필요하다.

그렇기에 영지를 줄 수 있는 전사장으로 승격시켜 영지를 내려주고, '두더지의 발톱'을 그대로 유지할 수 있도록 하는 편이 좋다.

물론 '두더지의 발톱'은 목수 집단이기에 전쟁에서 무기를 들고 싸우게 하는 짓은 하지 않는다.

주된 일은 방어 시설 건설이나, 영내 인프라 정비 실행 부대다.

'두더지의 발톱'을 이용하여 물을 제어하고, 가도를 제어하면 영내는 한층 발전해 나갈 터다.

"저도 레이모어 경의 수완에 기대하고 있겠습니다."

"옙! 제방 완성은 내년 초엽 예정이고, 수로는 앞으로 두 달만 있으면 개통될 것으로 생각합니다."

"수로 개착이 앞으로 두 달 정도라면, 개간 사업도 조금만 더 있으면 본격화할 수 있겠군요."

"개척촌 쪽도 시찰하시겠습니까? 괜찮으시다면 제가 안내해 드리겠습니다만."

작년 말에 빠른 속도로 건설한 개척촌에도 레이모어를 비롯한 '두더지의 발톱'의 힘을 빌렸었다.

"그렇군요. 레이모어 경이 있는 편이 개척촌의 실황도 파악하기 쉬울 테고, 안내를 부탁할 수 있겠습니까?"

"알겠습니다. 앞장서서 안내하겠으니 마차로 따라와 주십시오."

레이모어는 그렇게 말하고는 근처에 있는 부하에게 말을 걸고, 흙 포대 운반용 마차에 탔다.

우리도 타고 온 마차에 올라타, 앞장서 안내하는 레이모어 뒤를 따라 개척촌으로 향하기로 했다.

잠시 흔들리는 마차에 몸을 맡기고 있자, 창문 너머로 개척촌의 모습이 보이기 시작했다.

'두더지의 발톱'의 레이모어한테 의뢰하여 모아 준 건축 자재를 써서 급조한 연립주택이 죽 늘어서 있고, 우물도 쓸 수 있도록 파여 있어 마을로서의 모양새는 갖추어져 가고 있었다.

아르코 가문의 요새 터에 몰려들었던 유랑민들은 야위어서 홀쭉하고, 더러운 옷을 입고, 살아갈 희망을 잃은 눈이었지만, 개척촌 주민이 됨으로써 그 모습은 격변했다.

"유랑민들도 건강해진 것 같네. 이곳으로 데려왔을 때의 야위었던 모습을 알고 있으니까 깜짝 놀랐어."

애슐리성에서 유랑민을 받아들이는 작업을 돕고 있던 리제가 개척촌 주민들을 보고 놀라고 있다. 아니 그렇다기보다, 나도 놀랐다.

애슐리성에 썩을 정도로 남아돌고 있는 식량을 아낌없이 그들에게 줌으로써 야위어서 뼈투성이였던 유랑민들의 영양 상태는 개선되고, 일부는 푸둥푸둥한 체형을 되찾은 사람도 있다.

다들 밥은 제대로 먹고 있는 모양이었다.

레이모어와 함께 개척촌으로 발을 들이자, 주민들이 곧바로 모여들었다.

"오늘은 에르윈 가문 당주 마리다 님, 정무 담당관 알베르트 님께서 시찰하러 오셨다."

레이모어의 말을 들은 주민들이 곧바로 지면에 무릎을 꿇었다.

"영주님이 오셨다니, 우리는 뭔가 곤란한 일을 한 것일까?"

"밥만 먹고, 제대로 일하지 않는다고 여겨진 것 아닌가?"

"그럴지도 몰라. 이것저것 여러 가지로 받을 수 있으니까 받아버렸지만, 그만큼의 일을 하고 있느냐고 물으면……"

영주인 마리다가 시찰하러 왔기에 주민들은 움찔움찔하며 소곤소곤 이야기하고 있었다.

개척촌의 통솔 역할 남자가 마리다 앞으로 나서더니, 지면에 정좌하고 머리를 조아렸다.

"이거, 마리다 님에 알베르트 님, 찾아와 계셨군요. 그로부터 반년, 제공해 주신 물자와 레이모어 경의 조력으로 마을다워지기 시작했습니다. 연립주택이 완성되어 잘 곳이 생김으로써 마을 사람들은 이미 밭을 만들기 위한 개간 작업에 힘쓰고 있습니다. 이것도 저것도 전부 3년간의 조세 면제와 개간한 자에게 농지를 준다는 마리다 님의 증서를 받은 덕분입니다."

"이번에는 모두가 건강히 지내고 있는지를 보러 온 것뿐이니라. 알베르트한테서 개척촌 주민은 일을 잘한다고 들었다. 용케 반년 만에 이 정도까지의 마을을 만들었구나. 잘하였느니라. 칭찬해 주마.”

마을의 모습을 둘러보고 있던 마리다가 모여든 주민들을 칭찬하자, 주민들은 눈물을 흘리며 기뻐하기 시작했다.

“마리다 님한테서 칭찬을 받았다고. 우리 같은 유랑민을 영주님이 칭찬해 주셨어.”

“죽는 편이 나았던 그 상황에서 구해주신 마리다 님한테서 칭찬을 받을 수 있을 줄이야……. 이건 더욱 일에 힘써야만 해!”

“마리다 니이이이임! 저는 이 땅에 뼈를 묻고 에르윈 가문을 위해 열심히 일하겠습니다!”

개척촌 주민들은 위기 상황에서 구해 준 데다가 의식주를 제공해 준 마리다에게 매우 감사하고 있는 모양이다.

“레이모어 경에게서 수로도 앞으로 두 달 정도면 완성된다고 들었으니, 앞으로도 쉬지 않고 개간에 힘써, 내년에는 많은 밭을 만들어나가겠습니다.”

“음, 몸 건강에는 조심하면서 개간에 힘쓰도록 하는 거다. 부족한 것이 있다면 곧바로 레이모어한테 말하도록. 그렇게 하면 알베르트가 준비해 줄 테니까 말이니라.”

마리다가 지면에 머리를 조아린 채로 있는 개척촌 통솔 역할 남자의 어깨를 툭 두드렸다.

“넵! 극진한 지원에 보답할 수 있도록 노력하겠습니다.”

이만큼 감사받고 있다면 에르윈 가문을 배신하려는 자는 나오지 않으리라.

나머지는 개간이 진행되어 주민들이 부를 쌓을 수 있다면 좋은 납세자로 성장해 줄 터다.

참고로 유랑민들의 개척촌에 극진한 자금 지원을 주장해도 불만은 나오지 않았다.

평범한 영지라면 바깥에서 온 자를 극진하게 지원하면 말썽이 일어나는 것이 상례다.

나로서도 유랑민의 개척촌을 극진하게 지원하고 있는 것에 약간 정도 불만의 목소리가 나올 거라 생각했지만, 귀인족의 부정기 징세가 폐지된 것과 인구 증가 정책의 일환으로 시행하고 있는 각종 지원 제도 덕분에 부담이 줄어든 영민은 충분히 만족하고 있는 듯하다.

게다가 원래부터 교역으로 번성하고 있는 토지이기도 하기에, 외부에서 온 사람에게도 거부 반응이 적은 풍속이었던 것도 영향을 미치고 있다고 생각됐다.

그러한 요인도 있어서, 개척촌은 문제를 일으키는 일 없이 기존 영민들로부터 받아들여졌고, 신규 수로가 개통되면 외부 사람을 이 토지에 팍팍 끌어들여서 개척촌을 한층 늘려, 애슐리령의 인구 증가로 이어 가고 싶다고 생각하고 있다.

이 세계는 사람이 귀중한 자원이다.

대량의 식량과 거금을 지니고, 많은 사람을 모은 세력이 세계를 지배할 수 있는 것이다.

다행히 애슐리령도 스라트령도 미개척 상태인 평야가 잔뜩 있어서, 사람을 늘리면 얼마든지 식량을 증산할 수 있다.

전란이 이어져 황폐한 장소에서의 주민 모으기는 계속해 나갈 생각이었다.

개척촌 주민들의 신뢰를 얻었다고 확신한 나는 애슐리성에서 가지고 온 물건을 나눠주기로 했다.

"오늘은 마리다 님으로부터 개간에 힘쓴 모두에게 내리는 선물이 있다. 사양하지 말고 받도록."

내 신호에 선물을 실은 마차가 움직여 주민들 앞에 섰다.

"구운 과자와 술밖에 없지만, 이걸로 기력을 보충하길 바란다."

짐마차에는 구운 과자가 든 천 주머니와 술 항아리가 실려 있었다.

곧바로 리셸과 이레나, 류미나스, 리제가 주민들에게 술과 구운 과자를 나눠주기 시작했다.

주민들이 와아, 하고 기뻐하더니 짐마차에 가까이 다가왔다.

"아이들한테는 달콤~한 구운 과자도 있어요~. 자, 줄을 서세요~."

"술은 귀인족이 만든 거니까 일급품이야. 희석해서 마셔도 맛있으니까 나도 엄청 좋아한다고."

"아직 많이 있으니까 줄을 서 주세요. 고생하셨습니다. 저희도 먹을 것이니 사양하지 마시고."

"서두르지 말고, 서두르지 않아도 충분히 준비해 뒀습니다. 줄을 서 주세요."

술과 구운 과자 배포는 주민들의 협력도 있어서 빠르게 끝낼 수 있었고, 그 흐름 그대로 빙 둘러앉아 주연이 벌어졌다.

"영주님께서 이렇게까지 해주시다니, 살아 있길 잘했어."

"나도 이렇게나 가깝게 느껴지는 영주님은 처음이야. 알렉사를 버린 게 정답이었네."

"그런 개똥 같은 나라는 멸망해도 돼."

구운 과자를 안주 삼아 주민들은 술을 마시며 기뻐하고 있었다.

"알베르트, 귀여운 애는 없는 것이냐아. 모처럼의 주연인데 내 곁이 쓸쓸해서 견딜 수가 없는 거다."

마리다의 애인들은 주민들 사이를 바쁘게 오가고 있어서, 혼자서 술을 자작하며 마시고 있었다.

"바깥이고 하니, 참아 주십시오."

내가 그렇게 말하자, 마리다의 무릎 위에 7~8살 정도 되는 여자애들이 앉았다.

"마리다 님도 과자 먹어~. 맛있어."

"내 것도 먹어~."

"죄, 죄송합니다! 저희 아이들이 실례해서! 자, 거기서 내려오렴."

아이들의 모친이 파래진 얼굴로 마리다가 있는 곳으로 뛰어왔다.

"괜찮다, 괜찮다. 마침 나도 상대가 필요했느니라. 그대들의 과자를 받도록 하지."

마리다는 무릎 위에 앉은 아이들이 내민 과자를 입에 넣었다.

"마리다 님 좋아~!"

"나도 좋아~!"

혼나지 않은 아이들은 마리다한테 찰싹 달라붙어 안긴 채 생글생글 웃었다.

"대인기네요. 마리다 님."

"흠, 이건 이것대로 나쁘지 않은 거다. 뭐냐, 술을 따라 주는 건가? 미안하군."

안겨 있었다고 생각한 아이들이 근처에 있던 술병으로 신중하게 술잔에 술을 따랐다.

그 모습을 마리다가 온화한 표정으로 바라보고 있었다.

전장에서는 '선혈귀'라고 불릴 정도로 무서운 무인이지만, 이런 상냥한 일면도 있는 것이 마리다의 매력이다.

나와의 사이에 아이가 생기면 마리다도 지금처럼 엄마 같은 분위기가 되는 걸까.

그런 생각을 하고 있었더니, 마리다와 눈이 마주쳤다.

"뭐냐, 내 얼굴에 뭔가 묻어 있는 거냐?"

"마리다 님 입에 과자 부스러기 묻어 있어~. 내가 먹을 거니까~."

어린아이가 마리다의 턱에 붙어 있던 과자 부스러기를 집어서 먹었다.

"오오, 그랬던 거냐. 그대는 좋은 일을 하는구나."

마리다는 과자 부스러기를 먹은 아이의 머리를 쓰다듬어 칭찬했다.

"알베르트……. 이 애들을 성의 궁녀로 출사시켜도 괜찮겠느냐?"

어린아이의 머리를 쓰다듬고 있는 마리다가 눈을 반짝반짝 빛내며 궁녀로서 출사시키고 싶다는 말을 꺼냈다.

"이 애들을 말입니까? 아직 어린아이라고요."

아무리 그래도 아직 어린아이인 그녀들을 마리다의 궁녀로 고용할 수는 없는 노릇이다.

나이도 차지 않은 아이를 부모한테서 떼어놓고 궁녀로 삼아 범했다는 게 알려지면, 기껏 쌓은 개척촌 주민들의 신뢰가 땅에 떨어진다.

"우리~, 마리다 님의 궁녀가 될래~."

"되고 싶어~."

순수한 어린아이들이 마리다의 궁녀가 되고 싶다고 말하기 시작했다.

"본인들도 이렇게 말하고 있느니라."

네, 거기, 눈을 반짝반짝 빛내지 마세요. 어린아이는 아웃입니다!

"마리다 님, 부모가 곤란해하니까 안 됩니다."

"아이들이 성에 가서 궁녀가 되면, 잘하면 좋은 상대와 결혼할 수 있을지도 모르겠네요."

"그래. 내 궁녀가 되면 좋은 인연이 있을 테지."

옆에 있던 모친이 아이들의 궁녀 출사에 흥미를 품기 시작한 듯하다.

스톱! 안 됩니다! 안 돼! 어린아이는 아웃이니까!

"아무리 그래도 아직 나이가 어리니 궁녀로 일하는 건 힘들다고 생각합니다. 그, 그렇지? 리셸.”

나는 근처에서 바쁘게 일하고 있던 리셸한테 도움의 손길을 요청했다.

“알베르트 님의 말대로 그 나이로는 메이드 일은 견딜 수 없지 않을까 하는 생각이 듭니다.”

리셸의 말에 모친도 아이들도 시무룩해졌다.

이게 10대 후반 정도였다면 본인이 바라고 있으니 문제없이 궁녀로 채용했겠지만——.

나이도 차지 않은 어린아이이기에 채용을 허용할 수는 없었다.

“그렇다면, 10년 후에 그때도 여전히 내 궁녀가 되고 싶다고 생각한다면, 이걸 가지고 내 성을 찾아오거라. 그때는 궁녀로서 그대들을 반드시 고용해 주겠느니라. 귀인족은 거짓말을 하지 않는 일족이니까 말이지.”

마리다가 몸에 착용하고 있던 목걸이를 아이들의 손에 쥐여 줬다.

“정말인가요?”

“정말로?”

“아아, 약속하는 것이니라. 그때까지 밥을 잘 먹고 크게 성장하도록 해라.”

“““네~에!”””

목걸이를 받고, 궁녀로 채용해 준다는 약속을 받음으로써 아이들이 기뻐했다.

“이걸로 문제는 없겠지?”

"뭐, 10년 뒤에 자기 의사로 궁녀가 된다면 문제는 없습니다."

나는 마리다의 제안을 받아들였다. 10년 후라면 개척촌 주민들도 이 땅에 자리를 잡았을 테고, 아이들도 성인이 되었기에 문제는 없을 거라고 생각된다.

"그렇다면 개척촌에 대한 지원도 한층 더 후하게 하도록 부탁하는 거다. 내 소중한 궁녀 후보가 있으니까 말이지."

좋고 싫음의 감정이 격렬한 마리다는 자기편이 된 사람에 대해서는 매우 무르기에, 궁녀가 되는 것을 약속한 어린아이가 있는 개척촌에 특전을 마구 부여하려는 모양이다.

"알겠습니다. 주민들이 어려움을 겪지 않도록 지원을 계속해 나가겠습니다."

어찌어찌 어린아이의 궁녀 채용을 회피하자, 일련의 대화를 듣고 있던 주민들이 눈에서 눈물을 흘리며 기뻐하고 있었다.

"유랑민이었던 우리의 자식들마저 자신의 근처에 두는 궁녀로 채용하시는 마리다 님의 굳센 의지에 감명을 받았습니다!"

주민의 말을 들은 나는 어찌어찌 미담으로 수습된 것에 휴, 하고 안도했다.

그러고 나서도 주연은 계속되어, 날이 저물 때가 가까워졌기에 돌아갈 시간이 다가왔다.

"음, 오늘은 맛있는 술을 마실 수 있었느니라. 또 시찰하러 왔을 때는 잘 부탁하는 거다."

"옙! 알겠습니다!"

통솔 역할 남자가 마리다한테 넙죽 엎드리자, 주민들도 모두

머리를 숙였다.

이번에는 마리다의 파인 플레이라는 것으로 해 둘까.

나로는 저렇게까지 주민의 마음을 사로잡을 수 없었을 테고.

마차에 올라탄 우리는 주민들의 배웅을 받으며 애슐리성을 향해 마차를 달리게 했다.

돌아가는 마차 안에서, 주연에서 욕구를 해방하지 못한 마리다가 양옆에 리제와 류미나스를 앉히고 마구 성희롱을 하고 있다.

"알베르트, 나는 행실 바르게 한 거다. 상을 소망하느니라."

"마리다 언니, 나만으로는 불만이야?"

"리제 땅?! 나를 그렇게까지 좋아하는 건가. 응~, 나도 좋아하는 거다. 쪽, 쪼옥."

옆에 있는 리제에게 마리다가 키스의 비를 퍼부었다.

"마리다 님, 저도 있고요. 상으로는 부족하지 않다고 생각하는데요."

류미나스는 가슴을 주물럭거려져 신음하고 있다.

"그런 의미가 아니다. 둘을 쪽쪽할 수 있는 건 나도 대만족이니라. 그런 게 아니란 말이지, 나는 치유를, 치유를 원하고 있는 거다."

"그러면 제가 치유해 드리지요."

마리다의 무릎 위에 앉은 리셸은 귓가를 집요하게 핥아 나갔다.

"하아으으응! 그만두는 거다! 리셸은 격렬한 거다. 알베르트가 없는 두 달 동안도 엄했단 말이니라!"

리셀의 귀 핥기 공격에 뺨을 빨갛게 물들이고 몸을 움찔움찔 떠는 마리다였다.

"호오, 그건 처음 듣는 이야기입니다. 제가 없을 때는 리셀한테 마리다 님이 농땡이를 치지 않도록 똑바로 감시해 달라고 말해 뒀는데요."

"노, 농땡이 같은 건 치지 않은 거다. 일은 제대로 하고 있었느니라!"

마리다의 말에 거짓이 없는지, 리셀한테 확인하는 시선을 보냈다.

"확실히 일은 하고 있었습니다. 엄청나게 떼를 쓰면서이긴 하지만요."

사람한테는 잘 맞는 일과 그렇지 않은 일이 있지만, 전투에 모든 능력치를 배분한 군주여도 최소한의 해야만 하는 일을 하게끔 하고 있는 것뿐이고, 딱히 나는 마리다의 곤란해하는 얼굴을 보고 싶은 것도 아니다.

미안, 거짓말을 했다.

귀여운 마리다의 살짝 곤란해하는 얼굴을 보고 싶다고는 생각한다.

다만, 현재는 당주 업무는 대행할 수 있는 사람이 없는 것이다.

마리다가 싫어하는 정무에서 멀어지려면 나와의 사이에서 아이를 가지고, 그 아이한테 당주를 물려주고, 당주가 나이가 어린 것을 이유로 당주 대행자로서 나를 지명하는 것밖에 길은 없다.

"마리다 님, 그렇게까지 정무가 싫어서 정무에서 멀어지고 싶다면 저와의 아이 만들기를 힘쓸 수밖에――.”

“그렇게 생각해서 매일 밤 힘쓰고 있는 거다. 그러니까 오늘도 힘낼 생각이니라! 나는 갑갑한 당주 따위 하고 싶지 않으니까 말이지. 빨리 나를 임신시켜다오.”

리셸한테 귀를 공격받으며 몸을 떨고 있던 마리다가 요염하게 눈동자를 적시며 이쪽을 힐끔 봤다.

조금 전의 말로, 오늘 밤도 철야 코스이려나. 이건 힘내지 않으면 안 될 듯한 느낌이 든다.

“알겠습니다. 오늘도 분투하도록 하겠습니다.”

“알베르트는 마리다 언니만이 아니라 나도 임신시켜야만 하니까, 많이 노력하라고.”

마리다 옆에 있던 리제도 마찬가지로 요염하게 젖은 눈동자로 나를 쳐다봤다.

여당주 두 명한테서의 적극적인 어프로치에, 나도 전력을 다할 생각이다.

제7장 ♥ 산의 민족을 회유하자

제국력 260년 홍옥월(紅玉月)(7월)

시찰도 무사히 끝내고, 아내와 아내 애인들의 밤 상대도 열심히 힘내며, 정무에 힘쓰고 있는 내 앞에 와리드가 갑자기 나타났다.

신하가 되었을 때, 어떤 기술인지를 물어봤지만, 비전이라는 이유로 가르쳐 주지 않았다.

다만, 딱 하나 가르쳐 준 것은 축지 주법이라는 것으로, 체력 소모를 억제하고 재빠르게 이동할 수 있는 주법이었다. 덕분에 도보에서의 이동 속도는 두 배 정도가 되었다.

승마술 재능이 없는 나로서는 전장에서의 이동 속도가 올라가면 생존률이 폭발적으로 올라가기에 매우 유용하게 쓰고 있다.

"알베르트 경, 하킴의 설득 공작이 완료되었습니다. 며칠 뒤, 산의 민족 긴급 족장 회의가 개최될 예정이기에 알베르트 경도 꼭 참가해 주셨으면 하여 마중하러 왔습니다."

"내가 참가?"

"예, 산의 민족 사이를 돌며 술을 마셨던 와리하라족 족장 하킴의 친족을 칭한 젊은이가 알베르트 경이었음을 모두가 알면, 제가 이야기한 것이 10배의 공포가 되어 진실미를 띨 것이기에."

과연, 그렇군. 내 정체를 산의 민족 족장들한테 말해 버리는 것이 되지만, 그걸 제하더라도 얻을 수 있는 게 많다는 건가.

역시나 와리드. 마지막 마무리도 빈틈없이 해주는 모양이다.

"알았어. 참가하지."

"알베르트가 또 일을 농땡이 치고 산의 민족이 있는 곳에 놀러 갈 생각인 거다! 나도 같이 가고 싶다! 가고 싶은 거다!"

반대쪽 책상에서 인장 찍기를 하고 있는 마리다가 같이 가고 싶다고 떠들었다.

나는 곧바로 그녀의 흥미를 다른 곳으로 향하기로 했다.

"마리다 님, 한 달 뒤에 산의 민족 영역으로 출병할 겁니다. 출병 규모는 200명. 귀인족만의 편성입니다. 적의 총수는 불명. 적 본거지도 불명입니다만, 기습 작전부터 강습 작전에도 대응할 수 있도록 준비해 주십시오. 할 수 있지요?"

마리다의 얼굴이 팟 하고 밝아지는 게 보였다.

"리셸! 숙부님과 라토르를 불러라! 작전 회의와 편성을 이야기할 거다. 와리드는 고슈토족 중에서 산의 민족 영역의 길에 밝은 자를 빌리는 거다. 귀인족 사람한테 뒷길까지 망라한 상세한 지도를 곧바로 만들게 하겠느니라. 리제 땅, 아르코 가문에서 보급으로 돌릴 수 있는 인원수를 확인하는 거다! 이레나는 알베르트가 허가할 전투 비용 예산액 산정을 부탁하는 거다. 예산을 참고로 작전을 짜지 않으면 각하 당하고 마니까 말이지."

마리다한테서 나온 지시에 의해 느긋하던 분위기가 격변했다.

역시나 전투가 되면 마리다의 지시는 적확하며 빠르다.

저 의욕을 조금만이라도 내정에 향해 준다면 좋겠는데…….

안되는 걸 원해 봤자 별수 없군.

나는 분주해진 집무실에서 와리드와 류미나스를 데리고 족장

회의에 출석하기 위해 산의 민족 영역으로 향했다.

며칠 뒤, 우리는 족장 회의 개최지가 된 와리하라족의 마을의 집회소에 있었다.

산의 민족에 속한 각 부족에서 족장들이 모여 있어서, 실내는 떠들썩한 분위기였다.

모인 건 온건파에서 전향한 부족과 이탈파 부족으로 산의 민족 9할이 신체제를 승인하는 이 족장 회의에 얼굴을 내비친 듯하다.

"태반의 산의 민족이 신체제를 승인한다고 봐도 틀림없겠어?"

"예, 하킴과 함께 설득하러 돌아다닌 느낌으로는, 틀림없습니다. 게다가 알베르트 경도 있기에 반대하는 사람은 없을 터입니다."

나는 얼굴이 들키는 걸 막기 위해 두건을 쓰고 와리드 옆에 서 있는데, 이쪽에 흥미를 가지는 사람은 아무도 없었다.

"하킴이 왔다."

집회소 입구에 나타난 하킴의 모습을 본 족장들이 일제히 잡담을 멈췄다.

정적이 찾아온 집회소 중앙에 하킴이 섰다.

빙 둘러앉은 족장들의 시선은 그에게 집중됐다.

"오늘은 내가 개최를 제안한 족장 회의에 모여 주어 감사한다. 이 회의는 앞으로 산의 민족의 번영을 결정하는 중요한 회의임을 가장 먼저 선언해 두고 싶다."

이미 사전에 설득 공작을 해 두었기 때문에 참가한 족장들은 입을 열지 않고, 묵묵히 하킴의 말을 듣고 있다.

"그러면 각 족장들에게 이야기한 제1 의안의 채택으로 나아가겠다. 제1 의안, 산의 민족 운영 체제를 족장 합의제에서 산의 민족 대표가 되는 대수장에게 권한을 집중시키는 안에 찬동하는 자는 거수를."

하킴의 말에 참가한 족장들은 전원이 손을 들었다.

조금 정도는 옥신각신할 거라고 생각했는데, 와리드도 참가한 하킴의 설득 공작과 '용사의 검'에 의한 족장 합의 체제가 품은 나약성의 발로가 권한을 집약시킨 대수장제에 대한 지지로 이어진 듯하다.

"전원의 거수로, 제1 의안은 채택된 것으로 간주한다. 그러면 이어서 제2 의안. 초대 대수장에 와리하라족의 나, 부대수장에 고슈토족의 와리드 두 명을 두고, 서로 동등한 권한을 가지는 것을 인정하는 안에 찬동하는 자는 거수를."

내가 하킴에게 쌍두 정치 체제를 선택하도록 부탁한 건 산의 민족은 표면상으로 중립으로 있어 줬으면 했기 때문이다.

세력의 대표가 될 대수장으로는 중립임을 대외적으로 표방한 와리하라족의 하킴이 취임하고, 동등한 권한을 가진 부대수장 와리드한테는 에르윈 가문을 위해 산의 민족을 움직이는 체제를 만들게끔 했다.

표면과 이면을 나누기 위한 쌍두 정치 체제였다.

이 의안도 하킴과 와리드의 주의 깊고 신중한 설득 공작으로 반대 의견도 나오지 않고, 전원이 거수하여 찬동을 나타내고 있다.

"제2 의안도 전원의 찬동으로 채택된 것으로 간주한다. 마지막으로 제3 의안. '용사의 검'에 대한 귀의 금지 및 이번 족장 회의에 참가하지 않은 부족을 산의 민족에서 추방하는 안에 찬동하는 자는 거수를."

마지막 의안에는 반 정도의 거수밖에 없었다.

'용사의 검'에 귀의하는 것의 금지는 인정해도, 아무리 그래도 같은 동료였던 부족을 추방한다는 안에는 난색을 표하는 족장이 많은 모양이다.

"알베르트 경, 나서실 차례입니다."

와리드가 내게 말을 걸자, 나는 쓰고 있던 두건을 벗고, 빙 둘러앉은 족장들의 중심에 있는 하킴이 있는 곳으로 와리드와 함께 나아갔다.

내 얼굴을 본 족장들이 술렁이기 시작했다.

산의 민족 사이를 돌며 마셨을 때, 이곳에 있는 족장들과는 아는 사이가 되어 여러 가지로 친한 관계가 되어 있었다.

"하킴의 친족이 어째서 이 회의에?"

"족장밖에 참가할 수 없을 터이다만."

"와리드도 옆에 있다고. 어떻게 된 거지?"

족장들은 내가 족장 회의에 참가한 것을 이상하게 여기는 듯한 얼굴로 보면서, 제각기 의문을 꺼냈다.

하킴과 와리드가 내 양옆에 서더니, 술렁이는 족장들을 손으로 제지했다.

"정숙하라!"

"조용히 하도록. 이분이야말로 '용사의 검'의 횡포에서 산의 민족을 구해주신 알베르트 폰 에르윈 님이시다!"

하킴의 말에 시끄러웠던 집회소에 침묵이 찾아왔다.

족장들의 시선이 내게 집중되었다. 인식이 일치한 족장들의 낯빛이 싸악 하고 파랗게 물드는 사람이 다수 나왔다.

응응, 그렇게 되겠지. 술을 마셨을 때 서로의 부족에 대한 험담이라든가, 자신의 치부가 될 듯한 이야기라든가, 속된 이야기라든가 잔뜩 했고 말이지.

그야말로 타인에게 알려졌다간 위험한 이야기는, 마시면서 커뮤니케이션하는 사이에 잔뜩 듣게 됐다.

"족장들한테는 이야기했지만, 알베르트 경은 강고했던 그 '용사의 검' 조직을 정보와 지혜와 말재주로 괴멸 상태로 몰아넣은 사람이다. 그런 사람에게 산의 민족의 비밀을 여러 가지로 말해버린 사람도 다수 있을 테지."

와리드의 담담한 목소리로 이루어지는 으름장이 족장들을 떨게 만들었다.

그렇게 으름장을 놓지 않아도 되는데 말이지. 나는 내 편한테는 무르니까.

다만 배신은 절대로 용서하지 않지만 말이야.

"하, 하지만 우리는 중립 세력——."

"다른 족장한테 시집 보낸 당신 따님이 낳은 아이의 아버지가 실은——."

"히익! 아, 아니다! 아니라고. 그런 일은——."

필사적으로 반론하려고 한 족장이 지닌 약점을 나도 모르게 불쑥 말해 버렸다.

"아아, 죄송합니다. 그건 오해였지요."

이야기를 듣고 있던 다른 족장들의 안색이 한층 나빠졌다.

누구나가 신변의 파멸을 초래할지도 모르는 약점을 나한테 잡혀 있기 때문이다.

"반론이 있는 자는 지금 말해 두는 편이 좋다. 나중에 말하면, 내 권한으로 반역죄로 할 테니까 말이지."

대수장과 같은 권한을 지닌 부대수장에 취임한 와리드가 위압적인 말로 족장들을 압박했다.

"흠, 반론하는 자는 없는 모양이군. 하킴, 다시 제3 의안의 채택을 요구해 주게."

"알겠다. 제3 의안. '용사의 검'에 대한 귀의 금지 및 이번 족장회의에 참가하지 않은 부족을 산의 민족에서 추방하는 안에 찬동하는 자는 거수를."

하킴이 재차 거수를 요구하자, 조금 전에는 반이었던 거수가 전원 거수로 변했다.

"전원의 거수로, 제3 의안은 채택된 것으로 간주한다. 지금부터는 내가 초대 대수장이 되고, 부대수장에 와리드를 두어 표면상으로는 중립 세력으로서 자신들의 영역을 지키고, 에르윈 가문과는 친밀한 협력 관계를 유지해 나가기로 한다. 괜찮겠는가?"

""""""이의 없음.""""""

산의 민족들이 우리와 협력 관계를 가져 준 건 큰 도움이 된다.

배후에서 찔릴 위험성이 줄었을 뿐만 아니라, 각국에 자유롭게 출입할 수 있는 산의 민족들로부터 양질의 정보를 모을 수 있게 되었기 때문이다.

정보를 지배하는 것이 전쟁에 이기는 것으로 이어지고, 영내를 발전시키는 것으로도 이어진다.

족장 회의가 끝나자, 신체제 발족을 축하하는 주연이 시작되었다.

주연 진행은 대수장 하킴에게 맡기고, 나는 와리드와 서로 술잔을 주고받았다.

"알베르트 경, 저희 산의 민족은 에르윈 가문과 함께 번영하는 길을 선택했습니다."

"그러네. 그것보다도 위장 화공 작전으로 피해를 입은 부족도 있어. 그들 부족에는 극진한 지원을 하고자 생각하는데 어떠려나?"

"화공 작전을 당한 부족에는 '용사의 검' 소탕 후에 금품을 반환하는 것을 예정하고 있습니다만."

"불탄 밭의 몫만큼은 지원해 줘야겠지. 수확을 할 수 없었을 테고, 식량이라면 애슐리성에서 지원할 수 있으니까."

지금도 그건 우리가 아니라 강경파 부족의 무장병들이 한 짓으로 되어 있지만, 어떠한 계기로 들킬 경우도 있다.

그때 이쪽이 충분한 지원을 해 두면 불만으로 느끼는 일은 있어도 이반은 당하지 않을 터다.

산의 민족과는 오래도록 협력 관계를 유지하고 싶기에 위장 화공 작전의 화근은 남겨 두고 싶지 않다.

"알겠습니다. 피해를 입은 부족에 필요한 보증분을 견적 내게 하겠습니다."

"부탁할게."

산의 민족은 협력 관계를 맺어 준 것 뿐이기에 이쪽이 무모한 부탁을 많이 하면 이반을 초래할지도 모른다.

차분하게 신뢰 관계를 구축하여, 나아가서는 나와 류미나의 아이가 대수장으로 취임하게 하여, 에르윈 가문의 힘이 되도록 할 생각이다.

그런 생각을 하면서 와리드와 술을 마시고 있자, 하킴이 옆으로 다가왔다.

"산의 민족 대수장으로서 에르윈 가문의 알베르트 경에게 부탁드리겠습니다. '용사의 검' 건은 우리가 모르는 곳에서 일어난 일로 해주셨으면 합니다."

"알고 있어. 마왕 폐하께는 아직 보고를 올리지 않았으니까 괜찮아. 에르윈 가문과 협력 관계를 쌓아 준 산의 민족이니까 말이지."

"감사합니다. 알베르트 경께서 그렇게 말씀해 주시니 안심할 수 있군요."

하킴은 에르윈 가문과 협력 관계를 쌓음으로써 에란시아 제국과의 전쟁을 피할 수 있었던 것에 안도한 모양이다.

"일단 '용사의 검' 토벌에 병사를 내어 준다면 폐하의 신임도 두터워질 거라고 생각해. 하킴도 중립 세력이라는 체면이 있으니까 선도 역할 수 명이면 충분해."

"잘 알겠습니다. 수 명이라면 저희 와리하라족에서도 보내겠습니다."

마왕 폐하는 시의심(猜疑心)이 강하기에 '용사의 검' 토벌에 산의 민족의 표면적인 지도자가 된 하킴의 와리하라족에서 소수라도 동행시키지 않으면, 전멸시키라는 지령이 날아오고 만다.

그렇게 되면 내 노력이 물거품이 되기에, 선도역이라는 명목으로 와리하라족에서도 사람을 보내게 하기로 했다.

"그래서, '용사의 검' 토벌 시기는 언제쯤?"

"실은 이미 준비시키고 있어. 마리다 님이 중심이 되어 움직이고 있으니까, 시작한다고 내가 통보를 보내면 가까운 시일 내에 에르윈 가문 병사가 올 거야."

"설마, 그러한 일이 있을 리가."

내 말에 하킴이 쓴웃음을 지었다.

아니, 농담도 아닌데 말이지.

우리 근육 뇌 일족이 하는 일이니까, 이미 전쟁 준비를 끝내고 핏발 선 눈으로 마리다의 출진 지시를 기다리고 있을 터다.

"하킴 공, 에르윈 가문이라면 그게 가능한 겁니다."

"이 무슨…… 그게 정말입니까."

내 낌새에서 농담이 아님을 알아차려 준 모양이다.

"자 그럼, 하킴 공에게서도 토벌할 시기를 들었으니 지금의 '용사의 검'의 상황을 확인하고 시기를 결정하자. 와리드, 부탁해."

"적은 강한 의심 상태에 빠져 있어서, 아군이었던 강경파 부족 족장을 몇 명인가 처형했습니다. 그리고 신도에 대한 단속을 한층 강화한 것으로 인해 '용사의 검' 관계자 및 숭배자와 강경파 부족 사이에서 내부 항쟁이 일어났습니다."

흠, 거기까지는 내가 관여한 일이니까 기억한다.

"내부 항쟁이 격화되고, 강경파 부족 마을에 본거지를 두는 것을 두려워한 브리치 오크스나는 산중에 있는 오래된 요새에 '용사의 검' 간부, 알렉사에서 온 숭배자, 강경파 부족 중에서 브리치 쪽에 붙은 자를 데리고 농성하며 버티고 있습니다."

와리드의 보고를 들어 보니, 조직 내부 붕괴가 극심해져 중핵밖에 남아 있지 않은 모양이군.

"현시점의 적 전력은?"

"옙! 산중 요새에 틀어박힌 건 '용사의 검' 무장병 100명. 숭배자들이 100명, 강경파 부족 100명으로 총수 300명 정도로 짐작되고 있습니다. 요새를 거점으로 기사회생을 도모하고 있는 모양입니다."

옆에 있던 와리드가 '용사의 검'의 낌새를 보고해 주었다.

더는 도망칠 곳이 없는 병사들이어서, 무리하게 공격하면 큰 손해를 입을 가능성도 있다.

이미 패배가 필연적인 '용사의 검' 토벌에 전투 전문가들을 동원하는 것으로 손해를 적게 하며 최후의 일격을 가하기로 했다.

이걸로 '용사의 검'을 제거하는 데 성공하면, 번쩍번쩍 황금 용사 군의 선동에 놀아나 우리한테 싸움을 걸어오는 녀석도 없어진다.

그리고 이번 '용사의 검' 소동으로 에란시아 제국 내의 귀족 중에서 수상한 움직임을 하고 있던 자를 포착할 수 있었다.

그 배신자 귀족들 토벌은 리제가 이끄는 아르코 가문한테 시켜서, 마왕 폐하한테서 점수를 따게 할 생각이다.

“요새에 틀어박힌 적의 총수는 300명인가. 고작 그것뿐이라면 에르윈 가문의 강함을 산의 민족한테 직접 보여주는 흥행 같은 게 되겠네. 농성하는 녀석들한테는 미안하지만 우리 에르윈 가문 사람은 전투가 되면 나로서도 막을 수 없어. 목숨이 아까운 자는 요새에서 도망치라고 쓴 화살편지를 팍팍 쏴서 보내 줘.”

“알겠습니다.”

마지막까지 저항의 의사를 나타내는 자들에 대한 최종 통고를 와리드에게 맡겼다.

정말로 그 근육 뇌들을 풀어놓았다가는, 상대의 숨통을 완전히 끊을 때까지 지시를 듣지 않는 경우도 있다.

요새에 틀어박힌 사람에게 도망칠 시간을 준 건, 내가 보내는 최후의 온정이었다.

※오르그스 시점

“‘용사의 검’ 녀석들은 전부 붙잡았나?”

아버지의 대행으로 정무를 보고 있는 방에 재상 자잔이 얼굴을 내비쳤다.

어째 평소보다 더 안색이 나빠 보인다.

“실은 들려드리고 싶은 이야기가 있어서, 별실로 와주실 수 없으시겠습니까?”

별실? 여기서는 이야기할 수 없는 내용인가. 안 좋은 예감밖에 들지 않지만 안 들을 수는 없는 노릇이군.

“좋다. 오늘의 정무는 끝이다. 나머지는 내일 하지.”

가까이서 대기하고 있던 문관들이 공손하게 머리를 숙이더니 서류를 정리하기 시작했다.

나는 자잔을 데리고 정무를 보고 있는 방에서 나온 뒤 내 방으로 이동했다.

“그래서, 이야기는 뭐냐?”

지친 몸을 소파에 내던지고, 자잔에게 보고를 재촉했다.

“실은 ‘용사의 검’의 사자가 와 있어서……. 오르그스 전하를 만나게 하라고 말하고 있습니다.”

“바보냐! 지금 알렉사 국내가 ‘용사의 검’에 얼마나 엄한 눈을 향하고 있는지 알고 있잖냐! 그런 자를 나한테 가까이 오게 하지 마라! 고란이 알면 내 지위가 한층 위태로워지잖냐! 너는 나를 파멸시킬 셈이냐!”

너무 분노한 나머지 소파 앞에 있던 책상을 발로 걷어찼다.

“그건 알고 있습니다만……. 상대가 ‘용사의 검’에서 오르그스 전하에 헌금한 기록이 적힌 서류를 들고 있어서, 만나주지 않으면 왕도 내에 뿌리겠다고 떠들고 있습니다.”

자잔이 머리를 숙인 채 한층 짜증 나는 보고를 했다.

칫! ‘용사의 검’ 녀석들, 보신용으로 자기들 쪽에서도 기록을 남겨 뒀나.

그만큼 ‘용사의 검’ 시설을 수색했을 때 관련 서류는 확보하라고 명령해 뒀는데도.

무능한 자잔 놈!

그런 서류가 흩뿌려지면 관계를 끊고 '용사의 검'을 추궁하는 쪽에 서서 얻은 내 신용이 폭락하게 되잖냐!

짜증과 초조함이 점점 심해져, 다리의 떨림이 멎지 않게 됐다.

"그 헌금 기록 서류는 진짜냐?"

"힐끔 보게 되었습니다만, 이쪽이 압수한 것과 조금도 다르지 않은 물건이었습니다. 그것이 흩뿌려지면 이쪽은 발뺌할 수 없습니다. 전하의 친필 사인까지 들어있었기에."

"'용사의 검' 놈들! 이래서는 역귀가 아니냐! 애초에 그 녀석들은 네가 데리고 온 거라고! 네가 책임을 져라!"

"며, 면목 없습니다. 전하의 기대에 부응하려던 것이, 녀석들의 감언이설에 넘어가고 말았습니다."

안색이 창백해진 자잔이 머리를 바닥에 조아리며 사죄의 말을 입에 담았다.

재상으로서 아버지의 신뢰가 두터운 남자였기에 내 후견인이 되었지만, 내 도움이 되기는커녕 내 발목을 붙잡는 짓밖에 하지 않는다.

나를 지원하는 귀족들을 총괄하는 역할을 하고 있지 않았더라면, 이미 파면했을 것이다.

최근에는 형세가 변한 것도 있어서, 고란 쪽으로 갈아타는 녀석들도 늘고 있다.

옛날부터 왕가를 섬겨 온 자잔 가문의 지원이 없다면 왕위 계승도 위태로워지기 시작한 상황이다.

무능한 자잔을 버릴 수 없는 것에 짜증이 났지만, 아직 필요한 남자이기에 사태 수습에 나서기로 했다.

"그 남자는 어디에 있지?"

"제 별저(別邸)에서 숨기고 있습니다."

흠, 자잔의 별저라면 사람들 눈에 띌 일도 없나. 만나기만 만나 보고, 서류를 빼앗고 나면 베어 버린 뒤 나를 습격한 '용사의 검' 암살자로 효수해 주지.

그렇게 하면 국민들한테도 변명은 할 수 있다.

"그 남자의 바람대로 만나 주마. 자잔, 안내해라. 그리고, 별저에 무장병은 준비해 둬라."

"넵! 감사합니다! 곧바로 준비를 갖추겠습니다."

자잔이 방에서 달려나갔고, 나는 해가 지는 것을 기다려 자잔의 별저에 마차로 이동했다.

"면회해 주셔서 감사합니다."

자잔의 별저에 있던 남자는 '용사의 검' 간부로, 이름은 잊었지만 얼굴을 기억하고 있었다.

"'용사의 검'에는 제법 신세를 졌으니까 말이다. 만나고 싶다는 말을 들으면 만나는 것 정도는 한다. 하지만 그저 나를 만나러 온 건 아니겠지? 뭐가 목적인지 말해라. 할 수 있는 것이라면 협력하지. 그 대신 그 서류는 이쪽에 넘겨줘야겠다."

간부 남자는 이쪽이 선뜻 협력하겠다는 말을 꺼낼 거라고는 생각지 않았던 모양이라, 놀란 표정을 지었다.

"오르그스 전하께서 먼저 그런 말씀을 꺼내 주시니 이야기는 빠르겠군요. 전하께서 유테르 총본산에 손을 써서, 저희 '용사의 검'에 내려진 파문 선고서 파기와 추방 처분을 해제하게끔 해주셨으면 합니다."

인제 와서 무슨 말을 하는 건지……. 그만큼 '용사의 검'의 추문이 국민한테 널리 알려지고, 유테르 총본산도 격노하고 있는 상황에서 내가 뭐라고 말할 수 있을 리가 없잖냐.

손바닥으로 남자의 얼굴을 후려갈기고 싶은 충동을 꾹 참았다.

"그런 말을 내가 할 수 있을 리가 없지 않나. 지금의 나는 비합법화된 '용사의 검' 조직을 단속하는 측의 인간이다."

내 대답에 남자가 혀를 차는 소리가 들렸지만 무시했다.

세력을 잃어 가고 있는 '용사의 검'의 편 따위를 들어 봤자, 이쪽에는 리스크밖에 없다.

"그렇습니까…… 그러면 알렉사 국외에서의 원조를 요구합니다. 이거라면 국외 문제이기에 전하의 신변도 위험해지지는 않을 터."

"국외라고?"

"예, 저희 '용사의 검'은 산의 민족 영역에서 재기를 목표로 하고 있습니다만, 알렉사 왕국에서의 신도 추방 처분이 영향을 미쳐, 이탈자가 속출하여 고립되고 있습니다. 티아나에서 군사 지원을 재개 받을 수 있도록 오르그스 전하께서 브로리슈 후작한테 입김을 넣어 주셨으면 하는 겁니다."

"'용사의 검' 대표 브리치 오크스나나 모습을 감춘 간부는 산의 민족 영역에 모여 있는 건가?"

"예, 포박 명령이 내려진 알렉사 왕국에 있다가는 목숨이 보장되지 않기에, 브리치 님과 간부는 산의 민족 영역에 있습니다. 저는 교섭 역할로 돌아온 것입니다."

흠, 발견되지 않는다 싶더니만 이미 알렉사 왕국에서의 활동을 단념하고 있었나.

그 사기꾼 녀석, 도망치는 속도만큼은 빠르군.

하지만 나는 '용사의 검' 추궁으로 성과를 내야만 하는 몸이다. 송사리라고는 해도 간부인 이 녀석의 목을 얻으면 아버지도 나를 다시 보겠지.

게다가 산의 민족 내에서 고립되었다면, 녀석들이 머잖아 브리치를 처분해 줄 터다.

그렇게 되면 내 손을 더럽히는 일도 없이 유야무야할 수 있다.

"그런가, 고립되어 있나. 브리치한테는 신세를 졌으니 국외라면 은밀히 군사 지원을 해도 문제화되지 않겠지. 좋다, 브로리슈 후작한테 지시를 내리도록 하지."

내 대답에 희색을 보인 남자가 몸에 감고 있던 금괴를 풀고 이쪽에 내밀었다.

"이건 지원에 대한 답례입니다. 받아 주십——."

"멍청이가."

내가 품에서 종을 꺼내 울리자, 옆 방에 있던 무장병이 뛰쳐 들어왔다.

무장병의 검이 '용사의 검' 간부 남자를 꿰뚫었다.

"머리를 잘라라. 왕도 성문에 효수한다."

"옙!"

무장병이 남자의 머리를 자르자, 지면에 떨어져 있던 서류를 손에 들었다.

"자잔, 똑바로 처리해 둬라. 그리고 산의 민족 내에서 고립된 '용사의 검'에는 감시를 파견하고, 괴멸하는 것을 끝까지 지켜보게 해라. 자금은 거기 나뒹굴고 있는 금괴로 충분하겠지. 해라."

"아, 알겠습니다."

귀찮은 뒤처리를 자잔에게 맡기고, 나는 왕궁으로 돌아가기로 했다.

다음 날, 그 간부 남자는 내 목숨을 노린 '용사의 검' 암살자가 되어 왕도 성문 앞에 효수되었고, 국민들의 분노를 한 몸에 받게끔 했다.

이걸로 후계자로서의 내 지위도 안정적이라고 생각됐다.

하지만 효수한 간부 남자의 입에 어느샌가 회수했을 터인 그 서류가 들어가 있었고, 서류로 인해 '용사의 검'과의 관계가 널리 알려졌다.

그 때문에 국민들한테서 후계자로서의 내 자질을 추궁하는 논조가 퍼지기 시작해, 사태를 수습하기 위해 동분서주하게 되었다.

제8장 ♥ '용사의 검' 소탕 작전 개시!

제국력 260년 감람석월(橄欖石月)(8월)

와리하라족 마을에 있던 나는 류미나스를 사자로서 애슐리성에 있는 마리다한테 출병 허가 서장을 보내고 5일이 지났다. 지났는데…….

내가 있던 와리하라족 마을에 있을 수 없는 광경이 출현하고 있었다.

참고로 내가 원래 있던 세계의 고대 병법서에는 '병귀신속(兵貴神速)'이라고 적혀 있다.

의미는 '전쟁에서는 무슨 일이든 신속하게 처리하는 것이 중요하다'이지만, 이 세계에서는 '근뇌귀광속'이었던 모양이다.

의미는 '전투에 관한 건 척수반사로 바로 실행하는 것이 중요하다'이다.

아니 그보다, 자지도 않고 쉬지도 않고 행군이라니, 병사의 피로도를 생각하지 않은 단순한 바보잖아!

애슐리성에서 이 와리하라족 마을까지 통상 행군 속도로 5일 걸리는 거리를 이틀 반만에 도착시킨다는 강행군을 마리다 부대가 해버렸다.

이래서는 정작 중요한 병사가 지쳐서 소용없어져 버려…….

라고, 생각했는데, 나는 근육 뇌 일족의 몸을 단련하는 방법을 오해하고 있었던 모양이다.

마을에 도착한 병사들은 밥을 먹고 한 시간 정도 교대로 수면을 취했더니 피로가 완전히 사라진 것처럼 쌩쌩하게 움직이고 있다.

"알베르트, 이제야 겨우 전투를 할 수 있겠어. '용사의 검'이라는 무장 조직을 철저하게 짓부숴도 되는 거지? 저기, 저기, 그래도 되는 거지? 크으으으! 빨리 베고 싶구만!"

나를 알아차리고 가까이 다가온 라토르의 눈이 엄청나게 핏발서 있었다.

올해 첫 전투이기에 의욕이 끓어 넘치고 있는 듯하다.

다만, 위험하니까 사람이 많이 있는 장소에서 도끼를 휘두르는 건 그만뒀으면 한다.

"바보 아들이 어째 힘이 넘치고 있다만, 선봉은 내가 맡도록 하겠다. 올해는 대규모 훈련도 한 번밖에 하지 않았고, 창고 만들기랑 개간과 제방 공사뿐이라 질리기 시작했던 참이란 말이지. 날 뛰게 해주겠지? 이대로는 내 커다란 창이 녹슬고 만다."

거기 장로님도 사람이 많이 있는 장소에서 창을 휘두르지 말아 주세요. 위험하니까.

그건 그렇고, 귀인족은 싸울 때만 준비는 신속히 끝내 오는군.

내정에 관해서는 손가락 하나 움직이려 하지 않는 주제에…….

진짜, 이 근육 뇌 일족 어떻게 좀 해줘.

"알베르트! 나도 이 전투에는 참가하는 거다! 최근 사람을 베지 않았으니까 실력이 녹슬었느니라. 상대는 '용사의 검' 잔당이라는 모양인데, 내 들끓는 피를 진정시켜 줄 녀석들이냐? 나로서는 200명 베기를 달성하고 싶은 거다!"

또 한 명 발언이 위험한 사람이 있었다.

현대라면 곧바로 경찰한테 불심 검문당해 연행될 부류의 인간이다.

그래요, 제 아내인 마리다 씨입니다.

죄송합니다, 죄송합니다, 아내가 너무 다혈질이라 죄송합니다.

휴식 중인 병사들도 이상한 노래를 대합창하고 있고. 무섭다고. 무서워.

군대 내에서의 약물 중독은 사기에 영향을 미치니까, 만약 사용했다면 엄벌에 처해야만 하지만——.

잘 보니 전투가 너무 기뻐서 신나는 기분을 마구 발산하고 있는 사람들일 뿐이었다.

마을에 있는 와리하라족 사람들이 위험한 텐션으로 떠들고 있는 귀인족들을 보고 서로를 부둥켜안으며 떨고 있는 게 보였다.

그런 의욕 만만인 전투 종족들이 전투 개시를 이제나저제나 하고 고대하고 있다.

"잠깐 기다리시죠. 지금부터 그렇게나 떠들어 대면 어떻게 합니까! 게다가 세 사람이 귀인족 전사를 이끌고 여기에 있다는 건 애슐리성은 누가 지키고 있는 겁니까?"

내 질문에 마리다가 진지한 얼굴로 대답했다.

"리제 땅한테 맡겼느니라. 병사 지휘권은 제대로 수여해 뒀으니 안심해라. 성을 지키는 총대장 리제 폰 아르코가 애슐리성을 지켜 주고 있는 거다."

"하아아아아아아아아아——?!"

"뭐냐, 그 빌어먹게 큰 한숨은. 리제 땅은 저래 보여도 인망이 두터운 거다. 류미나스 땅과 리셀한테 일 처리를 맡겨 두었으니까 뭔가 좋지 않은 움직임이 있으면 곧바로 보고가 오도록 해 둔 것이니라."

큭! 평범하게 혼낼 수 없는 대책을 세워 왔다.

아니아니, 그게 아니지.

먼 땅에 장기간 전군을 이끌고 출병하는데 본령의 방어 총대장을 바로 얼마 전까지 적이었던 리제한테 맡기는 게 대문제다.

리제는 나한테 해롱해롱하도록 만들어 뒀으니까 배신할 가능성은 거의 없지만, 그렇다고 해서 일족의 전사 전원을 데리고 싸우러 오나?

전쟁에 이겨서 돌아갔더니 본거지가 사라지고 없다든가 하는 경우는 생각하지 않는 것일까.

리제를 신용하지 않는 마왕 폐하한테 이 건을 추궁당하면 혼날 느낌밖에 들지 않는다.

중요한 요충지인 애슐리성을 아르코 가문 당주한테 맡겼다는 게 알려질 수는 없는 노릇인 것이다.

하지만 이미 맡기고 와 버렸기에, 인제 와서 어쩔 도리도 없다.

내가 할 수 있는 건 신속히 이 전투를 끝내고 즉각 애슐리성으로 귀환하는 것뿐이었다.

"마리다 님은 벌 결정. 브레스트 경과 라토르는 전투를 끝내고 귀환하면 특별 반성실행이니까 말입니다!"

"어째서 내가 벌을 받는 것이냐!"

"내가 특별 반성실행이라고?! 바보 같은!"
"나, 나는 마리다 누님과 아버지한테 따른 것뿐이라고!"
"항변은 받아들이지 않겠습니다! 지금부터 '용사의 검'이 농성 중인 요새를 함락시키겠습니다. 작전 계획은 강습안. 단, 공격 개시는 제 판단으로 합니다. 전투 지휘는 마리다 님에게 일임. 적은 산중 요새라는 방어에 적합한 요충지에 틀어박혀 있습니다만, 아군의 손해는 최대한 억누르며 승리해 주십시오! 준비 개시!"
항변하고 싶어 하는 것처럼 보였던 세 사람이지만, 전투 개시를 알리자 곧바로 반응을 나타내며 부하에게 지시를 내리기 시작했다.
"산의 민족이 낡은 요새 따위 내가 문짝로 쳐부숴 줄 테니까 안심하는 거다! 출진이다아! 다들 공훈을 세워라! 핫하—! 전투이니라—!"
"아, 이 녀석! 마리다! 치사하다! 다들 뒤처지지 마라! 자, 출진이다! 간다! 으랴아아아아!"
"앗! 아버지, 새치기는 치사하다고! 라토르 부대, 뒤처지지 마라!"
""""우오오오오오오!""""
작년의 전쟁 이후로 대부분의 기간을 단련이라는 이름의 창고 만들기와 개간과 제방 만들기에 종사해 온 귀인족의 축적된 감정이 폭발한 모양이다.
귀기 서린 표정으로 일제히 마을 출구에서 목적지가 있는 요새로 달려나간다.

출진하는 귀인족들한테서 발산된 살기에 맞아, 와리하라족 사람들은 자신의 집으로 뛰어 들어가 숨고 말았다.

"알베르트 경, 저희도 준비는 되었습니다. 아무래도 선도는 필요 없는 모양이군요. 호위 임무로 괜찮겠습니까?"

와리하라족 젊은이를 수 명 대동한 하킴이 나타났지만, 이미 늦었음을 알아차린 모양이다.

"그런 것 같네. 내 호위를 부탁해. 와리드도 고슈토족도 몇 명 있지만, 주위를 경계시키고 있으니까 근처의 호위가 필요했던 참이었어."

"알겠습니다. 알베르트 경의 호위는 저희 와리하라족이 맡도록 하지요."

하킴이 일족 사람들에게 신호를 보내자, 내 앞에 목제 가마를 짊어진 자들이 나타났다.

"산중 요새까지는 험한 길이 이어지니, 알베르트 경은 이쪽 가마에 타 주십시오."

내 부담을 생각해서, 가마를 준비해 준 하킴의 배려에 눈물이 새어 나왔다.

"고마워. 마리다 님 부대를 뒤쫓아 줘."

나는 와리하라족 젊은이들이 짊어진 가마로, 선행한 에르윈 가문 부대를 뒤쫓기로 했다.

선행하는 마리다 부대에 합류하는 데 성공하여, 요새에 육탄 돌격하기 전에 정지 명령을 내릴 수 있었다.

"하아하아, 알베르트! 아직이냐? 아직, 공격하면 안 되는 거냐? 나는 더는 기다릴 수 없느니라아아아!

칼집에서 뽑은 대검으로 근처에 있던 바위를 베어 버린 마리다가 거칠게 숨을 쉬며 공략 개시를 기다리고 있다.

요새에 틀어박힌 '용사의 검'도 이쪽 존재를 알아차린 모양이다.

다만, 예상을 벗어난 빠른 도착에 요새에 틀어박힌 적측이 겁에 질려 있는 듯하다.

와리드한테서 300명 정도라고 보고받은 사람 중, 적진에 쏜 화살편지 효과로 50명 정도가 요새를 떠나 투항했다.

뭐, 나로서는 이 시점에서 투항한 녀석을 용서할 생각은 없다.

그 투항한 자의 정보에 의하면 도망친 요새에는 식량이 부족하고, 싸울 수 있는 남자밖에 농성하고 있지 않은 듯하다.

그 때문에 남자들이 요새에 틀어박힌 강경파 부족의 여자와 아이들은 와리드와 하킴한테 지시를 내려 산의 민족을 이용해 붙잡게 하고, 노예로서 멀리 팔아치울 예정이다.

이 땅에 강경파였던 부족을 남겨 두면 반란의 싹이 되기에 어쩔 수 없는 조치다.

원망한다면 '용사의 검' 편을 든 자기 부족 족장을 원망해 주길.

나는 눈앞에 있는 요새로 시선을 되돌렸다.

알렉사 왕국이나 산의 민족에서 큰 세력을 자랑했던 '용사의 검'도 남은 건 250명 정도.

공격 측인 에르윈 가문 병사들의 기세에 겁을 먹고, 적은 이미 엉거주춤해진 상태다.

모략을 써서 큰 덩어리를 작게 부수고 부숴서, 작은 알갱이로 만든 뒤 최강의 무기로 마지막 일격을 가하는 데까지 왔다.

"좋다! 공성전 개시!"

"으라아아아아아아! 자식들아! 이런 허술한 판잣집은 때려 부숴 주는 거다! 오니 에르윈의 무서움을 뼈저리게 느끼게 해줘라!"

"바보 아들한테만 멋진 모습 취하게 하지 마라! 우리가 가장 먼저 들어간다! 나를 따라라아아!"

"내가 가장 많은 적을 벨 것이니라아아아!"

마리다를 비롯한 귀인족들에 뒤이어 나도 마지막 마무리를 하기 위해 검을 뽑고, 산의 민족 호위를 데리고 적이 틀어박힌 요새를 향해 달렸다.

"문에 접근시키지 마라! 화살을 쏴라! 쏴라! 화살이 떨어질 때까지 쏘는 거다!"

갑옷을 입은 무장병이 망루 위에서 외치자, 화살이 후드득 떨어졌다.

"비켜라비켜라비켜라——! 그런 약해 빠진 화살이 나한테 꽂힐 리가 없잖냐! 멍청이들이!"

선두에서 뛰쳐나간 브레스트가 커다란 창을 선풍기처럼 가볍게 돌려 쏟아지는 화살을 튕겨내고, 초특급 폭주 전철처럼 정문 앞까지 단숨에 접근했다.

위험하구만! 브레스트는 빗나간 화살 같은 것에 맞아서 훅, 하고 자기가 죽을 가능성이라든가 생각하지 않는 건가.

전쟁은 대장 격이 죽으면 패주 일직선이라는 걸 알고 있을 텐데 말이다.

브레스트는 자기가 대장 격이라는 자각이 없는 거냐고.

귀인족의 무용은 알고 있다고 생각했지만, 위태로워서 똑바로 보고 있을 수가 없다.

쏟아지는 화살을 검으로 튕겨내며 정문에 달라붙은 브레스트를 보고 있었더니, 이번에는 커다란 창을 크게 휘두르는 모습이 눈에 들어왔다.

"나는 싸움이 아주 좋아서 견딜 수가 없단 말이다아아아아아! 더 근성 있게 덤비지 못하겠냐아아아아아!"

브레스트의 커다란 창이 내리쳐졌나 싶더니만, 요새 정문이 문짝째로 세로로 분단되었다.

국경의 세 성을 함락시켰을 때, 마리다가 보여준 기술인데, 귀인족은 저 기술을 표준으로 갖추고 있는 건가.

"좋아아아아! 문을 배제했다! 진군해라! 진군해라! 적의 머리를 사냥하는 거다! 한 명도 남기지 마라!"

브레스트의 일섬으로 문짝이 무너져 내리고, 요새 안으로 들어가는 진입로가 전투가 개시되자마자 곧바로 확보되었다.

'오니 에르윈'의 면목이 생생하게 드러나는 광경이기는 한데, 또 귀인족 전설을 하나 더 만든 느낌이 든다.

진입로가 눈 깜짝할 사이에 확보된 것으로 인해 요새의 병사도 망연자실한 채였다.

"망할 아버지가아아아아! 내가 나설 차례를 빼앗았다고! 망할 아버지 따위한테 정면돌파 당하다니, 적 녀석들도 한심하구만!

젠장할! 여기서부터는 라토르 부대가 활약하는 거다!"

선봉과 첫 공훈을 브레스트한테 빼앗긴 라토르가 격앙하여 자신의 병사를 고무하더니, 정신을 차리고 정문 앞에 모여든 적을 일소해 나갔다.

"바보 아들이! 나를 앞지르려 하다니 200년은 이르다! 사냥해라, 사냥해! 라토르 부대한테 목을 넘겨 주지 마라! 브레스트 부대, 돌격어어어어억!"

평소의 나쁜 사이가 거짓말처럼, 라토르가 지휘하는 병사와 브레스트가 지휘하는 병사가 적을 효율적으로 몰아넣어, 사냥당하는 사냥감처럼 적병의 머리를 날려 버렸다.

"히익! 너무 강해! 무리다. 무리!"

"이런 녀석들한테 당해낼 리가 없어!"

"그, 그만둬 줘! 항복하겠다! 항복——."

이미 정문이 깨져 당황한 요새 병사들은 침입한 에르윈 가문 근육 뇌 전사들한테 목이 베 베여, 머리를 잃은 채 지면에 잇따라 쓰러져 갔다.

요새 안으로 들어간 나도 몇 명인가 적병과 칼을 맞부딪치며 싸웠지만, 에르윈 가문의 흉악한 공격에 적측의 항전 의욕이 급격히 저하되었다.

이 정도로까지 궁지에 몰리면 적병도 마음이 꺾여, 역전의 싹은 거의 없어졌으리라.

"시시하구나아아아! 시시한 거다! 이런 조무래기로는 나는 불타오르지 않는 거다아아! 어딘가에 강자는 없느냐! 강자는!"

항전 의욕이 저하된 적병을 걷어차 날려버리고 모습을 드러낸 마리다는 노출도가 높은 갑옷을 입고 있어서 알몸에 가까운 차림새였다.

잠깐! 마리다 씨?! 그 차림으로 적병을 도발하는 건 안 됩니다!

"약해, 약하다, 너무 약한 거다! 여기에 강한 남자는 없는 거냐아!"

전장에서 쩌렁쩌렁하게 잘 들리는 마리다의 커다란 목소리가 주위에 울려 퍼졌다.

"제기랄! 얕보지 마라! 여자 주제——."

도발에 분노를 보인 '용사의 검' 무장병이 마리다의 주먹을 얼굴에 맞고 벽까지 날아가 버렸다.

여전히 터무니없는 힘을 보여준다. 밤에는 그만큼 귀여운데, 전장에서의 흉악함은 간이 떨어지려 하는군.

"여자인 나한테 지는 녀석은 남자라고 칭하지 마라! 멍청한 놈이!"

한층 더한 도발에 분노한 '용사의 검' 병사 수 명이 일제히 마리다를 베고자 달려들었다.

적의 참격을 종이 한 장 차이로 피하고, 대검으로 적을 벤 뒤 그대로 다른 상대의 머리를 정확히 노려 날려 버렸다.

뛰어나게 훌륭한 검기네. 전투 전에 실력이 녹슬었다든가 말했는데, 전혀 녹슬지 않았잖아.

"피가! 피가 부족한 거다! 내 대검에 피를 바칠 자는 없느냐!"

사냥감을 원하는 짐승처럼 마리다가 적병 사이를 달려서 지나가자, 피의 분수가 수없이 솟구쳐 올랐다.

너무나도 처참한 동료의 죽음을 본 무장병들이 허릿심이 빠져 지면에 주저앉았다.

"괴, 괴물!"

"히익! 역시 죽고 싶지 않아!"

"'용사의 검' 따위 믿는 게 아니었어."

"알베르의 모략에도 동요하지 않고 마지막까지 '용사의 검'에 붙어 있던 병사라고 들었다만, 조무래기뿐이었군."

마리다는 허릿심이 빠져 지면에 주저앉은 무장병들의 목을 날려 버렸다.

"마리다 님, 소탕은 맡기겠습니다. 저는 잠깐 다른 볼일이 있기에."

"맡기거라. 이런 조무래기들한테 밀릴 귀인족은 없느니라."

조직적 저항력을 잃은 적병 소탕을 마리다에게 맡기고, 나는 산발적으로 공격해 오는 적 병사를 베면서 호위를 이끌고 어떤 장소로 향했다.

목적지는 요새의 제일 안쪽에 있는 '용사의 검' 대표 브리치 오크스나의 방이다.

투항자한테서 들은 장소에 있던 문을 노크했다.

"실례합니다~. 산의 민족 대수장과 에르윈 가문 사람입니다만~. 브리치 오크스나 씨는 있는지요? 있다면 나와 주세요~."

난폭하게 문을 두드렸지만, 안에서의 응답은 일절 없다.

하지만 기척은 나기에 안에는 있을 터다.

"안 나오면 부숩니다. 부술 테니까 말입니다~."

몇 번이나 문을 텅텅 두드려 응답을 요구했지만, 나올 기미가 없다.

나는 와리드와 하킴에게 문을 부수도록 신호를 보냈다.

와리하라족 젊은이들이 문에 몸통 박치기를 해서 문을 때려 부쉈다.

"히익! 오지 마라!"

창문이 없는 어두운 방 안에서 양초 불빛에 떠오른 건 금색으로 번쩍번쩍 빛나는 황금 갑옷을 입은 브리치 오크스나였다.

유테르 신에게서 신탁을 받은 성전의 용사라는 선전으로 신도를 모았던 남자지만, 살이 뒤룩뒤룩 찐 돼지로밖에 보이지 않는다.

신도한테서 등쳐먹은 돈으로 나태한 생활을 계속한 결과 만들어진 몸이리라.

"대답을 듣지 못해서 문을 부수고 들어왔습니다. 저희가 이곳에 온 이유를 알고 계시지요?"

"으아아아아아아!"

궁지에 몰린 돼지 용사는 검을 뽑아 들고 나한테 달려들었다.

돼지 용사의 검을 휙 피하고는, 상대의 검을 붙잡아 지면에 깔아 눕히고 관절기를 먹였다.

"아아아아아악! 그만! 팔이! 팔이이이이이이!"

"저한테 협력해주신다면 팔을 꺾는 건 멈춰 드리겠습니다. 협력하지 않는다면 팔이 못 쓰는 물건이 될 거라고 생각해 주시기를."

관절기가 들어간 팔을 조르는 힘을 한층 강하게 했다.

"아아아아아아악! 아, 알았다. 협력하지. 협력하겠다."

"그러면 '용사의 검'이 모아 놓은 재보가 있는 장소로 데리고 가 주십시오. 잘 부탁하겠습니다."

내 부탁에 돼지 용사의 시선이 갈팡질팡하며 이리저리 흔들렸다.

"설마, 없을 리 없겠지요. 알렉사 왕국의 전 신관이기에 '용사의 검'이 얼마나 부정 축재를 하고 있었는지도 알고 있습니다."

원래 세계에서도 종교계는 밑천 들이지 않고 이득 본다는 말을 듣는데, 이 세계에서도 종교계는 여러 가지로 부수입이 있고, 게다가 대부분의 나라에서 세금을 면제받는 특권 계급인 것이다.

'용사의 검'도 종교 조직이었기에 과세는 되지 않았고, 돈이 넘칠 정도로 쌓여 있었다.

"큭! 돈을 건네면 나는 그냥 보내줄 수 있는 거냐?"

이 상황에 이르러 나한테 교섭을 해 오는 뻔뻔함은 훌륭하다고 생각해 두자.

조직을 잃은 사기꾼 한 명을 이 **요새**에서 풀어줘도 대세에 영향은 없다.

"예에, 그냥 보내 드리지요. 약속하겠습니다."

돼지 용사는 자신의 목숨을 건질 수 있다고 확신하고, 안도한 표정이 되었다.

"그러면 팔을 놔라. 이대로는 안내할 수 없다."

살 수 있다는 걸 안 순간 돼지 용사의 태도가 급변했다.

내가 관절기를 먹이고 있던 팔을 놓자, 와리드가 포승줄로 꽁

꽁 묶었다.

“이걸로 안내는 할 수 있을 터.”

목에 검을 들이대서 돼지 용사한테 상황을 이해시켰다.

“이, 이쪽이다. 여기에 장치가 있다.”

어둑어둑한 실내 가장자리로 이동한 돼지 용사가 바닥에 엎드리더니 작은 돌기를 조작해 나갔다.

그런 곳에 장치를 만들어 둔 건가. 물건이 많이 놓인 방이고, 어둑어둑해서 못 보고 놓칠 가능성이 높았군.

달칵, 하는 소리가 나더니 아무것도 없던 벽에 틈이 보였다.

“이쪽이다.”

돼지 용사가 틈새가 생긴 벽을 밀자, 숨겨진 방으로 되어 있었다.

안에는 ‘용사의 검’이 알렉사 왕국과 산의 민족한테서 모은 재보가 쌓여 있다.

“있군요. 정말로 저희 산의 민족과 나눠도 괜찮으신 겁니까?”

“여기에 있는 재보는 적게 어림잡아도 제국 금화 5만 닢 정도의 가치는 있을 것 같아. 반은 산의 민족한테 ‘반환’하겠어. 나머지 반은 우리 몫. 와리드와 하킴은 그 돈으로 산의 민족을 장악해 나가 줘.”

“알겠습니다. 산의 민족은 알베르트 폰 에르윈의 지략을 두려워하고 있습니다. 조력하라는 말을 들으면 곧바로 달려올 것입니다.”

“기대하고 있겠어.”

“저는 주군과 류미나스의 아이를 고대하고 있습니다. 자, 하킴, 이 많은 짐을 밖으로 옮기자고.”

“아아, 그렇게 하지.”

와리드와 하킴은 미소를 띠더니 숨겨진 방의 재보를 밖으로 실어내기 시작했다.

반을 와리드와 하킴을 비롯한 산의 민족한테 건네도, 이번 모략과 전쟁에 쓴 비용을 충분히 보전할 수 있는 데다 플러스 이익이 나올 터다.

“이걸로 전부다. 나는 그냥 보내주는 것이겠지?”

줄로 묶인 돼지 용사가 풀어주도록 독촉했다.

“예, 일단 밖으로 가지요. 저는 약속은 똑바로 지키는 남자이기에 안심하시길.”

나는 돼지 용사를 데리고 귀인족들이 기성을 지르며 적병을 소탕하고 있는 바깥으로 나왔다.

“그러면 약속대로 그냥 보내드리겠으니 나머지는 스스로 힘내주십시오.”

돼지 용사를 묶고 있던 줄을 검으로 끊고는, 귀인족들의 피의 연회가 열리고 있는 요새 안으로 냅다 걷어찼다.

“망할 놈이이이이이이이! 속였구나아! 이런 곳에서 도망칠 수 있을 리가 없잖냐!”

“속는 쪽이 나쁜 것 아닐까요~. 당신도 그렇게 해서 신도를 속여 왔으니 말입니다.”

핏발 선 눈으로 이쪽을 노려보는 돼지 용사를 무시하고 마리다한테 외쳤다.

“마리다 님, 대장의 머리를 발견했습니다~. 참수 잘 부탁드립니다."

우왕좌왕하며 도망치는 적병을 후려쳐서 베어버리고, 튄 피로 새빨갛게 물든 마리다가 번쩍번쩍 황금 돼지 용사로 목표를 정했다.

"악마다! 악마가 있어! 오지 마라아아아! 오지 마아아——."

"전장에 돼지가 나설 차례는 없는 것이니라!"

마리다가 스쳐 지나가면서 그대로 번쩍번쩍 황금 돼지 용사의 목을 날렸다.

황금 투구를 쓴 브리치 오크스나의 머리는 지면을 데굴데굴 굴렀고, 뒤룩뒤룩 살이 찐 몸은 지면에 털썩 쓰러졌다.

"훌륭합니다."

마리다는 브리치 오크스나의 머리를 들어 올렸다.

"'용사의 검' 수령 브리치 오크스나의 목은 내가 베었느니라아아아아아아!"

마리다가 번쩍번쩍 황금 용사의 목을 들어 올려 승리의 외침을 지르자, 승부는 결정 났다.

남은 적병은 무기를 버리고 양손을 들어 투항했다.

싱겁게, 실로 싱겁게 '용사의 검'이 틀어박힌 요새의 공성전이 끝났다.

손해가 나올 것을 각오하고 있었는데, 끝나고 보니 전사자 0명, 중상자 2명, 경상자 10명이라는 대승리다.

"크으으으윽! 항복하지 말라고! 싸워! 싸우다 죽어라! 망할 조무래기들아!"

"나는 아직 덜 싸웠다! 일어서서 무기를 주워라! 무기를 들면 군법에 저촉되지 않고 벨 수 있다!"

"나는 아직 몸풀기도 되지 않은 것이니라! 더, 적을!"

전투가 부족한 것인지 에르윈 가문 사람들이 요새 안에서 소리를 지르며 떠들고 있다.

유감이지만 전투는 이걸로 끝이다. 하지만 애슐리성으로 돌아갈 때까지가 전쟁이기에 방심은 금물.

일전의 내부 항쟁으로 분파한 '용사의 검' 잔당이 **어째서인지** 에란시아 제국에 항복한 국경 영주의 귀족가로 몰려와 버린 듯하니까 말이지.

아아, 리제의 아르코 가문 이야기가 아니라고. 다른 가문 이야기.

그쪽은 리제의 아르코 가문 점수 따기에 이용할 생각이니까, 정보가 모이는 걸 기다려서 마왕 폐하한테서 수색 허가와 토벌 허가를 받아야겠군.

하지만 우선은 그전에 잠깐 휴식이려나.

※오르그스 시점

누군가에 의해 나와 '용사의 검'과의 관계가 국민한테 폭로되었다.

덕분에 내가 '용사의 검'에 단속 정보를 누설하고 있었던 것 아닌가 하는 의혹이 떠올라, 그걸 불식하기 위해 요 한 달 동안 줄곧 해명에 쫓기고 있다.

오늘도 고란을 필두로 하는 반 '용사의 검' 귀족들한테서 그 서류 내용에 관해 수많은 귀족 앞에서 추궁을 받은 뒤였다.

"후우, 망할 놈들이. 모른다고 말하는데 꼬치꼬치 되물어 대고 말이다!"

내 방의 소파에 앉자, 조금 전의 분노가 다시 불타올랐다.

"역시나 그 자료가 나와 버려서는, 모르쇠로는 통하지 않지 않을까 합니다……."

"알고 있다! 이렇게 되면 외국 출정 성공으로 실태(失態)를 만회하겠다! 티아나에 있는 왕국군 재편성은 어떻게 되고 있지! 브로리슈 후작한테서 연락이 오지 않는다!"

재상 자잔은 무릎을 꿇고 작게 몸을 웅크린 채 아래쪽을 향한 채다.

"왕국군 재편성 작업은 병력의 중핵을 맡을 터였던 '용사의 검'이 비합법화된 여파로 병사를 확보하지 못하고 있습니다. 지금의 병력으로는 즈라, 자이잔, 베니아 탈환은 불가능하다고 연락이 왔습니다만 전하의 기분을 해할 거라고 생각하여 제가 막고 있었습니다."

큭! 쓸데없는 신경을 쓰기는! 궁지에 서 있는 나는 출정 성공으로 실태를 만회할 수밖에 없다는 걸 알고 있잖냐!

야윈 자잔한테 욕설을 퍼부으려 했지만, 꾹 삼켰다.

"즈라, 자이잔, 베니아 탈환은 힘들 거라고 생각됩니다만, 티아나의 브로리슈 후작한테서 다른 제안이 와 있습니다."

"다른 제안이라고?"

자잔은 품에서 지도를 꺼내더니 테이블 위에 펼쳤다.

"네, 실은 4년 정도 전에 에란시아 제국과의 국경 분쟁에서 에란시아 제국 측으로 돌아섰던 국경 영주인 프로이가 가문 당주가 에란시아 제국에서의 냉대를 견디다 못해 다시 저희 쪽으로 붙고 싶다는 말을 꺼내고 있습니다."

자잔이 손가락으로 가리킨 곳에는 일전의 전쟁에서 알렉사 왕국을 배신한 아르코 가문에 가깝고, 나한테 창피를 준 알베르트가 있는 에르윈 가문과 경계를 접한 에란시아 제국의 최전선 영역이었다.

"일전의 전쟁에서는 이 프로이가 가문도 에란시아 제국의 병사로서 참전했습니다만, 논공행상이 에르윈 가문 중시였다는 점이 불만이었다는 것 같습니다."

"호오, 은상에 대한 불만인가. 국경 영주다운 배신 동기군. 신용할 수 있나?"

"이미 브로리슈 후작에게 아내와 자식을 보낸 상태입니다. 본래라면 조금 더 이야기를 분명히 한 단계에서 전하께 알려드리고자 생각했습니다만, 이 상황을 타개하려면 유예가 없습니다."

자잔도 후견인으로서의 자질을 추궁받고 있기에, 실태를 만회하고자 기를 쓰고 있다.

"하지만 배신만으로는 출정 성과가 되지 않는다. 즈라, 자이잔, 베니아는 무리를 해서라도 어딘가를 공략하지 않으면 안 된다."

"그래서 브로리슈 후작과 공략 목표를 정하고 있었습니다. 프로이가 가문의 병사와 티아나의 왕국군을 이용하여 이 땅을 되찾는 것이 유력한 안이라고 판단되었습니다."

자잔이 손가락으로 가리키는 장소는 작년 전투에서 에란시아 제국 산하에 들어간 아르코 가문 영지였다.

"하지만 아르코 가문에 손을 대면 에르윈 가문이 나오지 않나."

"아르코 가문을 공격하는 건 알렉사 왕국군입니다. 프로이가 가문은 자신의 군사 및 쓰고 버릴 생각인 '용사의 검' 잔당을 이끌고, 아르코 가문 구원에 나선 에르윈 가문의 본령 애슐리성을 허를 찔러 공격할 것입니다. 에르윈 가문도 프로이가 가문의 배신까지는 예상하지 않았을 테니 에르윈 가문이 황급히 본거지 방어에 인원을 할애하면, 진군했던 알렉사 왕국군이 방어 체제가 갖춰지지 않은 아르코 가문 영지를 점거할 수 있을 터입니다. 그리고 알렉사 왕국군이 아르코 가문 영지를 점거하면 프로이가 가문은 애슐리성을 공격하는 '용사의 검'을 돌아온 에르윈 가문에 미끼로 주고, 프로이가 가문은 자기 영지로 돌아가 방비를 굳힌다는 계책입니다."

흠, 나쁘지 않은 계책이군.

프로이가 가문이 배신할 시기를 그르치지 않는다면, 확실하게 에르윈 가문을 동요시킬 수 있을 터.

게다가 '용사의 검' 잔당을 에르윈 가문과 싸우게 해서 쓰고 버릴 수 있는 것도 이쪽으로서는 사정이 좋다.

"성공 확률은 어느 정도지?"

"8할 정도는 될 것으로 봅니다."

"그래서, 프로이가 가문 당주는 어떤 보답을 요구하고 있나. 국경 영주를 하고 있으니까, 보답 없이 배신하는 짓 따위 하지 않을 테지?"

"넵! 당주인 그라이제 프로이가는 알렉사 왕국에서 현 작위를 추인(追認)해 줄 것과 아르코 가문 영지 2할을 은상으로 요구하고 있어서……"

흥, 욕심 많은 국경 영주다운 요구다. 하지만 이쪽도 실태를 만회하지 않으면 안 된다.

쓰고 버리는 말이기는 하지만, 전과를 얻기 위해서는 은상 정도는 잔뜩 약속해 줘야만 하겠군.

"좋다. 아르코 가문 영지를 점거했을 시에는 프로이가 가문에 2할을 할양할 것을 약속하는 서한을 보내라. 그리고 나도 티아나까지 가서 왕국군을 지휘하겠다! 왕도에 있어서는 매번 호출당해서 힐문 당하니까 말이지!"

전선에 나가겠다고 말한 순간, 그때까지 불안한 표정이었던 자잔의 얼굴에 미소가 지어졌다.

"가, 감사합니다! 전하께서 티아나에서 지휘를 맡아 주신다면 반드시 승리가 이쪽으로 날아들어 오겠지요!"

"아버지한테는 왕국군을 격려하러 티아나에 간다고 말해 두겠다. 출병하는 것은 어디에도 극비다. 이긴 후 보고하면 된다."

질 생각은 들지 지만, 만에 하나라는 것도 있다. 조심하는 편이 좋을 터다.

"넵! 그러면 제가 먼저 티아나에 가서 프로이가 가문과 조정을 해 두겠습니다."

자잔이 머리를 숙이고 내 방에서 나갔다.

이 내가, 전장에 가까운 장소까지 가야만 하는 날이 올 줄이야…….

젠장, 다리의 떨림이 멈추지 않는군.

다리가 자신의 의사에 반해 떨리고, 신발이 지면에 닿아 딱딱 소리를 냈다.

제9장 ♥ 사이드 비즈니스 전개도 중요

제국력 260년 청옥월(靑玉月)(9월)

바쁘다, 바빠.

올해는 연초부터 계속 '용사의 검' 일로 여러 곳에 다녔던 관계로, 정무를 이레나와 밀레비스 군에게 통째로 맡긴 기간이 길었다.

그 때문에 결재 서류가 밀려 있어서 이레나의 미간 주름이 깊어지기 시작하고 있다.

"알베르트 님, 이쪽의 예산 집행에 허가를."

예이예이, 어디 보자, 고슈토족 마을과 스라트 사이를 잇는 신규 가도 건설비인가.

확실히 꽤 험한 산길이었으니까, 앞으로의 일도 생각하면 가도를 정비하는 편이 좋겠군.

내용을 자세히 심사하고, 예산액도 문제없기에 허가를 표시하는 인장을 찍고 승인 상자에 넣었다.

"이어서, 이쪽의 신청 서류를 확인 부탁드립니다."

"이건 각하. 저번 달에 전쟁을 한 참이니까 말이지. 게다가 또 전쟁 비용이 들 거고."

창밖에서 자기들이 낸 신청서의 결재를 기다리고 있던 브레스트와 라토르가 내 말에서 전투 냄새를 맡고 눈빛이 변했다.

"알베르트, 그 전투의 선봉은 나지?! 요새 때는 마리다 누님이랑 아버지만 싸웠고.”

“멍청한 놈! 선봉은 나인 게 당연하지 않냐! 너는 아직 기량 부족이다! 병법 공부를 해라!”

나는 질리지도 않고 대규모 훈련 신청을 낸 브레스트와 라토르의 서류에 불허가를 찍고, 부결 상자에 넣었다.

요전에 그만큼 날뛰었어도 아직 부족하다는 게 의미 불명이다.

아, 그렇지. 리제한테 성 방어를 맡기고 군을 내보낸 것에 대한 처벌을 통보해 둬야겠군.

“그러고 보니 기억났습니다. 브레스트 경, 라토르. 두 사람한테는 특별 반성실에서 가훈 받아쓰기 5일간을 명합니다.”

내가 손가락을 딱 울리자, 고슈토족 젊은이들이 두 사람 배후에 서서 구속했다.

“어, 어째서냐고!”

“왜 특별 반성실에 가지 않으면 안 되는 거냐!”

“리제한테 애슐리성 방어를 통째로 맡긴 건입니다. 둘 중 어느 한 사람이 성을 방어해 주고 있었더라면 저로서도 처벌은 하지 않았을 텐데 말이지요. 유감입니다.”

“나는, 나는 휘말린 것뿐이라고! 알베르트!”

“나도 리제한테 맡기는 건 곤란하다고 마리다한테 상담했단 말이다! 나는 억울하다!”

내가 고슈토족 젊은이에게 지시를 내리자, 구속당한 두 사람은 특별 반성실로 연행되었다.

두 사람한테는 미안하지만, 마왕 폐하한테 변명하려면 책임자를 처벌했다는 사실이 필요하다.
"마리다 님은 후일 제가 직접 취조하겠습니다."
브레스트와 라토르가 책임을 지고 특별 반성실행 당한 것에 안도하고 있던 마리다한테 못을 박았다.
"어, 어째서인 거냐. 숙부님과 라토르가 책임지지 않았느냐. 나는 리제 땅이 최적이라고 판단한 것뿐이니라."
"그건 후일 제대로 이야기를 듣도록 하겠습니다. 지금은 쌓인 정무를 진행해 주십시오."
시선으로 리셸에게 신호를 보내자, 통상 할당량의 두 배 정도 되는 서류가 책상에 쌓였다.
"알베르트? 쪼~오금, 수가 많은 것 같다만? 내가 잘못 본 것이려나~."
"전체적으로 정무 처리가 늦어져 있으니, 잘 부탁드립니다. 그게 아니면 특별 반성실 쪽이 좋다고 말씀하시는 겁니까?"
"리셸, 나는 맹렬하게 일을 하고 싶어진 거다!"
눈물이 그렁그렁한 아내가 열심히 인장을 찍기 시작했다.
일단, 사정 청취 타임은 여러 가지로 정리가 된 후에 느긋하게 하도록 하자.
이레나가 정무 재개를 알아차리고 다음 서류를 내밀었다.
"그러면, 다음으로. 이쪽 제안서 확인을 잘 부탁드리겠습니다."
음, 귀인족 군의한테서의 제안인가. 어디 보자, 전장에서의 구호병 증원 제안이라.
귀인족이 전쟁의 기술로서 전장 의료를 정하고 있어서, 에르윈 가문에는 전장에서의 의료 행위에 관해 극히 기량이 높은 병사가 존재한다.

그들 군의나 구호병들 덕분에 부상을 입은 귀인족 병사도 금방 전장에 복귀하고 있단 말이지. 증원하면 전장에서의 전투 이탈률도 줄어드나.

아르코 가문에서도 인원을 모집해서 구호병 증원을 진행할까.

조금 예산은 들지만, 목숨에 관련된 일이기에 허가 인장을 찍고 승인 상자에 넣었다.

"관련하여 제안서가 하나 더 제출되어 있습니다."

이쪽은 마찬가지로 군의한테서 온 제안서인가. 전쟁 부상자 중에서 사지가 결손된 자에게 대여할 의수, 의족의 개량 비용 계상(計上)이라.

몸이 강하고 튼튼한 귀인족이지만, 전쟁으로 사지 중 어딘가를 잃은 사람도 있다. 그런 그들이 일상생활에 어려움을 겪지 않도록 의수나 의족을 개량해 가는 비용은 내어 줘도 좋다. 이러한 기구도 수요는 높을 테고, 영내의 산업화에도 이어질 테고 말이지.

전투에 복귀할 수 없더라도 의수, 의족을 착용한 영민으로서 일할 수 있게 된다면 투자해 두어야만 할 것이다.

허가 인장을 찍고 승인 상자에 넣었다.

"오늘의 결재 안건은 이상입니다. 이어서 마르제 상회의 매상입니다만……"

"이번 분기는 심각해 보이네. 뭐, 인원이 늘었으니까 그걸 마련하는 건 어지간한 노력으로는 부족하다는 걸 알고 있지만 말이야."

이레나도 분투해 주고 있지만, 고슈토족과 산의 민족에서 늘어난 인원의 인건비, 각종 공작 비용을 마련하기에는 마르제 상회가 취급하는 잡화로는 힘들어지기 시작하고 있다.

내 전용 첩보 조직을 유지하기 위해서도 사이드 비즈니스를 생각해야만 하겠어.

비즈니스라고. 비즈니스. 기브 미 머니 플리즈.

내 전용 첩보 조직을 유지하고, 그 힘을 향상시키기 위해서는 돈이 한층 더 필요하다.

그러면 무엇으로 돈을 벌 것인가. 쉽고 빠른 방법은 가진 자한테서 빼앗는 '핫하—! 돈 내놓으라고'지만, 이건 했다간 근린으로부터 뭇매 맞는 게 확정.

강도는 안 된다. 그러면, 무엇이 좋은가? 비즈니스니까 장사를 하자. 장사.

장사의 기본은 무엇인가. 여하튼 누군가의 수요가 될 것 같은 것을 팔아 보는 것이다.

"그렇게 말씀하셨기에, 산의 민족 영역에서 채집이나 입수할 수 있는 물건을 모조리 가져왔습니다."

와리드가 소리도 없이 집무실 내에 모습을 나타냈다.

여전한 신출귀몰함이지만, 부탁한 일은 확실하게 해주기에 의지할 수 있는 남자다.

"물건은 중앙 정원에 늘어놓아 두었습니다. 산의 민족의 새로운 수익원이 될 만한 게 있다면 좋겠습니다만."

"우리도 산의 민족과는 공존공영하고 싶으니까 말이지. 가능성이 있을 법한 건 잘 살려서 활용하고 싶어."

정무를 마무리하고, 이레나와 함께 중앙 정원으로 이동하자 고슈토족 젊은이들이 가지고 온 물건을 펼치고 있었다.

우리는 그중에서 상품이 될 만한 것을 찾아 나갔다.

희소한 짐승 가죽, 효과 높은 약초류는 지금도 산의 민족이 교역품으로서 각지에 팔고 있다.

다만 그것들은 수에 한도가 있으니까, 마르제 상회에서 취급할 수는 없는 노릇이다.

교역품으로서 전혀 사용하지 않는 게 좋은데……. 어이쿠, 이건 뭐지?

액체 같지만 검고 끈적하군. 그리고 냄새난다.

"이 항아리에 든 건 뭐지?"

와리드한테 항아리의 내용물을 물었다.

"아아, 그것 말입니까. 불타는 물이라서 말입니다. 약간 독특한 냄새가 납니다만, 잘 타서 초 대신으로 쓸 불빛이나, 겨울에 몸을 녹일 장작을 절약하기 위한 연료로도 쓰고 있는 물건입니다."

그렇다는 건, 이건 석유인가.

산의 민족 영역에는 석유가 자연히 용출되는 장소가 있다는 말이군.

"이 불타는 물은 상당한 양을 캐낼 수 있어?"

"아아, 저희 산의 민족만으로는 다 쓸 수 없을 정도로는 있습니다. 다만, 취급이 어려우니까 교역에는 쓸 수 없다고 생각합니다만. 대량의 불타는 물에 불이 붙으면 대화재가 될 테니 말입니다."

"그러네. 교역에는 쓸 수 있을 것 같지 않지만, 이건 에르윈 가문이 일정량 구입하겠어. 병기로 이용할 거니까 말이야. 귀인족들한테 보여주면 좋은 사용 방법을 발견해 줄 거야."

"불타는 물을 병기로 이용이라, 에르윈 가문답군요. 그러면 나중에 판매량을 교섭하도록 하겠습니다."

"아아, 그렇게 하지."

석유를 정제할 수 있을 정도의 기술력은 없지만, 연료나 가연성 병기로 이용 가치는 높다.

있어서 곤란할 물건도 아니기에 우리가 독점하여 구입해도 괜찮을 것 같은 느낌이 든다.

불타는 물 외에 교역품이 될 물건이 없나 생각에 잠겨 있었더니, 이레나가 한 물건을 손에 들었다.

"이런 건 냄새 제거에 좋지 않을까요? 귀족분들은 냄새를 신경 쓰시는 분도 많고요."

"확실히 그러네. 그런 상품을 찾고 있는 사람도 많겠지."

이레나가 손에 든 것은 향기가 나는 식물이다.

산의 민족 영역에는 애슐리령이나 스라트령에서 나지 않는 종류의 식물도 많다.

라벤더, 레몬그라스, 민트 등의 들풀과 레몬, 라임, 베르가모트 등의 감귤류 등이 늘어서 있다.

이 세계는 냄새가 강한 사람이 많다. 브레스트라든가 라토르는 몸을 깨끗하게 하지 않기에 체취가 강하다. 가끔 체취가 너무 독해서 코를 찌를 것만 같을 때도 있다.

신경 쓰는 사람도 있지만, 좋은 탈취 상품이 이 세계에는 그다지 없다.

그렇기에 악취 대책용 ○브리즈…… 가 아니지. 향기가 좋은 정유를 섞은 향유를 팔면 귀족층이나 부유층한테 엄청나게 팔릴 것 같은 느낌은 든다.

"이 향기 좋은 들풀이나 감귤류는 수를 꽤 갖출 수 있어?"

"아아, 가능합니다. 근방 어디에서나 나는 들풀이고, 감귤류도 자생하는 것이니까 말입니다."

와리드한테서 정유 원료가 풍부하게 있다는 말을 들을 수 있었다.

이거라면 수증기 증류법을 사용하여 금속 가마에서 방향 증류수(플로랄 워터)와 정유 추출은 가능할 것 같다.

고슈토족 마을에 증류 설비를 짓고, 정유를 식물성 유지에 녹인 향유를 만들어 교역품에 추가하도록 하자.

이전 생의 지식 중에 있었던 증류 설비 일러스트를 수첩에 적어 뒀다.

영내 대장장이들이 증류용 가마를 만들어 주면 당장이라도 제조에 들어갈 수 있을 것 같다.

드는 예산은 소액, 얻을 수 있는 이익은 막대하다고 봐야 할까.

"방향 증류수와 향유로 가자. 마르제 상회의 주력 상품이 될 거라고 생각해. 여성한테는 방향 증류수를 쓴 화장품 같은 걸 팔아도 괜찮고 말이지."

"확실히 화장품은 여성이 선호하는 물건이니까 말이에요. 게다가 향유는 귀족분이나 부유한 분에게 '밤의 생활에 색채를'이라고 속삭이면 잘 팔릴 것 같네요."

좋은 캐치프레이즈다. 밝히는 녀석들한테 엄청나게 팔리겠지.

"그때는 알베르트 님의 협력을 필요로 하겠지만요."

예에, 물론. 힘닿는 한 협력하겠습니다. 아내도 기뻐하고, 나도 기쁘니까.

"곧바로 상품화를 진행하자."

"알겠습니다. 바로 준비를 진행하겠습니다."

이렇게 해서 이레나 주도하에 마르제 상회는 고슈토족 마을에 곧바로 소형 증류 설비를 완성시켰고, 월말이 가까워서는 시제품이 애슐리성에 도착했다.

"곧바로 시제품을 시험해 보고 계시는 모양이군요."

침실에 가자 마리다가 새롭게 도착한 마이크로비키니를 입고 침대에 누워 있었고, 같은 차림을 한 리셸과 류미나스가 마리다한테 향유를 발라 주고 있는 도중이었다.

"냄새를 맡아 봐도 괜찮은 거다."

나를 알아차린 마리다가 돌아보며 손짓했다.

"그럼, 실례."

침대에 있는 마리다 옆에 가서, 향유가 골고루 발라진 그녀의 몸 냄새를 맡았다.

라벤더가 만인한테 가장 잘 받아들여질 것 같은 향기란 말이지.

향료로 쓴 라벤더 정유의 양도 적당한 정도로 억제되어 있다.

“좋은 냄새입니다. 이건 남성한테도 좋은 효과를 발휘하겠군요.”

“좋은 향기가 나는 여성한테 남성은 흥분한다는 거네요~. 자, 위를 보고 누워 주세요.”

향유를 바르고 있던 리셸이 엎드려 누운 마리다한테 몸의 방향을 바꾸도록 재촉했다.

“이쪽은 알베르트 님한테 발라 달라고 하도록 하죠. 그걸로 괜찮지요?”

“아아, 내가 하도록 할게.”

“알베르트가 하는 거냐?!”

류미나스가 들고 있던 향유 항아리에 손을 넣어 향유를 뜬 뒤, 마리다의 몸 위에 펴나갔다.

“햐으! 그만하는 거다. 알베르트는 향유를 바르지 않고 나한테 야한 짓을 할 게 뻔한 것이니라!”

“그렇지는 않습니다. 평소부터 신세를 지고 있는 아내가 조금이라도 릴랙스할 수 있다면 좋겠다고 생각해서 하고 있는 것뿐이니까 말이죠. 안심해 주십시오, 골고루 바를 뿐이니까요.”

내가 바른다는 걸 알자, 전장에서는 그만큼 듬직한 마리다가 작게 떨기 시작했다.

그렇게 겁을 먹으면 어째 내가 나쁜 짓을 하는 기분이 들어서 여러 가지로 들끓어 오르고 마는데…….

주륵 흘린 향유를 몸에 꼼꼼하게 발라 펴나갈 때마다, 마리다가 움찔움찔하고 반응했다.

“바르는 방법이 야한 거다.”

"그렇습니까? 제대로 하고 있다고요. 자요."

마리다의 커다란 가슴을 주물러 향유가 잘 배어들게 했다.

"그거! 안 되는 거다!"

몸에 바른 향유가 촛불에 반사되어서 야하게 보이네~. 응응.

이건 이것대로 괜찮은데.

"골고루 잘 바르지 않으면 안 되지 않습니까. 자, 여기도."

마이크로비키니로 아슬아슬하게 가려져 있는 가슴 끝부분도 세심하게 향유를 발랐다.

"여, 역시, 야한 짓을 하기 시작한 거다. 하아, 하아, 우으으. 그렇게 만지작거리지 말아라."

자극을 받자 가슴 끝부분은 단단하고 뾰족해지기 시작했다.

"그런. 저는 향유를 세심하게 바르고 있을 뿐입니다."

바르는 손을 쉬지 않고 있자, 마리다의 뺨이 빨개지고 호흡은 거칠어지기 시작했다.

"혹시 기분 좋으신가요?"

그 한마디를 들은 마리다가 부끄러운지 양손으로 얼굴을 가렸다.

젠장, 너무 귀엽잖아! 내 아내!

어쩌면 내가 가장 좋아하는 건 부끄러워하는 마리다일지도 모른다.

이건 기대에 부응해서, 더 힘내야겠군!

"대답이 없으니 이쪽도 바르겠습니다."

다시 향유를 주륵 늘어뜨리고는 하복부에도 바르는 손을 이동시켰다.

"하으! 크응!"

자극이 한층 더해진 마리다가 표정을 볼 수 없도록 한 손으로 눈가를 가리면서, 하복부로 이동한 내 손을 멈추려 했다. 하지만 그 손에 힘은 담겨 있지 않았다.

"역시, 기분 좋은 것이지요?"

"아닛, 아닌 거다. 기분 좋거나 하지—— 햐으으으으응!"

가슴 끝부분과 하복부를 만지작거리며 마리다의 귓가에 속삭이자, 몸이 움찔 떨리며 전신에 힘이 들어간 것만 같이 경직됐다.

"하아, 하아, 하아."

얼굴을 가리고 있기에 표정을 살펴볼 수는 없지만, 몸이 더욱 뜨거워져 가는 건 느껴졌다.

"마리다 님한테서 향유에 섞인 야한 냄새가 나기 시작하네요~."

"확실히 향유와는 또 다른 냄새가 나네요."

"마리다 언니, 혹시 조금 전 걸로 가버렸어?"

"갈 때는 간다고 말하지 않으면 안 되는 규칙이라고 저는 배웠는데요."

똑같이 맞춘 마이크로비키니를 입은 아내 애인들이 얼굴을 가리고 거칠게 숨을 쉬는 마리다의 몸 냄새를 맡고 있다.

아내도 야한 애지만, 아내 애인들도 야한 것에 흥미진진한 애들이다.

"마리다 님은 향유를 발라진 정도로 가버리는 그런 짓은 하시지 않습니다. 그렇지요? 마리다 님."

"그, 그런 거다. 내가 그런 걸로 가버리는 일 따위, 있을 리가──."

얼버무리려 했던 마리다한테 다시 똑같이 가슴 끝부분과 하복부에 대한 자극을 재개했다.

"없느으으으으으으으으으흥 거다아아앗!"

아직 민감했던 모양이라, 재개된 자극으로 한 번 더 크게 몸을 떨었나 싶더니, 경직되고 말았다.

"가버린 거네요."

"가버렸네요."

"이건 확실하게 가버렸지."

"하지만, 가버린다는 말은 하지 않으셨어요."

자기 애인들 앞에서 성대하게 가는 모습을 보여 버려, 부끄러움으로 몸의 열이 올라간 마리다한테서는 향유 냄새와 그에 섞인 다른 냄새가 물씬물씬 피어오르고 있었다.

이건 역시 향유를 만든 게 정답이었군. '밤의 생활에 색채를'이라는 캐치프레이즈가 팍팍 꽂힐 터다.

여느 때와는 다른 냄새를 맡아, 나도 여느 때 이상으로 끓어오르고 말았다.

"마리다 님, 먼저 사과해 두겠습니다만 오늘은 여러 가지로 억누를 수가 없으니까 힘내 주십시오."

"뭐, 뭣이라?! 나는 아직 막 가버린 참이라 준비가! 잠깐, 잠깐 기다리는 거다! 아직, 와서는 안 되느니라! 알베르트, 진정해라, 진정하는 거다!"

"무리니까 말입니다."

나는 마리다의 손을 억누르고는 들끓는 것을 그녀 안에 넣어갔다.

"하으으으으으응! 역시 야한 짓을 당하게 된 거다! 바를 뿐이라고 거짓말하고선. 앗, 아앗, 흐응!"

귀여운 아내의 입술을 빼앗고는, 끓어오르는 것을 해방하고자 자신의 욕망에 몸을 맡겼다.

다음 날은 여느 때보다 더 상쾌한 기분으로 잠에서 깼다.

나날의 정무로 인한 피로를 어젯밤으로 제법 리프레시할 수 있었던 모양이다.

"이 향유는 분명 여러 나라에서 잘 팔리겠어."

"알베르트 같은 야한 남자는 대만족일 테니까 말이니라—. 우으으, 리제 땅, 나는 짐승 같은 알베르트한테 잔뜩 유린당하고 만 거다."

"마리다 언니도 나를 실컷 덮쳤던 느낌이 드는데. 지금도 엉덩이 주무르고 있고."

"그건 리제 땅이 좋은 냄새로 유혹해 오니까 그런 것이니라!"

내 옆에 누워 있는 마리다와 리제가 꽁냥거리고 있다.

"류미나스 쨩, 저게 알베르트 님이 지닌 지식의 힘이니까 저희도 확실하게 받아내야만 하는 거예요. 잘 알았죠?"

"네, 저도 몸을 단련했었으니까 자신이 있었는데, 이레나 씨처럼 확실하게 스스로 허리를 흔들어서 받아들일 수 있도록 해야만 하겠네요."

반대쪽에서는 금발 미인 비서 이레나 씨가 복슬복슬한 류미나스의 꼬리를 만지작거리며 후배를 지도하고 있었다.

"아직, 저는 힘내고 있어요~. 후뮤우. 새근, 새근."

마지막의 마지막까지 힘냈던 리셸이 힘이 다해 내 몸 위에서 잠들어 있다.

시제품 향유의 효과는 발군이었다.

그야 원래부터 좋은 냄새가 났던 아내와 아내 애인들의 몸에서 더욱 좋은 냄새가 나게 되었으니까 말이지, 더욱 분발할 만도 한 겁니다.

아내도 아내 애인도 만족이고 나도 만족.

거기에 더해 향유의 좋은 향기와 아내들의 부드러운 살결에 감싸여 힐링 효과는 발군이고 말이지. 오~. 못 참겠다. 이게 극락이라는 건가. 우효~.

그 뒤, 방향 증류수를 쓴 화장품과 향유를 상품화하여 각지에 행상하러 가는 산의 민족들한테 샴푸나 바디 오일로 사용하게 하고, 신경 쓰인 상인이나 귀족들한테 꽤 고액의 가격으로 팔아 줬다.

예상했던 대로 이 세계에서도 지독한 악취를 견디기 힘들었던 사람이 많았던 모양이다.

눈 깜짝할 사이에 소문이 퍼져, 산의 민족이 마르제 상회로부터 사들여 판매하는 향유와 화장품은 귀족 여성을 비롯하여 부자들한테 폭발적으로 팔리고 있다.

와리드도 팔림새에 깜짝 놀라고 있었고, 제조를 맡은 고슈토족한테는 사냥이나 채집으로 얻는 돈을 아득하게 상회하는 돈을 발생시킬 기세로 주문이 쇄도했다.

물론 마르제 상회도 판매를 맡아 주고 있는 산의 민족에 상품을 도매로 넘김으로써 이익은 확대되고 있다.

그리고 에르윈 가문의 연줄을 써서 에란시아 제국 내에도 판로를 확대시킬 생각이다.

어떻게 할 거냐고? 그런 건 간단하다.

내 아내인 마리다의 몸에 향유를 잔뜩 발라, 젖형제인 마리다한테 매우 무른 마왕 폐하한테 면회시켜 주면 된다.

한 방에 '괜춘한 거 갖고 있잖여. 짜샤, 이쪽에도 상납허라고잉'이라는 이야기가 될 테니, 향유를 바른 마왕 폐하와 면회한 귀족들은 뒤처지지 않으려 서로 경쟁하는 것처럼 산의 민족이나 마르제 상회에서 향유를 사려 할 것이다.

에란시아 제국 내에서도 인기가 나오면 매상이 한층 증가할 것은 틀림없다.

향유와 화장품은 마르제 상회의 주력 상품으로서 방대한 이익을 내고, 첩보 비용을 마련할 뿐만 아니라 에르윈 가문의 호주머니 사정도 따뜻하게 만들어 줄 것을 기대하고 있다.

제10장 ♥ 잔당도 맛있게 요리합니다

제국력 260년 홍수정월(紅水晶月)(10월)

사이드 비즈니스 전개도 순조롭게 진전되어 바쁘게 정무를 처리하고 있을 때, 마왕 폐하한테서 소환 호출이 왔다.

소환된 멤버는 나와 마리다와 리제, 이렇게 세 명이다.

소환되는 이유로 짚이는 게 너무 많은 인선이다.

분명 리제한테 본거지인 애슐리성을 지키게 하고 마리다가 전군을 이끌고 산의 민족 영역에 출병한 사실이 알려진 거겠지.

원래부터 마왕 폐하의 귀와 눈에서 벗어날 수 있을 거라고는 생각하지 않았지만, 설명하고 싶은 것도 있었기에 곧바로 준비를 갖추어 흔들리는 마차에 몸을 맡기고 있다.

"하아아아, 허리가 끝장난다……."

허리의 통증을 느끼고 마차 안에서 몸을 쭉 폈다.

허리 통증의 원인은 마차 여행이라는 것도 있지만——. 그 외에도 있었다.

마리다에 대한 벌이다.

바빠서 잊고 있었지만, 리제한테 성을 맡기고 통상의 행군 속도를 상회하는 강행군을 한 마리다한테 교육적 지도라는 이름의 벌을 계속 줘 왔기 때문이다.

덕분에 내 허리가 끝장나 버릴 것만 같다.

마리다는 당주고 지휘관이지만, 전장에 도착하기 전까지의 지휘권은 내 관할.

그렇기에 명령 위반의 디메리트를 철저하게 교육해 줬다.

하지만 너무 힘내는 바람에 마리다가 이상한 속성에 눈을 떴을지도 모르지만…….

나도 젊은 몸이니까 거칠어져서 기세가 넘치고 말았고.

그로 인해 동행자인 리제와 호위인 류미나스가 내 맹렬 분발 타임의 희생양이 되어 있었다.

"훌쩍, 알베르트가 전쟁에서 대장의 머리를 딴 나한테 엄한 거다. 리제 땅, 류미나스 땅. 나를 치유해 줬으면 하는 것이니라."

마차 안에서 류미나스한테 무릎베개를 시키고 있는 마리다가 내 지도에 삐쳐 있었다.

"그렇게 엄한 말은 하지 않았습니다. 리제한테 본성을 맡기고 전력 출격하거나, 전장에서 총대장이 적을 도발하거나, 병사들한테 강행군을 강요하지 않았더라면 저도 칭찬했을 테니까 말입니다."

"그 정도의 망할 조무래기 병사에게 내가 밀릴 리 없잖느냐. 알베르트는 걱정이 너무 많은 성격인 거다. 류미나스 땅, 내 귀 청소를 해다오인 거다."

"아, 네. 지금 바로."

"리제 땅은 내 허리를 주물러 줬으면 하는 거다. 어디의 누구씨가 계속 격렬하게 몰아붙이니까 말이지."

"네~에. 마리다 언니, 여기인가요?"

"음음, 아, 거기이니라. 거기."

류미나스가 해주는 무릎베개를 베며 릴랙스하고 있는 마리다의 허리를 리제가 주무르기 시작했다.

"오흐응. 간질간질한 거다."

귀 청소를 하고 있던 류미나스가 귀에 숨을 불자, 마리다가 몸을 떨었다.

허리의 통증을 풀며 한동안 그 모습을 보고 있었더니, 할 일이 없어 따분해진 마리다가 류미나스의 꼬리를 시선으로 좇고 있는 걸 알아차렸다.

다음 순간, 마리다의 손이 류미나스의 꼬리로 움직였다.

"마리다 언니. 귀 청소를 받으면서 류미나스 짱의 꼬리를 만지작거리면 위험해."

"괜찮다, 괜찮으니라. 자, 류미나스는 여기가 좋은 거냐? 움찔움찔하고 있느니라. 여기냐? 여기가 좋은 것이냐?"

마리다는 귀 청소를 하고 있는 류미나스의 꼬리를 만지작거리며 흡족해했다.

그 모습은 평범하게 중년 성희롱 아저씨 그 자체였는데…….

하고 있는 사람이 예쁜 여성이면 백합이라는 멋진 세계가 펼쳐지고 있는 것처럼 보이는 건 세상의 불가사의 중 하나일 것이다.

개인적으로는 여성끼리 꺄꺄 우후후하는 건 싫지는 않기에 딱히 주의를 줄 생각도 없다.

"하으! 류미나스, 거긴 너무 깊이 넣은 거다. 앗, 앗, 아아아, 안 대애앳!"

"햐앗! 죄, 죄송합니다. 마리다 님이 꼬리를 만지셔서 손이……. 죄송합니다, 죄송합니다!"

성희롱을 한 탓에 귀이개가 마리다의 안쪽까지 쑥 꽂혀 버린 모양이다.

안쪽을 찔린 마리다가 통증에 몸을 움찔움찔 떨었고, 입가에서 침을 흘렸다.

진지하게 귀 청소를 하고 있던 류미나스의 꼬리에 장난을 친 탓에 천벌을 받은 마리다가 운명해 버렸기에, 나는 시선을 창밖으로 향하고 앞으로의 일을 생각했다.

그래도 뭐, 정식으로 알현하는 소환이 아니라 사적인 소환이기에 엄한 꾸짖음은 없을 거라고 생각하고 싶다.

게다가 준비를 진행하고 있던 안건도 거의 확실해졌기에 소환은 때마침 좋은 기회였다.

일주일 동안의 마차 여행을 끝내고, 제도 왕궁에 도착하자 여느 때처럼 자기 세상인 양 마왕 폐하의 방으로 향하는 마리다의 뒤를 리제와 함께 따라갔다.

"나, 나 말이야, 분명 나하고는 어울리지 않는 장소에 불려온 거지. 일단, 남작 작위는 받았지만 말이야. 마왕 폐하를 정식으로 알현한 적도 아직 한 번도 없고."

그러고 보니 리제가 철이 들었을 때는 아르코 가문은 에란시아 제국 세력권에서 떨어져 알렉사 왕국 측에 붙어 있었으니까 마왕 폐하를 만난 적은 없겠군.

"그랬었지. 리제 땅은 오라버니와 처음 만나는 거였다. 딱히 무서운 사람은 아니고, 리제 땅은 내 애인이니까 사양 따위 할 필요

없느니라."

꼭 그런 것도 아니란 말이지. 분명 마리다가 성을 리제한테 맡긴 것에 대해 화내고 있을 거라고.

뭐, 끔찍이 아끼고 있으니까 화내지 않는 거겠지만, 그만큼의 여파가 나한테 올 터다.

교섭, 힘내 볼까아~.

"오라버니, 내가 만나러 왔다고. 최근 바빠서 오지 못해 미안했던 거다."

마리다가 대답을 기다리지 않고 마왕 폐하의 방문을 열자, 자신의 책상에서 무언가 서류를 보고 있던 마왕 폐하와 시선이 마주쳤다.

"잘 와주었다. 들어오도록. 짐도 오랜만에 마리다와 만나고 싶었던 참이다. 술을 준비시킬 테니 잠시 기다리거라."

"역시나 오라버니인 거다! 제도의 맛있는 술을 마시고 싶군. 그리고 이건 선물인 거다. 산의 민족한테서 받은 과일주라고. 독특한 맛은 있지만, 익숙해지면 빠지게 되는 술인 거다."

"그런가, 마리다가 그렇게 말한다면 맛있는 거겠지."

마왕 폐하가 가까이 있는 종을 울렸고, 모습을 나타낸 메이드한테 술을 준비하도록 지시했다.

"그리고 오늘의 나는 최근 알베르트가 만든 향유를 바르고 있다고. 좋은 냄새가 나지?"

마왕 폐하는 마리다가 내민 손에 얼굴을 가까이 댔다.

"흠, 좋은 냄새다. 물론 선물로서 짐도 받을 수 있는 것이겠지?"

"물론인 거다. 잔뜩 가져왔으니까 팍팍 써 줬으면 하는 거다."

"알베르트의 책략이겠지만, 쓰도록 하마."

마왕 폐하는 우리 쪽으로 시선을 향하더니 손짓했다.

"알베르트도 리제 폰 아르코도 들어오도록. 우선은 선물인 술을 함께 즐기도록 하자꾸나. 이야기는 그 뒤다."

"네, 넵. 그럼, 실례하겠습니다."

"실례하겠습니다."

리제 건은 이미 마왕 폐하한테는 여성 당주임을 전해 뒀지만, 공식적으로는 남성 당주로 취급되고 있는 존재였다.

그 때문에 오늘도 남장을 하고 있다.

우리는 마왕 폐하의 방으로 들어서, 마왕 폐하가 권한 소파에 앉았다.

"산의 민족 영역에서는 알베르트가 제법 화려하게 날뛰었다는 모양이더군. 짐의 이목으로 쓰고 있는 자가 그리 떠들고 있었다."

술을 준비하여 돌아온 메이드들이 술잔을 우리 앞에 놓았다. 거기에 마리다가 선물로 가져온 과일주가 따라졌다.

"알베르트의 지략에, 독립심이 높았던 그 산의 민족이 겁을 먹었다고. 알베르트가 오라고 하면 녀석들은 바로 모이는 거다."

"호오. 그건 재미있군. 알베르트는 산의 민족의 왕이 되었나."

마왕 폐하의 예리한 시선이 내 쪽으로 향했다.

"저 개인이 아니라 에르윈 가문이 산의 민족을 복종시킨 것이라고 정정토록 하겠습니다."

마왕 폐하한테서 의심의 시선을 받고 싶지는 않기에 에르윈 가문의 힘이라는 것을 강조해 두었다.

"산의 민족은 에르윈 가문에 따른다는 말이군."

확인하는 것처럼, 마왕 폐하가 거듭 강조하며 물었다.

'용사의 검' 문제로 산의 민족이 잠재적인 적이 될지도 모른다는 인상을 가진 것이리라.

"예, 그들은 머잖아 에르윈 가문을 지탱하는 중요한 가신이 됩니다."

"대수장의 딸 류미나스는 귀엽다고. 내 마음에 쏙 든 아이다. 물론 알베르트도 그렇다고. 자식이 생기면 내 가신으로 등용할 생각인 거다."

마리다의 말에 마왕 폐하의 예리한 시선이 누그러졌다.

"그러한가. 그렇다면 산의 민족 섬멸 작전은 포기할 수밖에 없겠군. 마리다한테 혼나 버릴 테니까 말이지."

역시 섬멸 작전을 계획하고 있었어! 산의 민족을 잘 통합시켜서 이쪽으로 끌어들이지 않았더라면 진흙탕 같은 산악 게릴라전에 우리가 말려들었을 거다.

"용히 산의 민족을 통합시켜 포섭해 주었다. 역시나 알베르트다. 그 지략은 에르윈 가문을 몇십 배나 강하게 할 것이다."

"칭찬해 주셔서 감사한 마음이 다하질 않습니다. 앞으로도 에란시아 제국을 위해, 에르윈 가문을 위해 있는 한껏 제 지략을 다하겠습니다."

"음, 짐도 그대의 지략을 의지하고 있느니라."

마왕 폐하가 내가 든 술잔에 직접 술을 따라 주었다.

연이어서 세운 공훈으로 다소는 나에 대해서도 신용해 준 모양이다.

끔찍이 아끼는 마리다의 남편이라는 입장이기에 직신(直臣)은 되지 않아도 분방한 마리다를 매우 잘 다루는 자라는 인식으로 승격한 느낌이 든다.

"산의 민족 건은 훌륭했지만, 도중에 그냥 지나칠 수 없는 문제가 있었다고 들었다——."

마왕 폐하가 따라 준 술을 마시고 있었더니, 갑자기 소환 건에 관한 이야기가 시작될 분위기로 변했다.

잠깐, 갑작스러워서 아직 마음의 준비가——.

들고 있던 술잔을 테이블에 내려놓고, 바로 바닥에 무릎을 꿇고는 머리를 숙였다.

"리제 폰 아르코 경이 마리다 님의 출병 중에 애슐리성 수비를 맡게 된 건은 이쪽의 실수였사오니, 부디 용서해 주시기를 부탁드리겠습니다!"

"알베르트는 무슨 말을 하는 거냐. 오라버니는 귀인족의 성격을 잘 알고 있다고 몇 번이나 말하지 않았더냐. 게다가 나에 대해서도 잘 이해해 주고 있는 거다."

"그렇다. 리제 폰 아르코가 애슐리성 수비를 맡은 것은 문제없다. 배신해도 마리다가 금방 되찾을 수 있으니까 말이다."

"내, 내가—— 아니, 제가 마리다 님을 배신할 일은 없습니다. 영민을 구해주신 은인이기에."

리제도 갑자기 자기 이야기가 되어 깜짝 놀란 모양이라, 나와 마찬가지로 바닥에 무릎을 꿇고 머리를 숙였다.

역시, 조금 전의 언동으로 보면 마왕 폐하는 리제를 일절 신용하지 않고 있는 모양이다.

마리다가 보호하고 싶다고 말했으니까 용서한 것뿐이고, 배신하려는 기색을 보였다간 언제든지 제거할 생각이다.

이건 얼른 리제의 점수 따기를 하지 않으면 곤란하겠군.

게다가 리제 건이 문제없다는 것이면, 소환의 진짜 목적은 내가 꾸민 그 건일 것이다.

"리제 경의 건이 문제없다고 하신다면, 저희가 소환된 이유는 제가 내부 항쟁으로 '용사의 검'에서 분파한 잔당을 어떤 귀족 가문에 가도록 유도한 건입니까?"

"그렇다. 알베르트는 뭘 꾸미고 있지? 여기서 짐에게 말하라."

정답이었다. 이쪽에서 말을 꺼낼 생각이었지만, 이미 마왕 폐하는 움직임을 파악하고 있었던 모양이다.

"넵! 그러면 설명해 드리도록 하겠습니다. 국경에 영지를 가진 프로이가 가문 당주 그라이제가 자신의 영지인 바프스트령에서 알렉사 왕국에 붙을 준비를 진행하고 있다는 정보를 제 첩보 조직이 입수하였습니다. 티아나에서 알렉사 왕국군을 재편성 중인 브로리슈 후작의 사자와 밀담하고 있는 모양이라, 알렉사 왕국군이 아르코 가문 영지를 습격할 때, 그와 내통하는 형식으로 배신해서 아르코 가문을 구원하러 간 에르윈 가문의 애슐리성을 습격할 계획을 세우고 있다고 합니다."

마왕 폐하는 묵묵히 고개를 끄덕이며 내 이야기를 듣고 있다.

분명 자신의 첩보 조직이 얻어 온 정보와 맞춰 보고 있는 것이리라.

“거기서, 저는 하나의 계책을 생각하여, ‘용사의 검’에서 분파한 잔당들이 프로이가 가문 영지로 향하도록 ‘프로이가 가문은 용사의 검 신도를 숨겨 준다’라는 소문을 퍼뜨려, 그의 영지로 가도록 만든 것입니다. 프로이가 가문도 전쟁에 대비하여 병사가 필요하기에, 에란시아 제국과 싸울 의사가 있는 ‘용사의 검’ 잔당을 받아들였습니다.”

“그래서, 어떻게 할 생각이지. 계책을 말하라.”

내 이야기를 들은 것만으로 마왕 폐하는 어느 정도 상황 파악은 된 듯, 자세한 설명은 요구하지 않고 계책 내용을 물어봤다.

“넵! ‘용사의 검’ 잔당을 숨겨 주고 있는 프로이가 가문에 전격적으로 강제 사찰을 실시하여 잔당과 이를 숨겨 주는 데 조력한 반 에란시아 제국파 사람을 체포하고, 비합법 조직 구성원을 숨겨 준 죄로 당주 그라이제를 포박함으로써 프로이가 가문을 단절시켜, 영지를 마왕 폐하의 직할령으로 만드는 계책을 생각하고 있었습니다.

계책을 들은 마왕 폐하가 씨익 미소를 띠었다.

“악랄하군. 제국에서 먼저 배신하게 하지 않고, 다른 죄로 합법적으로 처형하여 가문을 단절할 수 있는 계책인가. 프로이가 가문은 작년의 알렉사와의 전쟁에서 은상이 나오지 않았던 것에 분노하고 있다고 들었다. 하지만 짐은 무능한 자를 싫어한다. 그리고 배신자도 말이지. 좋다, 알베르트의 계책을 채용하지.”

"그러면 프로이가 가문에 강제 사찰을 실시할 자로 리제 폰 아르코를 임명해 주십시오. 그녀는 에란시아 제국 귀족으로서 확실하게 일을 완수할 것입니다."

"좋다. 리제 폰 아르코. 프로이가 가문에 강제 사찰을 실시할 감찰관으로 임명한다. 부감찰관으로 마리다를 붙일 테니 잘 상담하고 착수하도록 하라."

"엇, 아, 넵! 에란시아 제국을 위해 저의 힘이 닿는 한까지 열심히 하겠습니다!"

아직 젊은 리제만으로는 사찰을 실행하는 것이 어렵다고 판단하여 마리다를 부감찰관으로 임명했나.

마왕 폐하로서는 만전의 체제로 프로이가 가문을 제거해 버리고 싶은 모양이군.

서포트는 하겠지만, 리제가 확실하게 일을 해낼 수 있는 사람임을 보여주기 위해 꾸민 모략이기에 프로이가 가문 사찰은 아르코 가문한테 힘내게 할 생각이다.

"그러면, 마왕 폐하의 직필 수색 허가장을 받고자 하여."

"좋다. 잠시 기다려라."

소파에서 일어선 마왕 폐하가 자신의 책상에 놓아둔 백지 양피지에 깃털 펜으로 술술 글자를 써 가는 게 보였다.

그리고 다 쓰고 나자 리제 앞에 두 장의 서장을 내밀었다.

"이것이 수색 허가장과 감찰관 임명장이다. 짐의 대리로서 프로이가 가문 영내를 사찰할 권한을 인정해 두었다. 따르지 않는 자는 베어도 좋다."

"넵!"

"감사합니다. 반드시 프로이가 가문을 제거하고, 마왕 폐하께 영지를 헌상하겠습니다."

일단 염려했던 문책은 없는 모양이고, 리제의 점수 따기 허가는 받았으니 남은 건 프로이가 가문을 확실하게 없애는 것뿐이다.

"전투를 할 수 있는 거냐! 좀이 쑤시는 거다! '용사의 검' 녀석들은 기골이 없었으니까 말이지! 아직 300명 정도 베기가 부족한 거다."

"마리다, 전투가 아니다. 사찰이다. 사찰. 갑자기 베어 죽이면 안 된다. 증거를 들이밀고, 그러고 나서 덤벼 오면 베어도 좋다."

"알고 있는 거다. 오라버니, 나도 알베르트가 매일 정무를 시켜서 성장한 거다. 증거 같은 물건을 들이밀면 상대가 덤비도록 만들면 되는 것이지. 나도 똑똑해진 거다."

아냐, 아냐, 그게 아니야. 그런 게 아니라고, 마리다 씨.

당신이 말하고 있는 건 증거 날조니까요! 쓸데없는 지혜를 가지지 말아 줬으면 한다!

"알베르트, 리제 폰 아르코. 마리다가 폭주하지 않도록 똑똑히 감독하도록."

"""네!"""

"어째서인 거지! 오라버니! 나는 잘못된 말은 하지 않았다고!"

그 뒤, 마왕 폐하의 방에서 주연을 즐겼지만, 대부분의 시간은 마리다가 애인으로 삼은 사람들에 관한 이야기를 하고 있는 것을 마왕 폐하가 들어주는 역할을 맡는다는 느낌이었다.

주연을 끝낸 우리는 다음 날에는 일찍 제도를 출발하여, 애슐리성에 귀환하기로 했다.

“아르코 가문 가신과 농민병을 사찰대로 동원할게. 총수 250명. 장비는 완전무장.”

“그래, 부탁하겠어. 이번에는 아르코 가문이 힘내 주지 않으면 안 되니까 말이지.”

제도에서 돌아온 우리는 곧바로 프로이가 가문 강제 사찰 준비를 진행하고 있었다.

리제가 조목조목 쓴 서한을 류미나스가 받아 들었다.

“류미나스 쨩, 스라트의 대관한테 동원 서한을 전달하고 와. 표면상으로는 내가 애슐리 영내에서 에르윈 가문과 합동 군사 연습을 한다는 내용으로 해 뒀어. 상대가 눈치채지 않도록 해야겠지.”

리제도 강제 사찰을 전격적으로 실시하기 위해 아군한테도 철저하게 정보를 은닉했다.

“네! 곧바로 전달하고 올게요.”

서한을 받아 든 류미나스가 집무실에서 슥, 하고 모습을 감췄다.

비전의 기술로 보통 사람보다도 빠르게 이동할 수 있는 고슈토족이기에 스라트령에는 내일에는 도착할 터다.

“동원 완료부터 지정 지점까지 도착하는 데 5일 정도는 걸릴 거야. 우리 가문은 마리다 언니네처럼 신속하게 움직일 수 없으니까. 미안.”

“강제 사찰 정보만 누설되지 않으면 문제는 없어. 프로이가 가문도 아직 배신을 준비하는 중이고 말이지. 5일 뒤라도 이쪽이 여유롭게 선수를 칠 수 있어."

"알베르트, 우리는 기다리다가 헛물만 켜게 되는 것이냐?"

합동 군사 연습이라는 명목이기에 에르윈 가문도 동원하지만, 프로이가 가문 강제 사찰에는 마리다 외에는 동행하지 않을 예정이다.

동원한 귀인족들이 싸울 진짜 적은 프로이가 가문의 배신과 보조를 맞추어 아르코 가문에 쳐들어올 터인 알렉사 왕국군.

작년의 전쟁 이상으로 에르윈 가문의 공포를 알렉사 왕국군한테 기억시킬 생각이다.

"괜찮아요, 알베르트 님이 맛있는 요리를 제대로 준비하고 있어요."

리셸의 말을 들은 마리다의 얼굴이 퐛, 하고 밝아졌다.

"그 요리는 정말로 맛있는 거겠지? 요전 같은 어중간한 건 필요 없느니라."

"예, 나름 기골이 있을 거라고 생각해요."

"그런가, 그렇다면 숙부님과 라토르도 만족하겠지. 연습 날이 기대되는구나."

그러고 나서 관계 각처에 통지를 내리고, 홍수정월(10월) 20일에 합동 군사 연습을 하게 되었다.

합동 군사 연습 당일. 집결 장소로 선정된 프로이가 가문과의 영지 경계 근처 평원에서는 고함을 지르는 귀인족과 아르코 가문

군세가 모여 있었다.

"여전히 귀인족 사람들은 떠들썩하군요."

'용사의 검' 잔당 조사를 맡겨 뒀던 와리드가 보고를 위해 모습을 나타냈다.

"와리드인가. 떠들썩해서 미안하네. 그런데 프로이가 가문으로 간 '용사의 검' 잔당의 움직임은 어때?"

"알베르트 경이 퍼뜨린 소문으로, '용사의 검'에서 분파한 자들은 대부분 프로이가 가문에 숨은 채 잠복하고 있습니다."

"잠복 장소는 특정됐어?"

"예, 특정됐습니다. 분파한 '용사의 검' 잔당은 바프스트령 남부의 친 알렉사 왕국파 촌장들이 숨겨 주고 있습니다. 북부 촌장들은 받아들이지 않았습니다."

"흠, 역시나 그런가……. 그렇게 되면 북부는 무시하고 남부 농촌을 전격적으로 사찰할까."

"바프스트령 남부 농촌에서 잔당을 많이 숨겨 주고 있는 모습은 확인해 뒀습니다. 곧바로 덮치면 증거를 확보할 수 있을 터입니다."

에란시아 제국 사찰관의 깃발을 세우면 프로이가 가문 영내를 이동해도 통상적인 감찰 업무라고 생각될 테니까, 한동안은 눈을 속일 수 있을 터다.

그동안에 남부 농촌에 숨은 '용사의 검' 잔당과 촌장들을 포박하고, 비합법 조직을 숨겨 준 죄로 그라이제의 머리를 단숨에 날리도록 하자.

"프로이가 가문 처벌 준비는 만전인 모양이네. 그리고 알렉사 왕국군은 어때?"

"프로이가 가문과의 교섭이 타결되어 티아나에서 이미 왕국군 1,000명 정도 규모로 출병했고, 도중에 주변 영주 병사를 모아 2,000명 정도 규모로 스라트령으로 향하고 있습니다."

좋아좋아, 에르윈 가문 전사들한테 대접할 요리도 꾀어내는 데 성공한 모양이다.

"그 전력이라면 기습을 펼칠 에르윈 가문의 패배는 없겠네. 그럼, 프로이가 가문 사자로 위장한 자는 준비되어 있지?"

"예, 준비해 두었습니다. 오늘에는 브로리슈 후작한테 가짜 배신 시기를 적은 서한이 도달할 터입니다. 알렉사 왕국군의 움직임이 느리다 해도, 5일이면 스라트령 가까이에 도착할 거라고 생각되는군요."

그렇다는 건 사흘 만에 그라이제를 죽여 머리만 남은 시체로 만들고, 리제한테 바프스트령을 제압시키지 않으면 안 된다.

"시간이 아깝네. 곧바로 작전을 개시하자. 리제가 정규 감찰관이니까 지시를 부탁해."

가까이에 있던 리제한테 작전 발동 지시를 부탁했다.

"아, 으응. 알았어. 지금부터 합동 군사 연습에서 예정을 변경하여 에란시아 제국 황제 폐하의 칙명을 받아 '용사의 검' 잔당을 숨겨 주고 있다는 의혹이 있는 프로이가 가문에 대한 강제 사찰을 시작한다! 아르코 가문 사람은 나를 따라라!"

황제로부터 칙명을 받은 자만이 사용할 수 있는 감찰관 전용 깃발을 내걸게 한 리제가 자기 가문 병사를 이끌고 프로이가 가문 영내로 진군했다.

“에르윈 가문의 병사는 숙부님의 지휘에 따라 알베르트가 지시한 지점에 숨어서 잠복하여, 알렉사 왕군이 도착하는 것을 기다리는 거다! 숙부님, 라토르, 알베르트의 지시가 있을 때까지 결코 전투를 시작하지 말도록. 군법을 어기면 특별 반성실이니까 말이니라.”

산의 민족 영역에서의 전투에서 명령을 위반한 것의 책임을 지게 된 브레스트도 라토르도, 특별 반성실 5일형에 처해졌기에 조금은 반성하고 있는 듯 얌전히 고개를 끄덕였다.

“나, 싸운다, 알베르트, 지시 기다린다, 이해했다.”

“나도, 이해했다.”

로봇 같은 대답이 돌아온 것이 조금 불안했지만, 연락 역할로 와리드도 붙여 뒀으니 폭주는 하지 않을 거라고 생각하고 싶다.

“와리드, 둘을 부탁해.”

“알겠습니다. 연락은 류미나스와 긴밀하게 취하겠습니다.”

브레스트는 연락 역할인 와리드를 데리고, 떠들썩한 귀인족들을 조용히 시킨 뒤 아들과 함께 스라트령의 내가 지정한 지점을 향해 달려갔다.

“좋아좋아, 이걸로 나는 프로이가 가문에서도 날뛸 수 있고, 알렉사 왕국군과도 싸울 수 있는 거군. 우히히, 좀이 쑤시는 거다!”

제일 폭주할 것 같은 사람은 내가 고삐를 잡을 것이니 어찌어찌 괜찮겠지.

"자, 마리다 님, 류미나스. 리제를 따라잡읍시다."
"핫호—! 전투이다! 전투인 거다!"
자기 말에 올라탄 마리다가 대검을 휘두르며 리제 뒤를 쫓았다.
"알베르트 님, 마차에 타시죠."
"아아, 갈까."
나는 류미나스와 함께 마차에 올라타고는 마리다 뒤를 쫓았다.

"안녕하세요~, 에란시아 제국 감찰관 리제 폰 아르코입니다. 자, 거기 움직이지 마세요~. 이상한 움직임을 하면 선혈귀 마리다 언니의 검의 녹이 될 겁니다! 멈추세요!"
문을 연 곳에서는 남녀 수 명이 난로를 둘러싸고 식사를 하고 있었다.
어린이부터 노인까지 다 모여, 그야말로 가족끼리 단란한 시간을 보내는 한중간이다.
감찰관 리제는 와리드가 특정한 친 알렉사 왕국파 촌장의 집 안에 병사들을 데리고 척척 들어갔다.
"이야~, 밤늦게 죄송합니다. 에란시아 제국 황제 폐하께서 이 마을의 좋지 않은 소문을 신경 쓰셔서. 나한테 조사하고 오길 바란다는 칙명이 내려졌습니다. 협력 부탁드립니다?"
"어? 어어? 에란시아 제국 감찰관님?! 어? 어?"
집의 주민들이 혼란에 빠진 사이에, 아르코 가문 무장병이 촌장 일가가 수상한 움직임을 하지 않도록 출입구를 막았다.
"이야~, 식사 중에 죄송하네요. 하얀 빵에 소고기 스테이크.

곁들인 메뉴는 신선한 야채 샐러드. 품질 좋은 와인까지 있어. 으음~, 실로 좋은 걸 먹고 있네."

"에란시아 제국의 강제 감찰이라니 어떻게 된 겁니까? 여기는 프로이가 가문에 속한 마을입니다……. 이 사실을 그라이제 경은 알고 계시는 겁니까?"

촌장은 에란시아 제국의 감찰관을 칭한 리제를 보고 동요하고 있어서, 얼굴에서 이상한 땀이 방울져 떨어지고 있었다.

어떻게 봐도 마음속에 켕기는 일을 숨긴 기색이다.

뭐, 이 집에는 에란시아 제국에서 비합법 조직이 되어 숨겨 주면 사형에 처해지는 '용사의 검' 잔당을 숨겨 주고 있다는 건 파악하고 있으니 당황하는 건 어쩔 수 없겠지.

집 안에는 총 12명. 와리드의 부하가 모은 정보에 의하면 이 집의 주민은 4명이다.

즉, 이 집 안에 '용사의 검' 잔당이 8명 정도 있는 건 확인이 된 것이다.

"네, 거기 움직이지 마. 그쪽 8명. 잠깐 이쪽에……. 내 질문에 대답해 주겠어? 거부권은 없으니까 말이야. 거부하면 검의 녹이 될 테니까 얌전히 따라."

리제가 잔당 8명을 지목하여 별실에서의 '대화'를 요청하자, 촌장의 얼굴이 굳어지는 걸 알 수 있었다.

"이, 이자들은 제 먼 친척으로……. 오늘은 이곳에 묵으러 온 것뿐입니다만……."

리제가 손가락을 딱 울려서, 가신한테 잔당들을 제압하게 했다.

"촌장 씨, 미안하지만 이미 다 들켰으니까. '용사의 검'에 관계된 자를 숨겨 주면 사형. 모를 리 없겠지?"

리제가 날카로운 안광으로 촌장을 똑바로 쳐다봤다.

그 모습은 늠름한 젊은 기사님처럼 멋있게 비치는 모습이었다.

"히익!"

전부 다 들켰다는 말을 들은 촌장이 저항하지도 않고 허릿심이 빠져 바닥에 주저앉았다.

"이해가 된 모양이군. 저항해도 괜찮으니라. 그편이 내가 즐길 수 있으니까 말이지."

마리다가 대검을 지팡이 대신으로 쓰며 아르코 가문 무장병이 붙잡은 잔당들을 포박하는 것을 지켜보고 있었다.

잔당으로 구속된 자는 아직 끝까지 모르는 체하고자 입을 다문 채 가만히 당하고 있었다.

"모르는 체해도 헛수고입니다. 이 마을에서 숨겨 주고 있는 건 산의 민족 페라족 사람들이라는 걸 파악하고 있습니다. 물론 이 집 외의 장소에도 무장병이 포박하러 갔기에."

끝까지 모르는 체하려고 했던 자들의 몸이 떨리기 시작했다.

내 손에는 고슈토족과 와리하라족이 조사한 잔당들의 리스트가 있었고, 눈앞에 있는 자는 도망친 강경파 일원이었다.

최종 확인을 위해 동행시킨 와리하라족 출신 첩보원한테 대질시켰다.

고개를 끄덕였다. 네. 유죄 결정.

"연행해."

리제의 지시로 포박된 자가 집에서 끌려나간 것을 끝까지 지켜본 뒤, 리제와 함께 천천히 촌장 쪽을 향해 돌아섰다.

리제가 허리에 찬 검을 뽑고는 촌장의 목덜미에 갖다 댔다.

"자, 촌장. 당신도 잔당을 숨긴 죄로 체포하도록 하겠어."

"크윽! 그건……. 영주 그라이제 님도 동의하신 일인가?"

"그럼 당신에게 묻겠는데, 영주 그라이제 경은 에란시아 제국 황제 폐하보다 높은 사람인가? 어때? 내 질문에 대답해."

"그, 그건……"

영주 그라이제한테 부추김당해 반란 준비에 전념해 왔던 촌장은 살아도 산 느낌이 들지 않으리라.

"리제 님, 있었습니다. '용사의 검' 각인이 들어간 금괴와 그라이제의 서명이 들어간 서한입니다."

집 안을 탐색하고 있던 무장병이 찾던 증거를 발견해 주었다.

"그, 그건?! 아니다. 오해란 말이다!"

친절하게도 보관해 뒀던 서한에는 숨겨 주고 있던 '용사의 검' 잔당을 병사로 이용하여 알렉사 왕국군과 내통하여 에란시아 제국 영토를 빼앗는다는 계획이 적혀 있었다.

"어라어라. '용사의 검' 잔당을 숨겨 준 것뿐만이 아니라 반란 증거까지 나와 버렸네. 알베르트, 반란을 계획한 중죄인은 에란시아 제국법으로는 어떻게 되더라?"

"남녀노소를 불문하고 일족의 인간 전부를 사형에 처한다고 되어 있군요."

"히이익…… 아닙니다. 그런 게 아닙니다. 그라이제 경이 조력하라며 시끄럽게 말씀하시기에 '용사의 검' 잔당을 숨겨 주고 있었던 것뿐입니다. 에란세아 제국에 대한 반란 같은 건 생각하고 있지 않습니다."

"증거가 나왔으니 베도 되겠지."

증거의 존재를 확인하자, 마리다가 촌장의 목에 애용하는 대검의 칼날을 들이밀었다.

"히이이이익! 싫어어어어어어엇!"

마리다가 칼날을 들이대자, 공포로 실금한 촌장이 주저앉고는 바닥에 머리를 문지르며 목숨을 구걸하기 시작했다.

나는 그런 촌장의 어깨를 툭툭 두드렸다.

"나쁜 짓을 했을 때 얼버무리는 방법이 있지 않습니까? 성의라는 거? 보여줄 수 있겠지요? 마음이면 됩니다. 마음이면."

'용사의 검' 잔당이 가지고 온 재보 일부가 촌장한테 넘어갔다는 것도 파악하고 있다.

감찰관 업무로서 비합법 조직으로부터 받은 금전, 식량은 몰수하지 않으면 안 된다.

뭐, 성의를 내보여도 여기서 베여 죽든가, 그라이제랑 함께 목이 날아갈 때까지 시간이 연장되든가 할 뿐이지만 말이다.

달콤한 말에 넘어가는 녀석이 나쁘다.

"그래서, 촌장님의 성의는 어느 정도가 됩니까? 부감찰관님은 성미가 급합니다."

"네, 넵. 반을 드리겠습니다. 그걸로 모쪼록 용서를."

지면에 이마를 문지르며 엎드려 비는 촌장. 하지만 성의의 액

수는 부족했다.

"반이라고? 그렇다면 나는 너의 반만 살려주도록 할까."

마리다가 성의 액수에 불만을 느끼고 촌장의 정수리에 대검 칼날을 얹었다.

"저, 전부 내겠습니다. 전부 드리겠습니다. 그러니까, 목숨만은 살려주시기를! 부탁드립니다!"

"노력하면 낼 수 있지 않습니까. 잘됐군요. 지금으로서는 몸이 반으로 갈라지지 않고 그칠 것 같습니다."

나는 엎드린 채 덜덜 떨면서 움츠러들어 있는 촌장의 어깨를 다시 가볍게 두드렸다.

"관대한 처치, 감사드립니다."

적발은 무사히 종료됐고, 촌장 일족은 전원이 포박당했으며, 마을에 잠복했던 잔당 100명도 도망치기 전에 포박당했다.

촌장 일족과 잔당을 연행하는 짐마차 줄을 마을 사람들이 불안하게 보고 있다.

"아~, 죄송합니다. 시끄럽게 해서 죄송합니다. 에란시아 제국에 대한 반란 용의로 촌장은 체포되었습니다. '용사의 검' 잔당도 체포했습니다."

술렁술렁하며 서로 이야기를 나누는 마을 사람들의 얼굴에 불안이 퍼졌다.

"아~, 안심해 주십시오. 이쪽 지시에 따르면 마을 사람들에게 연좌제는 적용되지 않으니 안심을."

"반란 용의…… 촌장이?"

"예, 그렇습니다. 당신들은 아무 걱정도 할 필요는 없습니다."
"참말인겨?"
"네. 하지만……"
나는 얼굴 가득 미소를 띤 표정에서, 단번에 표정을 굳게 다잡았다.
마을 사람들의 주목을 모아 불안을 조장하도록 일부러 침묵을 만들었다.
누군가가 침을 삼키는 소리가 들렸다. 그와 동시에 말하기 시작했다.
"촌장 일족 외에 에란시아 제국에 반란을 계획하는 사람은 없겠지요?"
"반란이라니 당치도 않아!"
"그럼 안심이군요."
마을 사람들한테서 안도의 목소리가 퍼졌다.
"그리고, 신앙의 자유는 지금까지와 마찬가지로 보장됩니다만, '용사의 검'은 신앙하는 것이 허용되지 않는 비합법 조직이 되었습니다. 이것만큼은 똑바로 지켜 주세요."
마을 사람들은 위아래로 기세 좋게 고개를 끄덕이며 대답해 주었다.
일단, 지휘관이 될 촌장 일족을 분리하여 농촌에서의 반란 봉기의 싹은 철저하게 잘라 두지 않으면 안 된다.
밖에 모여 있던 마을 사람들에게 전할 말은 전했기에, 이번 전격 강제 사찰의 공적자가 있는 곳으로 향했다.

"자, 너는 아버지를 판 노릇인데, 그걸로 일족 전원의 사형을 면할 수 있을 거라고 생각하나?"

내 말에 머리를 깊이 숙이는 촌장의 아들.

그는 이미 일가를 꾸려 다른 집에 살고 있었다.

이번 아버지의 반란 가담을 눈치채고, 와리드한테 내부 정보를 제공한 장본인이다.

자기 아버지가 영주의 감언이설에 넘어가 반란을 계획하여 비합법 조직을 마을에 받아들이고, 일족을 위험에 빠뜨린 것을 용서할 수 없었던 모양이다.

"아닙니다. 아들인 저도 연좌제로 사형을 받을 것으로 생각하고 있습니다."

평범한 농민인가 싶었는데, 수라장에서도 낯빛이 변하지 않는 이 남자는 실전에서도 비교적 쓸만한 녀석일지도 모른다.

"너의 일족을 사형에서 구하기 위한 조건은 하나. 다른 촌장과 프로이가 가문 당주 그라이제를 포박하기 위해 마을 사람들을 이끌고 감찰관 리제 폰 아르코의 지휘하에 들어가라. 반란을 일으키려 하는 자를 포박하는 것을 돕는다면, 너의 죄는 용서하지. 단, 네 아버지와 형제는 책임을 져 줘야 할 것이다."

"알겠습니다. 리제 님의 지휘하에 들어가 이 바프스트령에 있는 반란자들을 체포하겠습니다."

촌장의 아들은 배짱이 두둑한 모양이다. 아버지와 형제의 사형을 제시해도 낯빛이 변하지 않았다.

냉정하게 자기들 일족이 처한 상황을 파악하고, 아버지와 형제의 목숨보다도 우리한테 협력하여 일족의 연명을 도모하는 쪽을 선택한 모양이다.

"나를 배신하면 기다리고 있는 건 죽음이다. 우리의 정보망은 몸소 실감했겠지."

"옙! 배신을 획책하면 다음 날에는 저는 시체가 되어 있을 것입니다."

"그렇다. 그러니까, 반란자 사냥에 단단히 힘쓰도록."

집에 들어온 마리다가 내게 귀엣말했다.

"너무 무른 거다. 반란자의 아들이라고. 더 엄하게 처벌하지 않아도 괜찮은 것이냐?"

"괜찮습니다. 제가 신용한 자한테 배신당하면, 제 눈이 옹이구멍이었다는 것뿐입니다."

내 말을 들은 촌장의 아들이 고개를 번쩍 들고는 눈물을 왈칵 흘렸다.

사람을 이용하려면 마음을 사로잡는 것이 상책. 무엇이 사람의 마음을 사로잡느냐고?

그야, 신뢰와 칭찬이지. '맡기마. 책임은 내가 질 테니까 자유롭게 해라'와 '너한테 맡기길 잘했군'은 내가 샐러리맨 시절에 상사가 한 번도 해주지 않았던 말이다.

그 교훈을 토대로 촌장 아들한테는 기대를 부여해 두었다.

물론 눈치채지 않도록 배신 예방책만큼은 쳐 뒀다.

"알베르트 님! 감사합니다. 성심성의껏 일하도록 하겠습니다."

촌장의 아들은 집에서 나가더니 곧바로 마을 사람을 모아 무장

시키고, 리제의 지휘하에 들어갔다.

아르코 가문에 의한 프로이가 가문 강제 사찰은 신속하게 이루어져, 다음 날에는 반란을 계획했던 바프스트령 촌장 일족들 100명과 '용사의 검' 잔당 400명을 포박했다.

이만큼 신속하게 포박할 수 있었던 이유는 촌장 아들 군이 매우 유능한 지휘관이었기 때문이다.

반란자 사냥에 힘쓰라고 말했더니, 마구 힘썼다는 듯하다.

생각지 않은 장소에서 만난 재능이기에, 여러 가지로 뒤처리가 끝나면 면담해 보고자 생각한다.

전격 강제 사찰을 완수한 감찰관 리제한테 바프스트령을 맡기고, 우리는 약간명의 가신과 함께 도망친 그라이제 프로이가를 뒤쫓았다.

"자, 자, 도망칠 수 없는 거다!"

마리다가 혼자서 달려나가 기마로 도망치고 있는 그라이제의 가신들의 목을 날려 버렸다.

그 움직임은 목양견이 양 떼를 몰아가는 것만 같았다.

"선혈귀는 상대하지 마라. 알렉사 왕국에 들어가면 추격은 멈춘다!"

도망치는 그라이제는 탈락한 가신을 뒤돌아보려고도 하지 않고, 마리다의 추격을 뿌리치기 위해 속도를 높였다.

나는 달리는 마차 안에서 류미나스와 함께 그 모습을 보고 있다.

호위를 포함한 추격대는 10명 정도지만, 마리다가 있기에 20명 정도인 그라이제의 가신단에 질 일은 없다.

•

마차 속도를 높여, 추격 중인 마리다 옆에 붙어 말을 걸었다.

"마리다 님, 놀고 있을 시간은 없으니 얼른 해치워 주십시오. 요리를 먹는 데 늦고 말 겁니다."

가짜 내통 사자에 낚인 알렉사 왕국군이 도착하기 전까지 그라이제 처리를 끝내야만 하기에 시간을 들이고 있을 여유는 없는 것이다.

"그랬었지. 놀고 있을 시간은 없었던 거다!"

마리다가 품에서 끝이 뾰족한 막대기 형태의 철을 꺼냈다.

와리드를 비롯한 고슈토족이 호신용으로 사용하는 투척 무기를 마리다가 마음에 들어 했기에, 자기가 쓸 용으로 만들게 한 것이다.

내 기억에 의하면 막대 수리검이라는 닌자의 무기와 딱 같은 형상인데 말이지.

목표를 잘 겨냥한 마리다가 막대 수리검을 투척하자, 도망치는 그라이제 가문 가신의 등에 꽂혔고, 낙마하여 지면을 나뒹굴었다.

"모이지 마라! 뒤에서 저격당한다! 떨어져라!"

가신이 막대 수리검의 먹잇감이 되었다는 것을 안 그라이제가 산개를 지시했지만, 때는 이미 늦으리니.

"오라버니를 배신하는 녀석은 내가 절대로 용서하지 않겠느니라!"

"커헉!"

정확하게 던진 마리다의 막대 수리검이 그라이제의 후두부에 꽂혔다.

기마에서 떨어진 그라이제가 지면을 나뒹굴었다.

남은 가신들은 주군이 살해당한 복수를 하기 위해 마리다한테 덤벼들었지만, 대검의 먹잇감이 되어 지면에 쓰러졌다.

“후우, 끝난 거다.”

마리다를 따라잡은 고슈토족 호위가 지면에 떨어진 그라이제의 목을 잘라, 수급 통에 넣었다.

“아직입니다. 요리가 이쪽을 향해 오고 있으니, 늦지 않도록 서두르지요.”

“아버지의 전언으로는 알렉사 왕국군은 척후병도 내보내지 않고 잠복 지점에 접근하고 있다는 모양입니다.”

“전장에 늦어서는 안 된다! 휴식 없이 서두르는 거다! 그라이제의 가신들의 머리는 내버려 둬라!”

그라이제의 머리만 회수한 우리는 에르윈 가문 병사가 잠복 중인 지점으로 향했다.

“그후후, 맛있어 보이는 요리가 걷고 있구나. 실컷 먹어도 되는 것이냐?”

“예, 괜찮습니다. 철저하게 해주십시오. 티아나의 알렉사 왕국군이 없어지면 주변 영주는 에란시아 제국에 시비를 걸지 않게 될 터이기에.”

우리는 그라이제를 처리하고 그대로 이동을 계속하여 스라트령에 잠복한 에르윈 가문 군대와 합류했다.

지금은 알렉사 왕국군이 스라트령을 향해 가도로 진군하는 것을 내려다볼 수 있는 산 위에 숨어 있다.

적군은 와리드가 보낸 가짜 사자에 의해 스라트령에 아르코 가문 병사가 없고, 에르윈 가문 병사도 그라이제 토벌로 움직일 수 없다고 생각하여 진군하는 중이다.

그 때문에 협곡을 통과하는 좁고 험한 길인데도 주위에 척후를 보내 경계하는 기색조차 보이지 않았다.

"하아, 하아하아, 알베르트, 이제 해도 되냐? 너무 기다리면, 그 바보 아버지가 먼저 저질러 버릴 거래도."

특별 반성실의 후유증이 빠진 라토르가 눈 아래의 적을 덮치고 싶어서 눈에 핏발이 서 있다.

"라토르의 말대로인 거다. 반대편 산기슭에 진을 친 숙부님이 저렇게 맛있어 보이는 상대를 보고 와리드의 제지를 뿌리치는 광경이 눈에 떠오르느니라."

"예이예이, 알겠습니다요. 그러면, 작전 제1단계 개시!"

"좋아! 바위를 떨어뜨리는 거다! 적을 분단시켜라!"

전장에서도 잘 들리는 마리다의 호령에, 힘에 자신이 있는 귀인족이 좁은 길을 지나는 알렉사 왕국군을 향해 벼랑 위에서 바위를 밀어 떨어뜨렸다.

요란한 소리를 내며 벼랑을 굴러떨어져 가는 바위는 좁은 길을 지나가고 있던 알렉사 왕국군을 다섯으로 분단하는 데 성공했다.

"저, 적습! 적이 숨어 있다! 경계해라! 대열을 정비해라!"

"이쪽은 바위에 막혀 후퇴할 수 없습니다!"

"이쪽은 앞이 막혀 있습니다! 어디로 가면!"

스라트령으로 들어가는 가도 중에서도 가장 좁은 길이어서, 바위로 막힌 것 때문에 알렉사 왕국군은 움직일 수 없게 되었다.

"류미나스, 와리드한테 거울 통신을 부탁해."

"네, 바로 보내겠습니다."

류미나스가 반대편 산에 진을 친 브레스트 부대에 작전 개시를 알리기 위해 햇빛을 거울로 반사하여 잠복 지점에 신호를 보냈다.

곧바로 브레스트 부대가 배치를 완료하자, 불타는 물이라 불리는 석유가 든 항아리가 알렉사 왕국군한테 수많이 던져졌고, 동시에 불화살이 쏟아져 내렸다.

"불이다! 불타고 있어! 이대로는 불에 휩싸인다!"

"여기고 저기고 전부 불타고 있다고! 어디로 도망치란 거야!"

"후퇴해라! 후퇴!"

"멍청아, 물러나지 마라! 전진해라! 전진하는 것밖에 길은 없다!"

바위와 불로 길이 막혀 전진도 후퇴도 할 수 없는 알렉사 왕국군이 눈 아래에서 우왕좌왕하고 있는 게 보였다.

"잘 타는구나! 산의 민족들이 쓰고 있던 저 검은 물은 쓸만하겠군."

기세 좋게 불타는 검은 물은 산의 민족들이 자연히 솟아 나오고 있는 장소를 발견하여 불빛이나 연료로 쓰고 있는 것이다.

사이드 비즈니스를 생각할 때 와리드가 가지고 온 불타는 물의 존재를 알고, 이번 화공 계략에 이용했다.

"알베르트, 마리다 누님! 우리는 최후미의 적을 사냥하면 되는 거지!"

계략 성공을 본 라토르가 유일하게 도망칠 길이 있는 최후미의 적을 가리켜 출진을 촉구했다.

“아아, 해도 좋아. 마리다 님도 이번에는 우왕좌왕하며 도망치는 병사가 상대니까 할 수 있는 만큼 하고 와도 좋습니다.”

“아싸아아아아아아아아! 가자고, 너희들!”

“라토르, 다들, 적의 머리는 빠른 사람이 임자이니라! 먼저 가마!”

“마리다 누님, 치사하다고! 뒤처지지 마라! 전부 다 빼앗길 거다!”

“““오오!”””

귀인족 병사를 이끈 라토르가 마리다에 뒤이어 벼랑을 달려 내려갔다.

“우리는 이 자리에서 저격이다. 전원 활을 들고 마구 쏴.”

호위로 데리고 있는 류미나스와 고슈토족 사람들이 활을 들고, 불에 휩싸이지 않고자 이리저리 도망치는 알렉사 병사한테 화살의 비를 퍼부었다.

나 자신도 활을 손에 들고 화살을 메긴 뒤 적병을 향해 쐈다.

불화살을 다 쏜 브레스트 부대는 마리다와 라토르 부대와는 반대쪽인 선두를 나아가고 있던 부대에 공격을 개시한 모양이다.

불에 휩싸여 타죽어 가는 병사의 단말마의 외침과 귀인족 무기에 의해 베이고 갈라진 병사들한테서 내뿜어지는 악취가 협곡 안을 가득 메워 갔다.

“이 전투으로, 알렉사 왕국은 에르윈의 오니가 얼마나 무서운

지를 재인식하게 되겠지."

"네, 적어도 자츠바룸 지방의 영주들은 이 결과를 알고 에르윈 가문의 힘에 공포를 품지 않을까 생각합니다."

"반 오르그스 기운을 높이도록 이번 패전도 그의 탓이라는 소문을 퍼뜨려야겠어."

"네, 마르제 상회의 알렉사반이 이미 리셀 씨의 지시로 움직이고 있습니다."

역시나 리셀이라고 해야 하겠군. 알렉사 왕국을 둘로 분열시켜 약화시키고 싶은 내 의도를 헤아려 주고 있다.

"그런가, 그런가. 그건 좋은 일이야."

류미나스의 보고를 들으며 나는 화살을 쏘는 것을 멈추고, 귀인족한테 쉴 새 없이 공격받는 알렉사 왕국군한테 시선을 향했다.

※마리다 시점

"자 그럼, 맛있는 요리를 혼자서 독점해야만 하겠군. 아직 이 대검에 피를 더 먹여 줘야만 하는 거다."

병사들보다 앞서서 벼랑을 내려가, 알베르트와 류미나스, 고슈토족 병사들이 쏜 화살을 피하며, 좁은 길에서 도망쳐 온 적 병사의 모습을 보고 혀로 입술을 핥았다.

"핫하—! 마음껏 사냥인 거다! 내 검을 받아내고 싶은 자는 앞으로 나와라!"

"마리다 누님! 내 몫은 남겨 달라고!"

조금 늦게 벼랑 밑으로 온 라토르도 전투에 흥분하여, 적을 보는 눈이 충혈되어 있다.

이 모습이면, 병사들을 지휘하라고 알베르트한테 말을 들은 것도 잊고 있는 모양이군.

알베르트는 라토르를 장수로서 단련하고 싶다고 말했고, 내 수급 사냥을 방해시킬 수도 없는 노릇이다.

"라토르는 병사들을 이끌라는 말을 알베르트한테서 듣지 않았느냐. 농땡이 치면 특별 반성실행인 거다!"

"큭! 알베르트의 지시는 무시할 수 없어! 너희들, 여기는 마리다 누님한테 맡기고 우리는 적의 탈출로를 먼저 막는다!"

라토르는 요전의 특별 반성실 입실이 꽤 넌더리가 난 모양이군. 파래진 얼굴로 허겁지겁 병사들을 지휘하며 탈출로 봉쇄를 시작한 모양이다.

"좋은 판단이니라! 그쪽으로 몰아 줄 테니까 기다리고 있어라!"

대검을 어깨에 걸머지고, 도망치는 적 병사들 앞에 나섰다.

"나는 에란시아 제국 여남작 마리다 폰 에르윈이니라! 실력에 자신이 있는 자는 앞으로 나와라!"

"선혈귀 마리다! 그쪽은 선혈귀 마리다가 있다고!"

"저런 게 있으면 여기서는 도망칠 수 없잖아!"

"다, 다른 길을 찾아라! 멍청아! 밀지 마라! 선혈귀가 있다고! 물러나!"

이쪽의 모습을 본 적 병사들이 도망치는 발걸음을 멈추고 겁을 먹은 표정을 보였다.

알렉사 남자들은 기골이 없구만. 싸우기 전부터 도망치려는 녀석들뿐인 거다. 이래서는 이번에도 어중간하게 될 것 같군.

"하아~, 망할 조무래기밖에 없구나. 맛있는 요리라는 말을 듣고 먼 길을 일부러 달려온 나의 낙담을 그대들이 알겠느——냐!"

다른 길로 도망치고자 움직임을 멈추고 있던 기사한테 달려들고는, 상단에서 검을 내리쳤다.

갑옷으로 몸을 감싼 기사째로 둘로 갈라 베었다.

아무것도 하지 못하고 두 쪽으로 갈라져 절명한 기사의 몸을 그의 동료 쪽으로 걷어차 날렸다.

대검에 묻은 피를 검을 휘둘러 떨어뜨리고는, 적 병사에게 들이밀었다.

"나는 매우 실망하고 있다! 그러고도 싸우기 위해 소집된 병사인가! 적에게 겁을 먹고, 도망치려고 하는 건 괘씸하다! 내가 그 근성을 바로잡아 주겠느니라!"

검을 들고 숨을 멈춘 채 달려나가, 20~30명의 적 병사 집단에 단숨에 접근했다.

그대로 대검의 칼날이 닿는 범위에 있던 병사들의 몸통을 횡으로 후려 베며 양단했다.

코를 찌를 듯한 피와 오물 냄새가 주위에 퍼졌다.

"히익! 악마다! 악마가 있어!"

"죽이지 말아 줘! 부탁이야! 고향에는 가족이!"

"거짓말이다! 거짓말이야! 거짓말이라고! 이런 생물이 존재해도 괜찮을 리가 없어!"

눈앞에서 집단째로 동료가 베여 지면에 쓰러진 것을 본 적 병사들이 울부짖으면서 뒷걸음질 쳤다.

"다음은 누가 내 사냥감이 될 것이냐?"

주위의 적 병사들에게 시선을 보내자, 모두가 고개를 가로저었다.

싸우는 맛이 없구나! 알렉사 녀석들은 제법 질이 낮아졌군.

"재미없는 거다! 찌릿찌릿할 정도의 용사는 없는 것이더냐아!"

움찔거리는 병사들을 밀어 헤치다시피 하며, 몸집이 매우 큰 병사가 앞으로 나왔다.

"네가 선혈귀인가! 겨우 전장에서 만날 수 있었구나."

거대한 금속 망치를 든 커다란 남자는 아인이었다.

저 커다란 몸을 보건대, 에란시아 제국 북부의 거인족 출신이려나. 제국에서 문제를 일으키고 도망쳐, 용병으로 알렉사에 있던 녀석을 병사로 고용한 것일지도 모르겠군.

"내가 선혈귀 마리다 폰 에르윈이 틀림없느니라."

"네 목을 베면 나는 일약 영주님이다! 그 목, 이 거대한 망치의 돈마가 받아 가겠다!"

같은 나라 출신이라 하더라도, 전장에서 적이 되면 전투를 사양하는 건 실례고, 저 모습이라면 다소는 할 수 있겠군.

싸우는 맛이 있을 것 같은 상대의 출현에 입가에 미소가 지어졌다.

"내 목을 베기에는 실력이 좀 부족해 보인다만, 잠깐 놀아 주도록 하마. 어디, 도망이라고 했던가?"

"돈마다!"

노기를 보인 돈마가 커다란 금속 망치를 내리쳤다.

속도는 빨랐지만, 단조로운 내려치기였기에 약간의 몸의 움직임으로 피했따.

"날카로운 휘두르기다만, 그래서는 나는 잡을 수 없는 거다. 자, 더 와 봐라."

상대를 도발하기 위해 지면에 꽂은 대검에 몸을 기댔다.

격앙한 돈마가 다시 금속 망치를 크게 휘둘러 올렸다.

"얕보는 거냐! 이 자식!"

"나는 여인이다! 자식이 아니니라! 말조심하거라!"

휘둘러 올리느라 텅텅 빈 돈마의 얼굴을 구타했다.

"케흐윽!"

턱뼈가 부서지는 감촉과 함께, 금속 망치를 들어 올리고 있던 돈마의 균형이 무너졌다.

"아직 쓰러져서는 안 되느니라! 자, 똑바로 서라!"

쓰러지려던 돈마의 목덜미를 붙잡고 이쪽으로 끌어당긴 뒤 복부에 무릎 차기를 꽂아 넣었다.

"케학!"

복부에 내 무릎 차기를 맞은 돈마의 입에서 대량의 피와 위액이 섞인 것이 토해져 나왔다.

"내 목을 사냥하지 않으면 영주는 될 수 없다고. 더 힘내라!"

"히 항할 혀히히! 후혀 후하!" (이 망할 년이이! 죽여 주마!)

분노를 보이며 눈에 핏발이 선 돈마가 확실하게 맞히기 위해 금속 망치를 횡으로 휘둘렀다.

"턱이 부서져서 말을 제대로 할 수 없는 모양이다만, 지금 건 나에 대한 폭언이니라. 나에 대한 폭언은 만 번 죽어 마땅하다는 걸 알아라!"

돈마가 전력으로 횡으로 휘두른 금속 망치를 맨손으로 가볍게 받아냈다.

"헤후히햐?!" (괴물이냐?!)

"힘이 들어가지 않은 공격 따위, 나한테는 통하지 않는 거다! 어리석은 놈!"

상대의 금속 망치를 빼앗아 그대로 쥐어 으스러뜨린 뒤 둥글게 뭉쳐 공 모양으로 만들고는 있는 힘껏 걷어찼다.

걷어차인 금속 공은 돈마의 몸에 바람구멍을 내고, 뒤에 있던 병사 수십 명의 목숨도 같이 빼앗아 벼랑에 처박혔다.

"이, 인간이 아니야! 역시 인간이 아니라고! 악마다! 사신의 사도가 분명해! 도망치는 게 이기는 거다! 상대하지 마라!"

"저쪽에서 브로리슈 후작님이 패주 중인 아군 병사를 모으고 계신다는 듯하다! 그쪽에 합류하면 살 수 있을 거다! 서둘러라! 선혈귀는 무시해라!"

겁을 먹고 움직일 수 없게 된 알렉사 병사한테 외친 건 동원된 국경 영주로 보이는 남자였다.

남자가 가리킨 곳에는 알렉사 왕국군의 대장기가 나부끼고 있는 게 보였다.

아무래도 라토르가 이끈 병사들이 탈출로를 먼저 막았기 때문에 이탈하지 못하고 있는 기색이었다.

"호오, 대장은 저긴가. 그러면 일대일로 겨루어서 목을 받아가도록 할까! 대장의 목을 가지고 가면 알베르트도 오라버니도 기뻐해 주겠지!"

지면에 꽂아 뒀던 대검을 뽑고 대장기를 향해 낙석으로 떨어진 위를 피하면서, 방해되는 적 병사를 해치우며 돌진했다.

도망치는 적 병사들을 횡으로 후려쳐 쓸어버리고, 대장기에 다가가자 화려한 갑옷을 입고 말에 올라탄 남자의 모습이 보이기 시작했다.

"나는 에란시아 제국 여남작, 마리다 폰 에르윈이니라! 거기 기마에 탄 기사한테 일대일 전투를 소망한다!"

나를 막으려고 한 호위 기사를 향해 허벅지에서 꺼낸 막대기 형태의 철 수리검을 던졌다.

막대 형태 수리검은 호위 기사의 목덜미에 꽂혔고, 기세 좋게 피를 뿜어내며 지면에 쓰러졌다.

"적장 습격! 브로리슈 후작님을 지켜라! 접근시키지 마라! 쫓아내라!"

호위 기사들의 지시로 주위의 병사들이 무기를 들고 덤벼들었다.

역시나 대장 근처에 있는 병사는 숙련도가 높군. 대장을 지키려고, 도망치지 않고 내게 덤벼 온다.

이제야 겨우 느낄 수 있게 된 살기에, 몸이 반응하여 뺨이 홍조되는 것을 느꼈다.

"핫하—! 이거야말로 전투인 거다! 자, 내게 덤벼 오거라! 나를 막지 못하면 대장의 머리는 없어질 것이니라! 그렇게 되면 이 전투는 알렉사의 패배다!"

이쪽의 말에 적이 내뿜는 살기가 늘어나, 피부가 찌릿해졌다.

"전장은 이래야만 하느니라! 자, 힘내서 적을 베는 거다!"

대검을 다시 쥐고 이쪽을 향해 온 적 병사를 횡으로 후려쳐 베었다.

한 번 후릴 때마다 수 명의 병사가 날아가고, 내장을 흩뿌리며 지면을 나뒹굴었다.

눈 깜짝할 사이에 주위에는 많이 맡아 익숙해진 피와 오물 냄새가 충만했다.

"나는 전투를 아주 좋아하느니라아아아아! 내가 더욱더 벨 수 있게끔 해라!"

내가 대장기에 가까워질 때마다 적 병사의 비명과 함께 피의 분수가 계속해서 솟구쳐 올랐다.

"큭! 빨리 막아라! 내가 죽으면 알렉사 왕국군이 괴멸한다!"

브로리슈 후작이라 생각되는 말 위의 기사는 병사를 지휘하면서 탈출 기회를 엿보고 있는 낌새였다.

중요하디 중요한 대장의 머리를 내가 놓칠 리가 없지 않으냐.

가까이 다가온 적 병사의 몸을 발판 삼아 허공에 떠오른 뒤, 단숨에 브로리슈 후작의 앞으로 나섰다.

"놓치지 않겠느니라! 그 목, 받았다아아아아아아아!"

"히익! 빨리 쫓아내라! 나는 여기서 죽——."

호위 병사가 가까이 오기 전에 대검을 상단으로 휘둘러 올리고는, 그대로 말의 머리를 둘로 양단했다.

말이 베여 지면에 내동댕이쳐진 브로리슈 후작의 목에 대검을 들이댔다.

"움직이지 마라! 움직이면 브로리슈 후작의 목을 벨 것이니라!"

한순간의 틈으로 총대장을 인질로 잡힌 알렉사 병사들은 움직임을 멈췄다.

아무래도 몸 상태가 그다지 좋지 않은 모양이군. 브로리슈 후작을 말째로 베려던 것이, 빗맞아 버렸다.

전투 전에는 아무렇지도 않았는데, 설마 식중독이려나……. 이건 움직일 수 없게 되기 전에 목을 가지고 돌아가야만 하겠군.

탈출로를 막은 라토르까지는 멀지만, 숙부님의 병사들은 불길에 가려서 움직임이 보이지 않는다.

"사, 살려다오! 몸값이라면 내겠다. 부탁이다——."

"브로리슈 후작이 죽는 걸 바라지 않는다면 길을 열어라!"

지면에 나뒹굴고 있던 브로리슈 후작을 일으켜 세워, 목에 대검을 들이댄 채 적 병사 사이로 벌어진 길을 나아갔다.

"이상한 생각을 하면 그대들의 총대장의 머리가 곧바로 떨어질 것이니라!"

"마리다 경의 말을 들어라! 움직이지 말고 지켜보는 거다. 내 목숨이 걸려 있다!"

인질인 브로리슈 후작도 살고 싶은 일념으로 병사들한테 움직이지 말라고 지시를 내렸다.

이대로 라토르 쪽으로 향하여 합류하면 어떻게든 되겠군.

힐끔힐끔 주위에 시선을 보내며, 인질과 함께 적 병사 가운데에서 빠져나갔다.

등 뒤에 살기를 느끼고 인질과 함께 뒤돌아보자, 브로리슈 후작의 몸에 화살이 꽂혔다.

"으윽."

심장에 꽂히고 말았군. 아군한테 죽을 줄이야.

화살이 맞은 곳이 좋지 않았던 브로리슈 후작은 몸에서 힘이 빠지고 절명했다.

"자기 군의 총대장을 죽이는 병사가 있을 줄이야. 정말로 유감이니라."

볼일이 없어진 브로리슈 후작의 머리만 잘라서 팔에 안고, 몸을 내던진 뒤 동요하는 적 병사들 가운데를 달려나갔다.

"쪼, 쫓아라! 브로리슈 후작의 머리를 되찾는 거다!"

정신을 차린 호위 기사가 병사들에게 추격 지시를 내렸다.

쉽게는 보내주지 않는가. 몸의 움직임이 갑자기 나빠지기 시작했고, 빨리 돌아가야만 하겠군.

바싹 뒤쫓아오는 적 병사를 향해 막대 형태 수리검을 투척하여 추격을 늦췄다.

달릴 때마다 몸의 움직임이 나빠지고, 구역질까지 치밀어 오르게 되었다.

지금까지 느낀 적 없을 정도의 상태 불량이군. 나는 뭔가 나쁜 병에 걸린 건가…….

휘청이는 몸과 일그러지는 시야에, 전장에서 처음으로 초조함을 느끼기 시작했다.

조금만 더 가면 라토르와 합류할 수 있다. 거기까지 가면——.

에르윈 가문의 깃발은 어디냐!

추격을 격퇴하며 계속 달리는 와중에, 시야에 에르윈 가문의 깃발이 들어왔다.

깃발이 보인 안도감 때문인지, 다리가 꼬여 비틀거렸다.

"탈출로를 막는 데 전념하라는 말을 들었으니까 손대지 않고 멀리서 보고 있었는데, 마리다 누님치고는 움직임이 너무 나쁘잖아!"

라토르가 적 병사를 해치우며 달려오는 게 보였다. 이미 몸은 납처럼 무거워서 서 있는 게 고작이었다.

"오랜만의 본격적인 전투라 너무 들떴던 모양이다! 조금, 지쳤으니까 나머지는 라토르한테 양보해 주마."

"진짜냐고! 마리다 누님이 전장에서 싸우지 않는 건가?! 정말로 내가 해도 되는 거냐고!"

적 병사를 해치우며 에르윈 가문이 제압한 장소에 들어가자, 체력의 한계를 느끼고 지면에 주저앉았다.

"나는 대장의 머리를 가지고 왔으니까 말이니라!"

소중히 끌어안고 온 브로리슈 후작의 머리를 라토르한테 보여줘서 몸 상태가 불량한 건을 추궁당하지 않도록 했다.

"크으으으! 총대장의 머리냐고! 나도 돌격할 수 있었다면 딸 수 있었는데 말이지!"

"라토르가 병사들한테 탈출로를 막게 시켰으니까, 머리를 딸 수 있었다는 점은 인정해 주마. 그러니 이제부터는 내가 병사들을 지휘하겠다. 라토르는 전장에서 적의 머리를 베고 와라!"
"진짜로 그래도 괜찮아?! 마리다 누님의 지시니까, 해도 되는 거지?"
"괜찮다, 허락하지."
"아싸아아아아아아! 그럼, 잠깐 머리를 사냥하고 오겠어! 지휘는 부탁해!"
배틀 액스를 양손에 든 라토르가 탈출로를 찾아 헤매는 적 병사들 무리 속으로 돌격했다.
후우, 몸 상태가 좋지 않은 건은 들키지 않고 그쳤군. 어설프게 알베르트한테 보고라도 들어갔다간, 전투에 나갈수 없게 되고 만다.
"거기, 나를 좀 부축해라."
가까이에 있던 병사한테 말을 걸어 부축을 받고 일어서서, 병사를 지휘하기 위해 시야가 트인 장소로 이동했다.

※알베르트 시점

전투는 일몰 전에 종결되어 알렉사 왕국군은 심대한 피해를 내면서도 혈로를 열어 퇴각했다.
적의 피해는 전사자 659명, 포로 312명, 영주 클래스의 수급 3개, 농민병 지휘관 클래스의 수급 8개, 그리고 총대장으로서 병사를 이끌었던 브로리슈 후작의 수급도 취했다.
동원한 2,000명 중 반수 이상이 전사하거나 포로가 되어 괴멸이라고 할 수 있는 손해를 주었다.

이쪽의 피해는 전사자 0명, 중상 3명, 경상 15명이었다.

길이 끊기고 벼랑 위에서의 저격에 신경을 빼앗겨 귀인족한테 죽은 자도 많았지만, 불에 휩싸여 소사(燒死)한 자도 반을 차지했고, 이쪽의 피해는 경미했다.

알렉사군 괴멸에 의한 전쟁 종결로 '용사의 검' 잔당과 반란 세력은 에란시아 제국 영내에서 완전히 배제되었다.

그리고 '용사의 검'과의 전투의 수지 보고서가 이쪽이 된다.

대(對) '용사의 검' 수지 보고서

지출

산의 민족에 준 선물 비용 250만 엔

와리드에게 준 정보 공작 비용 2,980만 엔

산데르 신전장에게 준 공작 비용 4,580만 엔

마르제 상회원 채용 비용 3,420만 엔

산의 민족에 대한 지원 비용 2억 5,000만 엔

출병 비용 3,670만 엔

손모(損耗) 물품 보충 비용 1,240만 엔

수입

'용사의 검'의 재보 및 프로이가 가문에서 접수한 물자 5억 3,423만 엔

알렉사 왕국 노획 물자 매각 대금 3,280만 엔

수지 총계 : +1억 5,563만 엔

뭐, 이런 느낌으로 지출은 많았지만 1억 5,000만 엔 이상의 이익이 났다.

'용사의 검'에 대한 대응을 방치하고 산의 민족과 전쟁을 벌였다면 적자 정도가 아니라 에르윈 가문 자체가 뒤집혔을지도 모른다.

그래도 사전에 정보를 캐치한 덕분에 산의 민족과의 사이에서 강한 인연을 만들 수 있었다.

그들과의 인연으로 새로운 산물(産物)을 만들어 낼 수도 있었으니, 에르윈 가문은 한층 더 강해져 갈 터다.

"알베르트, 지금 돌아온 거다."

전투가 끝나고 천막으로 돌아온 마리다는 적의 선혈로 물들어 새빨갰다.

"수고했습니다. 마리다 님을 비롯한 모두의 힘으로 아군은 대승리해서——."

귀환한 마리다가 손으로 입을 막더니, 지면에 무릎을 꿇고 토사물을 쏟아 냈다.

"마리다 님?! 무슨 일입니까?! 어이! 누가 좀 와줘! 마리다 님의 상태가 이상하다!"

"기분이 나쁜 거다……"

겉으로 보기에는 외상은 없다! 그렇다고 한다면 무언가 병인가?! 무슨 감염병에 걸린 건가?! 어떻게 하면 좋지! 젠장!

"누가 좀, 부탁한다, 빨리 와줘!"

동요한 나는 피투성이인 마리다를 끌어안고 누군가를 부르는 것이 고작이었다.

※오르그스 시점

후계자로서의 내 자질을 묻는 목소리에서 멀어지기 위해 왕도를 나와, 외국 출정 지휘를 하기 위해 찾아온 티아나는 소란스러운 분위기에 감싸였다.

프로이가 가문의 배반에 호응하여 아르코 가문의 스라트령을 공격했을 터인 알렉사 왕국군이 너덜너덜해져서 귀환했기 때문이다.

"어, 어떻게 된 거냐……. 이야기가 다르지 않나!"

"돌아온 자의 이야기로는, 스라트령에 들어가기 직전의 좁은 길에서 잠복하던 에르윈 가문한테 바위로 진군로와 퇴로가 막히고, 화공을 당하고, 기습당했다고 합니다. 브로리슈 후작의 생사불명, 자츠바룸 지방 영주들도 수 명이 행방을 알 수 없는 상태. 병사는 반수 이상이 전사하거나 포로가 되었고, 탈주했다고 합니다……."

"병사의 반수 이상이라고……. 괴멸이지 않나……."

"정말로 유감이지만 저희의 계책은 에르윈 가문 측에 훤히 새어 들어갔던 모양입니다. 프로이가 가문 당주가 반란 용의로 이미 목이 날아갔다는 소문이 흐르기 시작하고 있습니다."

역시 국경 영주 정도로는 도움이 되지 않았나……. 그런 이야기는 무시해야만 했다.

남의 일처럼 보고하는 자잔의 말에 짜증이 치밀었지만, 그 이상으로 에란시아 제국의 공격을 받는 것 아닐까 하는 공포로 다리의 떨림이 멈추지 않는다.

숙소로 쓰고 있는 방에, 머리 보관함을 든 시종이 뛰어 들어왔다.

"크, 큰일입니다! 오르그스 전하에게, 라고 적힌 수급 통이 발견되었습니다!"

"수급 통이라고?!"

"여시겠습니까?"

안 좋은 예감이 들었지만, 수급 통을 열지 않으면 더욱 성가신 일이 일어날 것 같은 느낌이 들었다.

"신중하게 열어라."

시종들에게 수급 통을 열게 했다.

안에는 신탁의 용사를 자칭한 브리치가 쓰고 있던 황금 투구와 서한이 들어있었다.

"망할 놈이! 일부러 이쪽을 위협하기 위해 친절하게도 보낸 건가!"

수급 통을 걷어차자 피투성이 황금 투구가 실내를 나뒹굴었다.

"서한을 읽으시겠습니까?"

자잔이 바닥에 떨어진 서한을 내밀었다. 빼앗아 들고는 봉납을 뜯어 서한을 펼쳤다.

내용을 읽어 나가자, 굴욕으로 피가 역류할 것만 같아졌다.

내가 추방으로 몰아넣은 예지의 지보 알베르트한테서 온 서한이었다.

서한에는 내가 알렉사에서 추방한 것에 감사하고 있다고까지 적혀 있다.

그리고 가까운 시일 내에 알베르트가 에르윈 가문의 오니들을 이끌고 이 티아나의 땅을 받아 갈 것이며, 다음은 내가 바닥에 있는 피로 칠해진 황금 투구처럼 될 거라고까지 적혀 있었다.

"망할 놈이이이이이!"

"무, 무슨 내용이 적혀 있――."

"시끄럽다! 닥쳐라! 이번 출정에 관해 말하고 싶은 건 산더미처럼 있다만, 지금은 티아나의 방비 체제를 정비하는 편이 선결이겠지! 남부의 코르시 지방 귀족한테도 티아나 방어 동원령을 내려라."

"남부 귀족들도 말입니까?! 전하에 대한 반발이 한층 강해질 것입니다만?!"

"티아나를 방어할 병사가 부족하잖냐! 그 정도는 알고 있잖냐! 나를 죽일 생각이냐!"

"그렇다면 오르그스 전하는 왕도로 돌아가시는 편이 좋지 않을까 합니다. 티아나 방어는 제가 목숨을 걸고 완수하겠으니."

자잔은 머리를 지면에 조아리며 티아나 방어를 자진하여 떠맡아 주었지만, 외국 출정에 두 번이나 대패한 내가 왕도에 돌아갈 수 있을 리가 없다는 것 정도는 뻔히 알고 있을 터다.

돌아갔다간 그 첩출 자식이 또 히죽거리는 얼굴로 나를 힐책할 것이고, 귀족들도 그에 동조할 것이다.

추궁을 받아 외국 출정에 실패했다는 말을 하기라도 한다면, 신뢰를 잃어 가고 있는 아버지한테서 폐적당할지도 모른다.

그러니 결과를 낼 때까지는 왕도에 돌아가는 것 따위 불가능한 것이다!

"시끄럽다! 너 따위한테 티아나 방어를 맡길 수 있겠냐! 내가 말하는 대로, 얼른 코르시 지방 귀족들한테 동원 서한을 보내라! 기일까지 티아나에 병사를 보내지 않는 자는 왕국에 대한 반란을 계획하는 자로서 토벌을 받을 것이라고 덧붙여라!"

"네, 넵. 곧바로 그 내용으로 보내겠습니다."

나는 손에 들고 있던 알베르트의 서한을 찢어 버리고는, 멋대로 덜덜 떨리는 다리를 자신의 주먹으로 쳤다.

제11장 ♥ 아버지가 될 결의

제국력 260년 황옥월(黃玉月)(11월)

알렉사 왕국군을 이끈 브로리슈 후작을 협곡에서 격퇴한 전투 뒤, 마리다가 몸 상태 불량으로 쓰러졌다.

원인은 불명이다. 기분이 나쁜 것과 식욕이 없는 것을 호소하고 있다.

그리고 신 것을 몹시 원하기 시작했다.

원인 불명이기에, 브레스트와 라토르한테 전장 처리를 맡기고 나는 마리다를 데리고 애슐리성으로 돌아왔다.

또한, 통치자가 없어진 바프스트령은 마왕 폐하가 임명한 대관이 파견되어 올 때까지 임시로 감찰관 리제가 대행 업무를 하고 있다.

"알베르트…… 나는 죽고 마는 것이냐…… 우읍. 괴로운 거다."

마차로 귀환하는 중, 먹고는 구토하기를 반복하여 마리다는 야윈 얼굴이었다.

그동안 계속 등을 문질러 주는 것밖에 할 수 없었다.

무슨 병이지! 젠장, 약도 듣지 않는 것 같고, 아내가 괴로워하고 있는데도 아무것도 할 수 없다니…… 이쪽도 괴롭다.

"괜찮습니다, 제가 절대로 죽게 하지 않을 겁니다!"

괴로워 보이는 표정을 짓는 마리다의 손을 강하게 꼭 잡았다.

"알베르트 님! 프레이 님이 마리다 님의 몸 상태가 좋지 않은 원인을 아신다고 하셔서 모셔 왔습니다!"

침실로 뛰어들어온 것은 병의 원인을 조사하고 있던 리셸이다.

뒤에는 브레스트의 아내인 프레이의 모습이 있다.

"정말이야?! 마리다 님의 병은 낫는 건가!"

내 어깨에 손을 올려놓은 프레이가 생긋 웃었다.

"낫고 자시고, 마리다의 그건 병이 아니야."

병이 아니다? 이만큼 괴로워하는 듯이 보이는데도?

"마리다, 최근 달거리는 왔어?"

"달거리라. 으음~, 그러니까."

마리다가 손가락을 꼽으며 세어 갔다.

프레이의 질문 내용에 마리다의 몸이 좋지 않은 원인이 뇌리에 떠올랐다.

그런가! 전투 후에 쓰러졌다고는 해도 그런 간단한 것도 잊고 있었다니!

"그랬습니까! 알베르트 님이 동요하고 있었던 데 영향을 받아 저도 잊고 있었습니다! 마리다 님! 축하드려요! 이건 곧바로 몸을 차게 하지 않는 옷을 만들게 해야겠네요! 바느질 담당인 아이들한테 부탁하고 오겠습니다!"

리셸도 마리다가 어떤 상태인지 알아차린 모양이라, 방에서 뛰쳐나갔다.

"뭐냐? 리셸 녀석, 어떻게 된 거지?"

본인은 아직 자신의 상태를 인식하지 못한 듯하다.

"마리다 님, 병이 아니라 제 아이를 회임하신 겁니다. 여기에 아이가 깃들어 있습니다."

나는 부드럽게 마리다의 배에 손을 댔다.

배는 아직 눈에 띄게 커지지는 않은 채였다.

"뭐뭐뭐뭐, 뭣이라———! 나는 임신한 건가!"

축 늘어져 있던 마리다였으나, 병이 아니라 임신임을 알자 펄쩍 뛰어올랐다.

"마리다 님, 격렬한 움직임은 엄금입니다!"

나는 황급히 마리다를 꽉 껴안아 움직이지 못하게 했다.

"그런 거야. 이건 바로 아렉시아스 신전의 신전장한테 전해서, 무사 출산을 기도하지 않으면 안 되겠네. 이건 바빠지겠어."

프레이의 시선이 이쪽으로 향했다.

"서방님이 힘내야만 하는데 말이지~. 알베르트, 열심히 노력해서 공물을 잡아 오렴."

"예? 공물이라니 뭡니까?"

프레이의 말에, 내 머리에 ? 마크가 떠올랐지만, 그 답을 알기까지는 약간의 시간이 걸렸다.

마리다의 회임이 알려지고 5일. 나는 전장 처리를 아들인 라토르한테 맡기고 급하게 돌아온 브레스트와 함께 영내의 동굴에 있었다.

어째서 이런 곳에 있는가 하면—— 마리다의 무사 출산을 기도하며 아렉시아스 신전에 바칠 공물을 잡으러 온 것이다.

"아니아니, 그 마리다가 회임할 줄이야! 알베르트도 지나치게 힘냈구만. 와하하.”

브레스트가 등을 팡팡 두드렸지만, 나로서는 중요한 아내와의 사이에서 생긴 첫 아이이기에 무사히 태어나 줬으면 하는 마음으로 가득하다.

“저의 첫 아이니 마리다 님도 무사하고, 아이도 무사히 태어나 줬으면 하는 겁니다. 그래서, 이 동굴에서 공물을 잡아 오라고 하던데, 대체 뭘 잡는 겁니까?”

“그건 도착하고 나서의 즐거움이다.”

몇 번이나 귀인족 사람이나 아렉시아스 신전 관계자한테 공물이 뭔지를 물었지만, 아무도 나한테 알려주지 않았고 동행인이라는 것으로 함께 온 브레스트도 알려주지 않았다.

다만, 완전무장하고 오라는 말을 들은 것과 전투의 신으로 모셔지고 있는 아렉시아스이기에 무언가와 싸우는 것이리라는 예상은 하고 있다.

대체 무엇과 싸우게 되는 걸까……. 귀인족이 겨우 이길 수 있는 녀석 같은 건 무리라고.

아니, 그래도 아내와 아이의 무사를 기도하는 공물이라면 힘내지 않으면 안 되나!

횃불을 들고 앞을 나아가는 브레스트 뒤를 따라 동굴을 나아가자, 넓은 공동에 도착했다.

“다 왔다. 여기가 전투의 신 아렉시아스 님에게 바칠 공물을 잡는 장소다.”

그렇게 말한 브레스트가 설치되어 있던 화톳불에 장작을 넣어 잇따라 불을 켰다.

화톳불 불빛이 안까지 닿지 않는 걸 보면, 꽤 넓은 장소군…….

게다가 어째 몹시 냄새난다만.

화톳불의 불빛이 흔들려, 넓은 공동 안에는 내 그림자가 흔들리고 있다.

"슬슬 뭘 공물로 삼는 건지 알려줄 수 있겠습니까?"

화톳불에 불을 다 붙이고 바위에 앉은 브레스트한테 자기가 무엇을 하게 되는지를 물었다.

"기다려, 기다려라. 곧 녀석들이 온다. 4~5마리 정도 잡으면 된다고. 내가 라토르를 위해서 왔을 때는──."

4~5마리라니, 역시 뭔가를 쓰러뜨려야 하는 거군…….

나는 허리에 찬 검에 손을 대고, 주위 낌새에 신경을 예민하게 집중했다.

평범하게 검술 수행도 해 왔지만, 귀인족 같은 단련 방법은 하지 않았기에 불안밖에 없다.

불빛이 닿지 않는 안쪽에서 무언가가 지면을 기는 소리가 들려왔다.

"온 듯하군. 녀석들은 덤벼들기 전에 몸을 치켜세우니까, 그때 목을 베어 떨어뜨려라."

그러니까, 그 녀석들이라는 게 뭐냐 이 말입니다!

소리가 가까워지고 있기에 말소리를 내서 반론하지는 않고, 검을 천천히 뽑아 자세를 취했다.

일렁일렁 흔들리는 화톳불 불빛이 닿는 범위에 소리의 주인이

모습을 나타냈다.

커! 너무 크잖아! 실화냐!

소리의 주인은 갈색 비늘로 몸을 감싼, 사람보다도 커다란 뱀이었다.

이쪽을 적이나 먹이로 인식한 모양이라, 혀를 내밀어 위협하는 소리를 내기 시작했다.

"오오, 커다란 놈이 나왔구만. 최근에는 큰 게 줄어들었었는데, 역시나 알베르트다. 대사(大蛇)의 목을 공물로 바치면 전투의 신 아렉시아스 님도 기뻐하시면서 마리다와 아이한테 축복을 내려줄 거다! 힘내라고!"

크윽! 아내랑 아이의 무사함을 위해서라면 커다란 뱀을 사냥하는 육체노동도 해주겠어!

위협음이 높아지고, 커다란 뱀이 몸을 치켜세우기 시작했다.

오, 온다! 그전──

이쪽의 예상 이상으로 빠르게, 커다란 뱀이 입을 크게 벌리고 덤벼들었다.

순간적으로 몸을 날려 피했지만, 뱀의 아래턱이 갑옷 어깨 부분을 스쳐 어깨 보호대 일부가 날아갔다.

"큭! 빨라!"

"멍하게 있으면 잡아먹힌다고!"

브레스트의 목소리에 커다란 뱀의 위협음이 다시 커지더니 몸이 솟아올랐다.

내 기량으로는 저 속도를 뛰어넘어 선제공격하는 건 불가능하다. 그렇다면——.

물어뜯고자 덤벼든 뱀의 입을 피하고, 손에 든 검으로 베어 올렸다.

비늘을 관통하고, 검의 칼날 끝이 커다란 뱀의 목을 잘라 떨어뜨렸다. 비린내 나는 피가 내 몸에 쏟아졌다.

"오오! 제법 하잖냐! 하지만 말이다, 그 녀석들은——."

지면에 털썩 떨어진 커다란 뱀의 머리와 동체에서 흘러나온 피 냄새가 공동 안을 가득 채워 나갔다.

불빛이 닿지 않는 안쪽에서 무언가가 기는 소리가 단숨에 늘었다.

"동료의 피 냄새에 민감해서 말이다. 동료의 피를 뒤집어쓴 녀석을 습격한다고."

헉! 그런 말은 듣지 못했는데요! 방금 엄청나게 뒤집어썼습니다만!

"여기서부터가 진짜다. 알베르트, 힘내라! 죽지 마라!"

"마리다 님과 태어날 아이를 위해, 죽을 수 없단 말입니다!"

어둠 안쪽에서 복수의 기어오는 소리가 들려왔나 싶더니만, 복수의 커다란 뱀의 모습이 불빛에 비추어졌다.

왔다! 몇 마리지?!

조금 전 녀석보다는 작지만, 15마리 이상의 커다란 뱀이 위협음을 내며 몸을 치켜세웠다.

너무 좀 많지 않습니까?! 은근히 난이도가 무리 수준인 게임 같은 느낌이 듭니다만!

“대사의 머리가 많을수록, 전투의 신 아렉시아스 님은 아내와 아이에게 가호를 내려주니까 말이다!”

지혜를 사용하지 않는 근육 뇌 이벤트지만, 아내와 내 아이의 안전을 위해서라면 전력으로 임할 수밖에 없어! 의료 기술이 갖추어지지 않은 이 세계에서 가장 무서운 건 출산과 병이니까 말이지!

“마리다 님과 내 아이를 위해, 알베르트 폰 에르윈! 지금, 간다!”

검을 다시 잡은 나는 몸을 치켜세운 커다란 뱀과 대치했다.

신경을 집중시키고, 덤벼 오는 뱀의 입을 피한 뒤 검을 내리쳐 절명시켰다.

“하나! 다음은 어느 녀석이 올 거냐!”

전투 중이어서 아드레날린이 솟구쳐 나와, 평소 이상으로 몸이 잘 움직이는 느낌이 든다.

“알베르트도 귀인족의 일원다워지기 시작했군. 응응, 인족치고는 좋은 움직임을 하고 있다고.”

동행인인 브레스트가 뒤에서 기뻐하고 있지만, 나는 뱀의 움직임을 쫓는 데 필사적이었다.

“전투의 신 아렉시아스여! 내 아내와 아이에게 가호를 내려주소서!”

나 자신은 에게레아의 신도로서 신관까지 되었지만, 오르그스 건으로 인해 이 세계의 신의 존재는 부정하고 있다.

그런 무신론자인 나라도 소중한 아내와 아이의 무사를 바라려면 신에게 기도하고 싶어지는 것이다.

덤벼드는 뱀의 움직임에 눈이 익숙해지자, 피한 뒤 무방비한 몸에 검을 내리칠 뿐인 간단한 일이 되어 갔다.

"수고했다. 이걸로 알베르트도 훌륭한 아버지로서, 아이를 키울 수 있을 거다."

"하아, 하아, 하아. 예, 앞으로도 열심히 노력할 겁니다. 아내와 내 아이를 위해서 말이죠."

합계 20마리의 커다란 뱀을 쓰러뜨린 나는 쭈글쭈글하게 움푹 팬 갑옷과 날의 이가 빠진 검을 지팡이 삼아 어찌어찌 서 있는 상황이었다.

"그건 그렇고 비릿하군요……. 토할 것 같습니다."

"전투의 신 아렉시아스 님은 사람들한테서 기피당하는 대사를 아주 좋아한다는 듯하니까, 어쩔 수 없겠지. 자, 휴식은 나중에라도 할 수 있으니까 머리를 모으는 거다."

"예, 알겠습니다. 바로 모으죠."

온몸이 커다란 뱀의 피를 뒤집어서 엄청나게 냄새난다.

그래서 바로 몸을 씻고 싶었지만, 공물이 될 머리를 모은 뒤 서둘러 애슐리성으로 돌아가게 되었다.

"오오오, 역시나 알베르트인 거다! 용케 대사의 머리를 이만큼 모아 와 준 것이니라!"

몸 상태가 좋지 않았던 게 임신으로 인한 입덧임을 알고 기운을 되찾은 마리다가 하늘하늘한 레이스가 달린 귀여운 옷을 입고 내게 안겨들었다.

몸을 차게 하지 않도록 노출도를 억제한 의복을 리셸이 조달해 준 모양이다.

"마리다 님과 내 아이의 무사 기원을 전투의 신 아렉시아스 님이 들어 주시지 않으면 안 되니까 말이지요."

"대사의 머리가 이만큼 있으면 전투의 신 아렉시아스 님도 매우 기뻐하실 거다! 다들, 기도 준비를 해라."

""""오우!""""

성 아랫마을에 만들어진 전투의 신 아렉시아스의 신전으로 이동하자, 신전 앞에 이미 제단이 만들어져 있었다.

귀인족은 에란시아 제국 내에서도 전투의 신 아렉시아스의 굴지의 경건한 신도로 알려져 있다.

애슐리령의 신전은 제도에 있는 전투의 신 아렉시아스 총본산에서 고위 신관을 초빙하여 신전장을 맡게 하고 있어서, 신전도 꽤 훌륭하다.

"알베르트 경, 이번에 모으신 전투의 신 아렉시아스 님께 바치는 공물, 확실하게 받았습니다."

주름 많은 할아버지라는 인상인 신전장이지만, 그도 귀인족으로, 전투의 신 아렉시아스의 신전에서 이루어지는 신관 선발 시험을 무패로 이겨 통과한 뒤 고위 신관직에 취임한 근육 뇌 전사였다.

참고로 나와 마리다의 결혼을 인정하고 축복을 내려 준 사람이 기도 하다.

"마리다 폰 에르윈 님과 알베르트 폰 에르윈 님의 아이에게 전투의 신 아렉시아스의 가호가 있기를 기도하며, 축복의 춤을 바치도록 하겠나이다!"

주름 많은 신전장이 흡! 하고 힘을 주자 그때까지의 쭈글쭈글했던 몸과는 달리 근육질 전사가 눈앞에 나타났다.

신전장이 한 것은 투기술인가 하는 전투의 신 아렉시아스의 신관이 고안해 낸 기술이라는 듯한데, 몸이 너무 부풀잖아!

신전장을 필두로 귀인족들도 가세하여 근육 댄스가 시작되었다.

우리는 주빈 자리에 앉았고, 마리다의 무사 출산을 기원하는 주연도 같이 시작되었다.

"마리다 님이 알베르트 경의 아이를 회임하셔서, 이걸로 에르윈 가문도 안정되겠군."

"에란시아 제국 최강의 전사와 알렉사 왕국의 예지의 지보라 불렸던 지혜로운 자의 아이라면 필시 문무 모두에 뛰어난 아이로 자라겠지."

"꼭 남자아이가 태어나 줬으면 하는 바다. 하지만 여자아이라도 에르윈 가문을 이을 수 있으니까, 무사히 태어나 주면 어느 쪽이든 괜찮나."

귀인족과 함께 주연에 참가한 인족 문관들한테서도 기쁨의 목소리가 나오고 있다.

나와 마리다의 아이가 차대 에르윈 가문의 당주가 되면 향상되기 시작한 인족의 지위도 보전될 거라며 안도하고 있는 것이리라.

축복의 근육 댄스가 개최되는 와중에, 동행인을 맡았던 브레스트가 '태어나면 내가 직접 무예를 가르쳐 주지'라며 콧김 거칠게 기뻐하고 있는데, 여자애면 어떻게 하려고?

진짜로 여자애라면 절대로 마리다의 전철을 밟지 않도록 하기 위해 무예는 시키지 않을 거고, 애초에 나는 시집 같은 거 안 보낼 거니까 말이야!

'따님을 아내로 주십시오!'라면서 남자가 인사하러 온 날에는 돌아가는 길에서 모살해 버릴 거다.

딸이라면 '파파랑 결혼할래~'를 현실에 그대로 옮겨 주겠어.

"마리다 님, 여기에 제 아이가 있는 거군요."

댄스와 주연이 계속되고 있는 와중에, 나는 마리다의 배에 귀를 갖다 댔다.

소중하디소중한 마이 베이비 쨩. 무사히 건강하게만 태어나 주면 파파는 충분히 만족이니까 말이에요.

"아아, 그렇군. 그러니까 한동안은 알베르트의 밤 시중은 이레나랑 다른 애들한테 맡기고 나는 알베르트의 소중한 아이를 무사히 낳는 것에 전념할 것이니라."

"마리다 님, 애슐리 성에 있을 때는 매일 밤 제가 마리다 님 몸의 부기를 없애는 마사지를 해드리겠습니다. 게다가 당주 업무에 관해서는, 제국법에 당주가 정무를 수행할 수 없는 사태에 대행자를 세울 수 있다는 조항이 있으니 곧바로 신청하도록 하지요! 마왕 폐하께 마리다 님의 회임을 전하면, 정무 대행자로서 제가 임명될 터이기에!"

마리다한테 과도한 스트레스가 되는 정무를 임신 기간 중에는 가능하면 시키고 싶지 않았다.

배 속 아이의 생육에도 악영향이 나올지도 모르고, 출산이라는 중요한 큰일을 치르는 마리다한테 부담을 주고 싶지 않다.

정당한 이유가 있으니 신청하면 틀림없이 허가될 터다.

"내가 정무를 보지 않아도 괜찮다고 말하는 것이냐?!"

"당연합니다. 제 아이를 낳아 준다는 중요한 임무가 있으니까 말이지요. 게다가 제 아이도 소중하지만, 마리다 님도 몸에는 세심한 주의를 기울여 주십시오. 제 곁에서 없어지지 않아 줬으면 합니다."

만났을 때는 그녀를 이용해서 출세하고자 생각하는 마음이 강했지만, 1년이 지난 지금은 그녀와 함께 쭉 이 세계에서 살아가고 싶다는 마음이 강해졌다.

뭐, 내 앞에선 엄청나게 귀여워지는 아내한테 홀딱 반해 버린 거지만.

"알베르트……."

"이야~, 그건 그렇고 저와 마리다 님이 아이는 어느 쪽이려나요~."

마리다의 회임에 너무 기뻐한 나는 계속 그녀의 배에 귀를 가져다 댄 채였다.

눈앞에서는 축복의 근육 댄스가 끝나고, 자손 번영 축하라고 칭한 근육 자랑 대회가 시작되었는데, 머릿속에 전혀 들어오지 않는다.

근육보다 마이 베이비 쪽이 중요하다.

그 뒤, 마리다의 회임을 축하하는 축하연은 밤늦게까지 이어지게 되었다.

제12장 ♥ 공(空)증문

제국력 260년 유리월(瑠璃月)(12월)

마리다의 회임으로 당주 정무가 매우 지체되어, 대행자가 된 나는 노도와 같은 바쁨 속에 있었다.

여파를 받은 밀레비스 군도 철야가 계속되어 머리의 광택이 사라졌고, 이레나의 미간 주름은 깊다.

문관들도 상당히 신경이 예민해져 있다.

마리다는 바프스트령을 훌륭히 다스린 리제를 데리고, 프로이가 가문 감사 최종 보고와 자신의 회임으로 인하여 정무 대행자를 세우는 신청을 하기 위해 월초부터 제도에 있는 마왕 폐하를 방문 중이다.

몸 상태에 불안함은 없지만, 만에 하나의 일이 있어서는 안 되기에 리셸과 류미나스가 동행했다.

며칠 후 마리다 일행이 무사히 마왕 폐하와의 알현을 끝내고, 애슐리 성으로 귀환했다.

프로이가 가문이 말소된 뒤, 리제가 동요하는 주민들을 진정시켜 바프스트령을 훌륭히 다려, 파견한 대관이 통치하기 쉽게 한 것을 높이 평가받아 슈게모리 파벌로 복귀하는 것을 허락받았다는 듯하다.

자기 가문 파벌로의 복귀를 인정했다는 것은, 리제의 아르코 가문도 신용을 얻은 것이라고 생각하고 싶다.

장래에는 나와 리제의 아이가 이을 가문이기도 하고, 에르윈 가문을 지탱하는 중요한 가문 중 하나가 될 터이기에 아르코 가문도 아직 점수를 더 벌지 않으면 안 되겠군.

리제 건은 기쁜 일이지만, 그 외에 더욱 중대사가 발생했다.

중대사라니 뭐냐고? 배신자 프로이가 가문과 함께 영내에 침공하려 했던 알렉사 왕국군을 격퇴한 포상으로, 우리 당주님이 새롭게 영지를 수여받았다.

마리다한테서의 보고를 들은 나도 무심코 주먹을 불끈 쥐고 해냈다는 포즈를 취하고 말았다고. 힘내서 계략을 준비했던 바프스트령을 받을 수 있는 건가 하고 생각했으니까 말이지.

나도 '영지가 늘어서 수입도 사람도 늘어날 거야!'라며 엄청나게 기뻐했다. 아아, 무척 기뻐했고말고.

그도 그럴 것이 영지가 늘면 에르윈 가문이 번영해서 내 아내와 애인들한테도 좋은 옷이라든가 보석 등을 사줄 수 있고, 아이들도 잔뜩 만들 수 있잖아.

새로운 영지를 받을 수 있다고 마리다한테서 들었던 날 밤에는 아내한테 해주는 마사지를 더욱 분발해 버렸단 말이지.

그야 진짜로 땀투성이가 되어서, 부지런히 힘썼다고.

그래도 말이야, 나중에 마왕 폐하한테서 온 영지 인가장에 적힌 지명을 보고 나는 굳어졌다. 딱딱하게.

새롭게 하사받은 영지는 줄곧 바프스트령이라고 생각하고 있었는데, 인가장에는 '아르카나령'이라고 적혀 있었기 때문이다.

하지만 이건 영지를 하사받는 것에 들떠서 물어보지 않았던 내

잘못이라고 생각하고 있다.

새롭게 하사받은 영지가 신경 쓰인 나는 귀인족이 만든 정밀한 주변 지도로 영지의 장소를 조사했다.

당했다. 당해버렸어요. 마리다에게 물러 터진 그 시스콘 마왕 폐하한테 보기 좋게 한 방 먹고, 내 아내는 돌아온 것입니다.

마왕 폐하가 하사해 준 '아르카나령'은 에란시아 제국의 영지…… 가 아니었다.

젠장! 그 물러 터진 시스콘 황제, 영지의 공증문을 넘겼다고! 너무해! 사기다!

마왕 폐하로부터 하사받은 영지는 '알렉사 왕국' 소속 영주가 통치하는 땅이다.

동쪽으로 이웃한 변경백 스테판의 영지와 우리 영지 사이에 쐐기처럼 박혀 있는 영지.

잘 알아보니 '전 에란시아 제국령, 현 알렉사 왕국령'인 영지다.

즉, '에란시아 제국을 배신한 귀족이 통치하는 땅을 빼앗아 오면, 너한테 주마'라는 증문을 받은 것을 내 아내가 '상으로 영지를 받았다'라고 요약하여 내가 헛되게 기뻐해 버린 것이다.

그 상황에서 '영지를 받았다'라고 들으면 황제 직할령이 된 바프스트령이려나 싶잖아. '용사의 검' 잔당도 소탕하고 반란도 막았으니까 말이지. 마왕 폐하는 젖형제인 마리다한테 엄청나게 무르고.

그런데 알고 보니 적의 영지라니, 너무하지 않아? 게다가 공격하기도 성가실 것 같은 토지고 말이야.

받은 영지가 적측이라는 걸 알고 남몰래 베개를 적셨다.

그러고 나서는 당주 대행과 자신의 정무를 처리하고, 연말의 바쁜 시기를 헤쳐나가기 위해 분투하면서 공증문으로 받은 영지를 어떻게 탈취할까 하는 정보 모으기를 진행해 나가기로 했다.

제국력 261년 석류석월(1월).

해피이이, 뉴~ 이어어어어~~~! 새해가 밝았다고.

17살이다. 뉴 알베르트 폰 에르윈 님이다.

작년에는 마리다가 회임하여, 내가 해야 할 일 리스트 중 하나를 클리어할 수 있었다.

제방과 수로 건설도 순조롭게 진행되고, 개척촌 개간도 진전되고 있어서 올해는 많은 밭에서 수확물을 얻을 수 있다는 보고도 받았다.

그리고 아르코 가문 영지인 스라트령의 도량형을 통일하고, 에르윈 가문의 상권에 포섭하여 납세 기초 대장도 정비할 수 있었고, 세수도 정확하게 파악할 수 있게 된 것도 크다.

나머지는 산의 민족인 고슈토족을 내 전속 첩보 조직인 마르제 상회에 고용함으로써 정보 수집 능력이 비약적으로 상승하여 여러 정보를 기초로 에르윈 가문을 어떻게 이끌어 갈 것인지 정할 수 있게 되었다.

산의 민족 대수장이 된 와리드의 딸인 류미나스도 좋은 애고, 산의 민족과도 앞으로는 견실하게 협력 관계를 쌓아 나가고 싶다고 생각하고 있다.

그런 느낌으로, 작년에는 태반이 '용사의 검' 괴멸을 목표로 한 모략을 준비하기 위해 각지를 뛰어다녀 여러 가지로 바빴었다.

그 때문에 정무의 태반을 이레나와 밀레비스 군에게 통째로 맡기고 말았지만, 연말에는 초인처럼 일해서 어찌어찌 결산을 맞췄다.

그 노력의 성과인 제국력 260년도 결산 보고서를 봐 주시게나.

에르윈 가문 제국력 260년 결산서

인구 : 애슐리성(본령) 19,074명(+1,261명) 스라트성(아르코 가문 보호령) 3,306명 합계 22,380명

가신 총수 : 423명(+45명) 농민병 최대 동원수 2,600명(+500명)

조세 수입 총계 : 9,122만 엔(+468만 엔)

조세 외 수입 총계 : 7억 5,590만 엔('용사의 검'의 재보 및 잔당한테서의 접수 물자 5억 3,423만 엔, 알렉사 왕국 노획 물자 매각 대금 3,280만 엔, 식량 방출품 매각 이익 1억 7,545만 엔, 에란시아 제국 내 향유 전매 이익 1,342만 엔)

수입 총계 : 8억 4,712만 엔

인건비 : 1억 5,900만 엔(+1,380만 엔)

기타 잡비 총계 : 4억 9,330만 엔(당주 생활비 500만 엔, 사룟값 60만 엔, 성 수선비 560만 엔, 장비 수선비 2,030만 엔, 창고 증축비 1,000만 엔, 산의 민족에 준 선물 비용 250만 엔, 와리드에게 준 정보 공작 비용 2,980만 엔, 산데르 신전장에게 준 공작

비용 4,580만 엔, 마르제 상회원 채용 비용 3,420만 엔, 산의 민족에 대한 지원 비용 2억 5,000만 엔, 출병 비용 3,670만 엔, 제방 공사비 1,200만 엔, 개척촌 지원비 1,300만 엔, 아르코 가문과 고슈토족 마을로 이어지는 신규 가도 부설 2,000만 엔, 간호병 육성비 480만 엔, 의수 및 의족 개량비 300만 엔)

지출 총계 : 6억 5,230만 엔

수지 차감 : 1억 9,482만 엔

차입금 변제 : 1억 엔

차입금 잔액 : 2억 엔

이월금 : 2억 264만 엔

전년도 중에 애슐리령 촌장들의 지대와 인두세 횡령을 박멸했기에, 올해는 식량으로의 납세물이 배로 늘었다.

신설한 창고에 수납한 식량 중 잉여 물품은 산의 민족들이 모은 시세 정보를 토대로 라인베일과 군매점 상인 프랑을 통해 계획적으로 방출했더니 큰 이익을 낳았다.

덕분에 에르윈 가문의 재정도 호전되고 있어서, 장기 지구(持久) 체제로 이행할 수 있을 것 같다.

다만 이번에는 '용사의 검'을 철저하게 소탕하기 위한 모략 비용이 꽤 들었기에, 마르제 상회로 잔뜩 벌어 비용을 마련해 나가지 않으면 또 빚투성이가 될 것 같다.

해야 할 일 리스트 261년.

· 화승총 실용화(시험 제작 개시→시제품 완성 예정)

· 영내 세제 개혁(일부 완료)

· 영내 제방 수리(水利) 개발(진척 3할→진척 9할 도달)

· 개척촌 개간 사업(진척 5할→완료 예정)

· 주변 정보 수집(아르카나령과 알렉사 왕국의 중점화)

· 새로운 애인 후보 수색(분발하겠음)

· 올해도 아이 만들기(매우 분발하겠음)

· 마리다의 출산을 위한 환경 만들기(슈퍼 분발하겠음)

올해는 기다리던 아이도 태어나니, 장래를 위해 더욱더욱 벌어 갈 수 있도록 여러 가지로 손을 써야만 하겠군.

열심히 해서 공증문에 있는 아르카나령을 획득하겠어!

번외편 ♥ 아내의 책무라고는 해도 파렴치 의상은 힘들어

※마리다 시점

“이레나 땅, 리제 땅, 여기가 좋은 거냐? 여기가.”

집무용 책상 양옆에 이레나와 리제를 앉히고 양쪽의 가슴을 주무르며 오늘 일의 피로를 달래고 있다.

아침부터 리셸한테 실컷 착취당하면서 할당량을 처리했기에, 이 정도의 이득은 있어도 좋을 터인 거다.

리제 땅의 가슴은 아담하지만 내가 매일 주무름으로써 여성다운 부드러움을 지니기 시작했군. 이레나 땅은 알베르트가 착실하게 주무르고 있기에 녹을 것 같은 부드러움인 거다. 음, 극락, 극락.

“저, 저기. 제 가슴을 주무르시는 건 좋지만, 일을 똑바로 처리하지 않으시면, 알베르트 님한테 혼나실 거예요.”

“마리다 언니, 나도 이레나 씨의 말대로라고 생각해. 그래도 기분 좋으니까 괜찮지만 말이야.”

“나한테 일을 떠맡기고 성을 비운 알베르트가 나쁜 거다. 내가 얼마나 밤에 외로운 심정을 겪고 있는지, 두 사람 다 알고 있지 않더냐.”

“그건 알고 있습니다만……”

“하지만, 농땡이 치고 있으면 알베르트가 돌아왔을 때 말이지.”

이레나도 리제도 난처한 표정을 지었다.

알베르트가 고슈토족 와리드와 함께 산의 민족 영역으로 가고 이미 한 달이 지났다.

가끔 나를 신경 쓰고 있는 알베르트한테서 서한이 오는데, 아직 한동안은 저쪽에 체재할 것이라고 하기에, 외로운 밤은 계속된다.

"그러니까 말이다. 리제 땅과 이레나 땅한테 쪽쪽하는 건 나의 힐링인 거다."

두 사람을 끌어당겨 안고는 양쪽 뺨에 키스했다.

"마리다 님, 여기는 집무실이기에 입맞춤은…… 부끄러워요."

"그렇다고. 누군가한테 보였다간 창피해서 도망치고 싶어질 거래도."

"둘 다 내 애인이니까 보여주면 되는 거다. 자, 입술에 쪼옥~ 해도 좋으니라."

눈을 감고 두 사람 앞에 삐죽 오므린 입술을 내밀었다.

"그렇습니까. 힐링입니까. 헤에~, 그렇습니까."

리셸의 목소리와 살기를 느낀 순간, 삐쭉 오므린 입술을 가르고 혀가 침입했다.

"으으응! 히헬! 허 하흔 허햐!" (리셸! 뭐 하는 거냐!)

침입한 리셸의 혀는 내 입안을 난폭하게 유린해 갔다.

나는 저항하지도 못하고, 리셸한테 당하기만 하는 채였다.

"후우. 마리다 님은 시킨 걸 잘 지키는 착한 아이일 터이지요?"

농후한 입맞춤을 끝낸 리셸이 요염하게 빛나는 눈동자로 이쪽을 똑바로 바라봤다.

나를 바라보는 리셸의 시선에, 이제부터 무슨 짓을 당하는 걸까 상상하고 심장 고동이 빨라졌다.

"허, 허나, 아침부터 계속 일을 하고 있는 거다. 숨돌리기 정도는――."

"숨돌리기입니까……. 그러네요. 그것도 필요할지도 모르겠군요. 시중을 드는 담당으로서 좀 지나치게 엄하게 했던 것일지도 모르겠습니다. 그러네요. 숨을 돌리는 것도 필요하지요."

리셸이 혼자서 납득하고 응응, 하고 고개를 끄덕였다.

나는 그 모습을 보고, 춥지도 않은데 몸이 떨리는 게 멈추지 않았다.

무, 무슨 생각을 하고 있는 것이냐. 리셸이 내 어리광을 받아주는 짓 따위는 하지 않을 터인 거다.

분명 무언가를 꾸미고 있는 거다.

"마리다 님, 이레나 씨, 리제 님, 오늘의 일은 이 정도로 하고 침실로 가죠."

리셸이 내 손을 잡더니 침실로 날 끌고 들어갔다.

"또 나한테 이런 파렴치한 옷을 입히고! 몸에 너무 딱 달라붙는 옷인 거다! 트임도 위쪽까지 들어가 있고, 허벅지가 죄다 보이지 않느냐! 이걸 억지로 입게 될 바에야 알몸으로 있게 해달라는 거다!"

"마리다 님의 평소 의상도 허벅지는 보이고 있다고요."

"그건 평상복이니까 문제없는 거다! 허나 이건 평상복과는 다르다!"

리셸이 제도 옷가게에서 매월 새로운 옷을 주문하고 있다는 걸 알고 있지만, 이번 옷은 지나치게 이질적인 옷이라 너무 부끄러웠다.

"초대 황제 폐하가 애첩들에게 입혔다고 전해지는 유서 깊은 드레스를 복각(復刻)시킨 것입니다. 정식 이름은 분명……. '차이나 드레스'라고 할 터예요."

"이 무슨 파렴치한……. 이러한 옷을 입히지 않더라도 알몸인 여인을 사랑해 주면 되는 것 아니더냐!"

"마리다 님은 남자의 마음을 모르고 계시네요~. 힐끔 보이는 허벅지나, 몸의 라인을 강조하는 듯한 딱 붙는 옷이 남성분의 상상을 부풀어 오르게 하는 거랍니다."

리셸은 옷 사이즈를 확인하면서 내 가슴을 주물러 댔다.

속옷을 입고 있지 않기에 원단이 가슴 끝부분에 스쳐, 가슴 끝부분이 단단해지기 시작했다.

"가슴을 주무르지 말거라."

"안 됩니다. 알베르트 님이 만졌을 때 어떤 느낌인지를 확인해 두고 싶으니, 참아 주세요. 역시나 좋은 원단을 쓰고 있어서 촉감은 좋은 것 같네요."

"리셸 씨, 이건 아래쪽에도 안 입고 있는 거야?"

허리 근처를 보고 있던 리제가 트임의 틈새로 안쪽을 엿봤다.

"리제 땅, 아래쪽은 입고 있지 않은 거다. 엿보면 안 되느니라."

"아마 알베르트라면 그런 곳을 힐끔 보면서 기뻐할 거라고 생각하거든. 마리다 언니, 참고로 하고 싶으니까 어떤 느낌인지 보여줘."

"안 되느니라, 안 돼. 이건 엿보는 게 아닌 거다!"

리제는 옷을 젖히려 했고, 나는 트임을 필사적으로 누르며 엿보이지 않도록 했다.

여느 때처럼 알몸이라면 부끄럽다는 생각은 들지 않지만, 이 의상이면 부끄러움을 느끼고 만다.

"앞쪽 단추를 풀면 가슴으로 손이 들어갈 수 있게 되어 있는 거네요. 이건 수고롭지 않아서 효율적이에요."

이레나가 앞쪽 단추를 풀고, 틈새로 손을 넣어 가슴 끝부분을 만지작거리기 시작했다.

"이레나 땅, 멋대로 손을 넣어서 만지면 안 되는 거다. 하아, 하아."

"알베르트 님이 곤란해하지 않도록, 손이 들어가는지를 제가 사전에 확인하고 있으니 양해해 주세요."

가슴에 손을 넣어 주무르고 있는 이레나가 목덜미를 쪼아먹는 것처럼 키스했다.

그때마다 내 몸이 반응해서 뜨거워져 가는 것을 느꼈다.

"혹시, 느끼고 계신가요?"

"아닌 거다! 나는 억지로 이런 파렴치한 차림을 하고서——."

"사이즈도 잘 맞고, 촉감도 문제없고, 남성분의 마음을 자극하는 트임도 있고, 가슴도 바로 주무를 수 있다면 문제없음이네요~. 이거라면 알베르트 님이 기뻐하실 거라고 생각해요."

뒤쪽에 선 리셸이 자연스러운 움직임으로 트임 사이로 손을 넣

어 하복부로 이동시켰다.
“그만두는 거다! 리셸! 앗, 아앗, 거긴――.”
“마리다 언니, 어떻게 되어 있는지 엿봐도 되지? 엿볼게. 나, 두근두근해.”
리제가 틈새 안으로 얼굴을 집어넣었다.
“잠깐 기다리는 거다! 리제 땅! 엿보는 건 안되는 거다! 하으, 숨이 닿고 있는 거다!”
리제 땅한테 부끄러운 곳을 보이고 말았다.
크으으읏! 이 무슨 창피함인 거냐!
“마리다 님, 역시 느끼고 계시네요. 단단해지고 있어요.”
“이레나 땅, 그런 게 아닌 거다! 이건 리셸이랑 리제 땅이―― 흐읏!”
찌리릿, 하는 황홀한 감각이 정수리를 뚫고 나가자, 이레나와 리셸한테 기대다시피 하며 단숨에 힘이 빠졌다.
“하아, 하아, 하아.”
“마리다 님도 대만족이신 것 같네요. 이건 추천 의상에 넣어 둘게요. 분명 알베르트 님이 돌아오실 때는 잔뜩 쌓여 있을 테니까, 아내로서 여러 의상을 입고 피로를 치유해 드리지 않으면 안 되니까 말이에요.”
알베르트가 돌아왔을 때 이걸 입는다고……. 그런 파렴치한 짓을 했다간 또 하루 내내 잠들게 해주지 않을 정도로 괴롭혀지고 말 것이지 않나.
알베르트한테 유린당하는 자신을 상상하고, 재차 몸이 작게 떨렸다.

“이, 이건 안 되느니라. 위험한 의상인 거다. 알베르트가 돌아왔을 때는 다른 의상으로 맞이해야만 하는 거다. 응, 그게 좋으니라.”

내 말을 들은 리셸이 다시 요염한 눈으로 이쪽을 봤다.

“네, 물론이에요. 지금 건 아직 한 벌째니까 말이에요. 다음은 이쪽을 입어 주세요.”

리셸이 내 앞에 내민 것은 같은 차이나 드레스였지만, 한층 깊은 트임과 속이 훤히 비치는 소재를 구사하여 만들어진 야한 의상이었다.

“아, 안 되는 거다! 이건 절대로 안 되느니라아아아아아아아!”

그 뒤, 몇십 벌이나 되는 부끄러운 의상을 억지로 입게 되고, 그때마다 애인들한테서 이것저것 여러모로 확인하는 것이라며 치욕을 당하게 된 건 비밀로 해 두겠다.

이세계 최강인 아내입니다만,
밤의 전투는 내가 더 강한 모양입니다 2

2024년 3월 15일 1판 1쇄 발행

저 자 신교 가쿠
일 러 스 트 온
옮 긴 이 주승현
발 행 인 유재옥
이 사 조병권
출판본부장 박광운
담 당 편 집 정영길
편 집 1 팀 박광운 최서영
편 집 2 팀 정영길 조찬희 박치우 정지원
편 집 3 팀 오준영 이소의 권진영
디자인랩팀 김보라 박민솔
디지털사업팀 박상섭 김지연 윤희진
라이츠사업팀 김정미 맹미영 이윤서
영업마케팅팀 최원석 박수진
물 류 팀 허석용 백철기
경영지원팀 최정연
인쇄제작처 ㈜코리아피엔피
발 행 처 ㈜소미미디어
등 록 제2015-000008호
주 소 서울시 마포구 토정로222, 403호 (신수동, 한국출판콘텐츠센터)
판매 및 마케팅 (070) 8822-2301

ISBN 979-11-384-2585-8 04830
ISBN 979-11-384-2139-3 (세트)